U0789383

藏書

三言二拍

李楠 主编

叁

民主与建设出版社

第二十九卷　张古老种瓜娶文女

长空万里彤云作，迤逦祥光遍斋阁。

未教柳絮舞千球，先使梅花开数萼。

入帘有韵自飕飕，点水无声空漠漠。

夜来阁向古松梢，向晓朔风吹不落。

这八句诗题雪。那雪下，相似三件物事：似盐，似柳絮，似梨花。雪怎地似盐？谢灵运曾有一句诗咏雪道："撒盐空中差可疑。"苏东坡先生有一词，名《江神子》：

黄昏犹自雨纤纤，晓开帘，玉平檐。江阔天低，无处认青帘。独坐闲吟谁伴我？呵冻手，捻衰髯。　　使君留客醉恹恹，水晶盐，为谁甜？手把梅花，东望忆陶潜。雪似古人人似雪，虽可爱，有人嫌。

　　这雪又怎似柳絮？谢道韫曾有一句咏雪道："未若柳絮因风起。"黄鲁直有一词，名《踏莎行》：

　　　堆积琼花，铺陈柳絮，晓来已没行人路。长空尤未绽彤云，飘遥尚逐回风舞。　　对景衔杯，迎风索句，回头却笑无言语。为何终日未成吟？前山尚有青青处。

　　又怎见得雪似梨花？李易安夫人曾道："行人舞袖拂梨花。"晁叔用有一词，名《临江仙》：

　　　万里彤云密布，长空琼色交加，飞如柳絮落泥沙。前村归去路，舞袖拂梨花。　　此际堪描何处景？江湖小艇渔家，旋斟香酝过年华。披蓑乘远兴，顶笠过溪沙。

　　雪似三件物事，又有三个神人掌管。那三个神人？姑射真人、周琼姬、董双成。周琼姬掌管芙蓉城。董双成掌管贮雪琉璃净瓶，瓶内盛着数片雪。每遇彤云密布，姑射真人用黄金箸敲出一片雪来，下一尺瑞雪。当日紫府真人安排筵会，请姑射真人、董双成，饮得都醉。把金箸敲着琉璃净瓶，等要唱只曲儿，错敲破了琉璃净瓶，倾出雪来，当年便好大雪。曾有只曲儿，名做《忆瑶姬》：

　　　姑射真人宴紫府，双成击破琼苞。零珠碎玉，

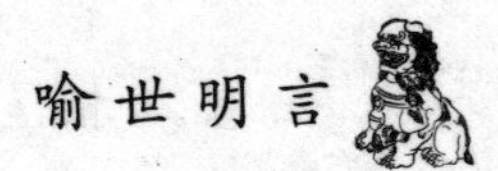

被蕊宫仙子，撒向空抛。乾坤皓彩中宵，海月流光色共交。向晓来，银压琅玕，数枝斜坠玉鞭梢。

荆山隈，碧水曲，际晚飞禽，冒寒归去无巢。檐前为爱成簪箸，不许儿童使杖敲。待效他当日袁安、谢女，才词咏嘲。

姑射真人是掌雪之神。又有雪之精，是一匹白骡子，身上抖下一根毛，下一丈雪。却有个神仙是洪崖先生管着，用葫芦盛着白骡子。赴罢紫府真人会，饮得酒醉，把葫芦塞得不牢，走了白骡子，却在番人界里退毛。洪崖先生因走了白骡子，下了一阵大雪。且说一个官人，因雪中走了一匹白马，变成一件蹊跷神仙的事，举家白日上升，至今古迹尚存。

萧梁武帝普通六年，冬十二月，有个谏议大夫姓韦，名恕，因谏萧梁武帝奉持释教得罪，贬在滋生驷马监做判院。这官人：

中心正直，秉气刚强，有回天转日之言，怀逐佞去邪之见。

这韦官人受得滋生驷马监判院，这座监，在真州六合县界上。萧梁武帝有一匹白马，名作"照殿玉狮子"：

蹄如玉削，体若琼妆。荡胸一片粉铺成，摆尾万条银缕散。能驰能载，走得千里程途；不喘不嘶，跳过三重阔涧。浑似狻猊生世上，恰如白泽下人间。

这匹白马，因为萧梁武帝追赶达摩禅师，到今时长芦界上有失，罚下在滋生驷马监教牧养。

当日大雪下，早晨起来，只见押槽来禀覆韦谏议道："有件祸事！昨夜就槽头不见了那照殿玉狮子。"吓得韦谏议慌忙叫将一监养马人来，"却是如何计结？"就中一个押槽出来道："这匹马容易寻，只看他雪中脚迹，便知着落。"韦谏议道："说得是。"即时差人随着押槽，寻马脚迹。迤逦间行了数里田地，雪中见一座花园，但见：

> 粉妆台榭，琼锁亭轩。两边斜压玉栏杆，一径平钩银绶带。太湖石陷，恍疑盐虎深埋；松柏枝盘，好似玉龙高耸。径里草枯难辨色，亭前梅绽只闻香。

却是一座篱园。押槽看着众人道："这匹马在这庄里。"即时敲庄门。见一个老儿出来，押槽相揖道："借问则个。昨夜雪中滋生驷马监里，走了一匹白马。这匹白马是梁皇骑的御马，名唤做'照殿玉狮子'。看这脚迹时，却正跳入篱园内来。老丈若还收得之时，却教谏议自备钱酒相谢。"老儿听得，道："不妨，马在家里。众人且坐，老夫请你们食件物事了去。"众人坐定，只见大伯子去到篱园根中，去那雪里面，用手取出一个甜瓜来。看这瓜时，真个是：

> 绿叶和根嫩，黄花向顶开。
>
> 香从辛里得，甜向苦中来。

那甜瓜藤蔓枝叶都在上面。众人心中道："莫是大伯子收下的？"看那瓜，颜色又新鲜。大伯取一把刀儿，削了瓜皮，打开瓜顶，一阵异气喷人。请众人吃了一个瓜，又再去雪中取出三个瓜来道："你们做老拙传话谏议，道张公教送这瓜来。"众人接了甜瓜。大伯从篱园后地，牵出这匹白马来，还了押槽。押槽拢了马儿，谢了公公，众人都回滋生驷马监。见韦谏议，道："可煞作怪！大雪中如何种得这甜瓜？"即时请出恭人来，和这十八岁的小娘子都出来，打开这瓜，合家大小都食了。恭人道："却罪过这老儿，与我收得马，又送瓜来，着个甚道理谢他？"

捻指过了两月。至次年春半，景色清明。恭人道："今日天色晴和，好去谢那送瓜的张公，谢他收得马。"谏议即时教安排酒樽食垒，暖荡撩锅，办几件食次，叫出十八岁女儿来，道："我今日去谢张公，一就带你母子去游玩闲走则个。"谏议乘着马，随两乘轿子，来到张公门前，使人请出张公来。大伯连忙出来唱喏。恭人道：“前日相劳你收下马，今日谏议置酒，特来相谢。”
就草堂上铺陈酒器，摆列杯盘，请张公同坐。大伯再三
推辞，掇条凳子，横头坐地。酒至三杯，恭人问张公道：
“公公贵寿？”大伯言：“老拙年已八十岁。”恭人又问：
“公公几口？”大伯道：“孑然一身。”恭人说：“公公，也
少不得个婆婆相伴。”大伯应道：“便是没恁么巧头脑。”
恭人道：“也是。说个七十来岁的婆婆？”大伯道：“年纪
须老。道不得个：百岁光阴如捻指，人生七十古来稀。”

恭人道：“也是。说一个六十来岁的？”大伯道：“老
也。月过十五光明少，人到中年万事休。”恭人道：“也
是。说一个五十来岁的？”大伯又道：“老也。三十不
荣，四十不富，五十看看寻死路。”恭人忍不得，自
道：“看我取笑他。”“公公，说个三十来岁的？”大伯
道：“老也。”恭人说：“公公，如今要说几岁的？”大伯
抬起身来，指定十八岁小娘子道：“若得此女以为匹配，
足矣。”韦谏议当时听得说，怒从心上起，恶向胆边生，
却不听他说话，叫那当直的都来，要打那大伯。恭人道：
“使不得。特地来谢他，却如何打他？这大伯年纪老，
说话颠狂，只莫管他。”收拾了酒器自归去。

话里却说张公，一并三日不开门。六合县里有两
个扑花的，一个唤做王三，一个唤做赵四，各把着大蒲

婆来，寻张公打花。见他不开门，敲门叫他，见大伯一行说话，一行咳嗽，一似害痨病相思，气丝丝地。怎见得？曾有一《夜游宫》词：

> 四百四病人皆有，只有相思难受。不疼不痛在心头，魆魆地教人瘦。　　愁逢花前月下，最怕黄昏时候。心头一阵痒将来，一两声咳嗽、咳嗽。

看那大伯时，喉咙哑飒飒地出来道："罪过你们来，这两日不欢。要花时，打些个去，不要你钱。有件事相烦你两个：与我去寻两个媒人婆子。若寻得来时，相赠二百足钱，自买一角酒吃。"二人打花了自去。一时之间，寻得两个媒人来。这两个媒人：

> 开言成匹配，举口合和谐。掌人间凤只鸾孤，管宇宙孤眠独宿。折莫三重门户，选甚十二楼中？男儿下惠也生心，女子麻姑须动意。传言玉女，用机关把手拖来；侍香金童，下说辞拦腰抱住。引得巫山偷汉子，唆教织女害相思。

叫得两个媒婆来，和公公厮叫。张公道："有头亲，相烦说则个。这头亲，曾相见，则是难说。先各与你三两银子，若讨得回报，各人又与你五两银子；说得成时，教你两人撰个小小富贵。"张媒、李媒便问："公公要说谁家小娘子？"张公道："滋生驸马监里韦谏议有个女儿，年纪一十八岁，相烦你们去与我说则个。"

　　两个媒婆含着笑，笑接了三两银子出去。行半里田地，到一个土坡上，张媒看着李媒道："怎地去韦谏议宅里说？"张媒道："容易！我两人先买一角酒吃，教脸上红拂拂地，走去韦谏议门前旋一遭，回去说与大伯，只道说了，还未有回报。"道犹未了，则听得叫道："且不得去！"回头看时，却是那张公赶来，说道："我猜你两个买一角酒，吃得脸上红拂拂地，韦谏议门前旋一遭回来，说与我道：未有回报。还是恁地么？你如今要得好，急速便去，千万讨回报。"两个媒人见张公恁地说道，做着只得去。

　　两人同到滋生驷马监，倩人传报与韦谏议。谏议道："教人来。"张媒、李媒见了。谏议道："你两人莫是来说亲么？"两个媒人笑嘻嘻的，怕得开口。韦谏议道："我有个大的儿子，二十二岁，见随王僧辩征北，不在家中。有个女儿，一十八岁，清官家贫，无钱嫁人。"两个媒人则在阶下拜，不敢说。韦谏议道："不须多拜，有事但说。"张媒道："有件事，欲待不说，为他六两银；欲待说，恐激恼谏议，又有些个好笑。"韦谏议问："如何？"张媒道："种瓜的张老，没来历，今日使人来叫老媳妇两人，要说谏议的小娘子。得他六两银子，见在这里。"怀中取出那银子，教谏议看，道："谏议周全时，得这银；若不周全，只得还他。"谏议道："大伯子莫是风？我女儿才十八岁，不曾要说亲，如今要我如何周全你这六两银子？"张媒道："他说来，只问谏议觅得回报，便得六两银子。"谏议听得说，用指头指着媒人婆道："做我传话那没见识的老子：要得成亲，来日办十万贯见钱为定礼，并要一色小钱，不要金钱准折！"教讨酒来劝了媒人，发付他去。

两个媒人拜谢了出来，到张公家，见大伯伸着脖项，一似望风宿鹅，等得两个媒人回来。道："且坐，生受不易！"且取出十两银子来，安在桌上，道："起动你们，亲事圆备。"张媒问道："如何了？"大伯道："我丈人说，要我十万贯钱为定礼，并要小钱，方可成亲。"两个媒人道："猜着了，果是谏议恁地说。公公，你却如何对副？"那大伯取出一掇酒来开了，安在桌子上，请两个媒人各吃了四盏。将这媒人转屋山头边来，望着道："你看！"两个媒人用五轮八光左右两点瞳人，打一看时，只见屋山头堆垛着一便价十万贯小钱儿。道："你们看，先准备在此了。"只就当日，教那两个媒人先去回报谏议，然后发这钱来。媒人自去了。

这里安排车仗，从里面叫出几个人来，都着紫衫，尽戴花红银揲子，推数辆太平车：

> 平川如雷吼，旷野似潮奔。猜疑地震天摇，仿佛星移日转。初观形象，似秦皇塞海鬼驱山；乍见威仪，若夏禹行舟临陆地。满川寒雁叫，一队锦鸡鸣。

车子上旗儿插着，写道："张公纳韦谏议宅财礼。"众人推着车子，来到谏议宅前，喝起三声喏来，排着两行车子，使人入去，报与韦谏议。谏议出来看了车子，开着口则合不得。使人入去说与恭人："却怎地对副？"恭人道："你不合勒他讨十万贯钱。不知这大伯如今那里擘划将来？待不成亲，是言而无信；待与他成亲，岂有衣冠女子，嫁一园叟乎？"夫妻二人倒断不下。恭人道："且叫将十八岁女儿前来，问这事却是如何。"女孩儿怀中取出一个锦囊来。原来这女子七岁时，不会说话。一日，忽然间道出四句言语来：

> 天意岂人知？应于南楚畿。
>
> 寒灰热如火，枯杨再生稊。

自此后便会行文，改名文女。当时着锦囊盛了这首诗，收十二年。今日将来教爹爹看道："虽然张公年纪老，恐是天意，却也不见得。"恭人见女儿肯，又见他果有十万贯钱，"此必是奇异之人。"无计奈何，只得成亲。拣吉日良辰，做起亲来，张公喜欢。正是：

> 旱莲得雨重生藕，枯木无芽再遇春。

做成了亲事，卷帐回，带那儿女归去了。韦谏议戒约家人，不许一人去张公家去。

普通七年，夏六月间，谏议的儿子，姓韦，名义方，文武双全，因随王僧辩北征回归，到六合县。当日天气热，怎见得？

> 万里无云驾六龙，千林不放鸟飞空。

> 地燃石裂江湖沸，不见南来一点风。

相次到家中，只见路旁篱园里，有个妇女，头发蓬松，腰系青布裙儿，脚下拖双靸鞋，在门前卖瓜。这瓜：

> 西园摘处香和露，洗尽南轩暑。莫嫌坐上适无蝇，只恐怕寒难近玉壶冰。井花浮翠金盆小，午梦初回了。诗翁自是不归来，不是青门无地可移栽。

韦义方觉走得渴，向前要买个瓜吃。抬头一觑，猛叫一声道："文女！你如何在这里？"文女叫："哥哥！我爹爹嫁我在这里。"韦义方道："我路上听得人说道，爹爹得十万贯钱，把你卖与卖瓜人张公，却是如何？"那文女把那前面的来历，对着韦义方从头说一遍。韦义方道："我如今要与他相见，如何？"文女道："哥哥，要见张公，你且少待。我先去说一声，却相见。”文女移身，已挺脚步入去房里，说与张公。复身出来道：“张公道你性如烈火，意若飘风，不肯教你相见。哥哥，如今要相见却不妨，只是勿生恶意。”说罢，文女引义方入去相见。大伯即时抹着腰出来。韦义方见了，道：“却不叵耐！怎么模样，却有十万贯钱娶我妹子，必是妖人。”一会子掣出太阿宝剑，觑着张公，劈头便剁将下去。只见剑靶搭在手里，剑却折做数段。张公道：“可惜！又减了一个神仙。”文女推那哥哥出来，道：“教你勿生恶意，如何把剑剁他？”韦义方归到家中，参拜了爹爹、妈妈，便问：“如何将文女嫁与张公？”韦谏议道：“这大伯是个作怪人。”韦义方道：“我也疑他，把剑剁他不着，到坏了我一把剑。”

次日早，韦义方起来，洗漱罢，系裹停当，向爹爹、妈妈道：“我今日定要取这妹子归来。若取不得这妹子，定不归来见爹爹、妈妈。”相辞了，带着两个当直，行到张公住处，但见平原旷口，踪迹荒凉。问那当方住的人，道：“是有个张公，在这里种瓜，住二十来年。昨夜一阵乌风猛雨，今日不知所在。”韦义方大惊！抬头只见树上削起树皮，写着四句诗道：

> 两枚箧袋世间无，盛尽瓜园及草庐。

要识老夫居止处，桃花庄上乐天居。

韦义方读罢了书，教当直四下搜寻。当直回来报道："张公骑匹蹇驴，小娘子也骑着匹蹇驴儿，带着两枚箧袋，取真州路上而去。"韦义方和当直三人，一路赶上，则见路上人都道："见大伯骑着蹇驴，女孩儿也骑驴儿。那小娘子不肯去，哭告大伯道：'教我归去相辞爹妈。'那大伯把一条杖儿在手中，一路上打将这女孩儿去。好恓惶人！令人不忍见。"韦义方听得说，两条忿气，从脚板灌到顶门；心上一把无明火，高三千丈，按捺不下。带着当直，迤逦去赶。约莫去不得数十里，则是赶不上。直赶到瓜洲渡口，人道见他方过江去。韦义方教讨船渡江，直赶到茅山脚下。问人时，道他两人上茅山去。韦义方分付了当直，寄下行李，放客店中了，自赶上山去。

行了半日，那里见得桃花庄？正行之次，见一条大溪拦路，但见：

寒溪湛湛，流水冷冷。照人清影澈冰壶，极目浪花番瑞雪。垂杨掩映长堤岸，世俗行人绝往来。

韦义方到溪边，自思量道："赶了许多路，取不得妹子归去，怎地见得爹爹、妈妈？不如跳在溪水里死休。"迟疑之间，着眼看时，则见溪边石壁上，一道瀑布泉流将下来，有数片桃花，浮在水面上。韦义方道："如今是六月，怎得桃花片来？上面莫是桃花庄，我那妹夫张公住处？"则听得溪对岸一声哨笛儿响，看时，见一个牧童骑着蹇驴，在那里吹这哨笛儿。但见：

> 浓绿成阴古渡头，牧童横笛倒骑牛。
>
> 笛中一曲《升平乐》，唤起离人万种愁。

牧童近溪边来，叫一声："来者莫是韦义方？"义方应道："某便是。"牧童说："奉张真人法旨，教请舅舅过来。"牧童教蹇驴渡水，令韦官人坐在驴背渡过溪去。牧童引路，到一所庄院。怎见得？有《临江仙》为证：

> 快活无过庄家好，竹篱茅舍清幽。春耕夏种及秋收，冬间观瑞雪，醉倒被蒙头。　　门外多栽榆柳树，杨花落满溪头。绝无闲闷与闲愁。笑他名利客，役役市廛游。

到得庄前，小童入去。从篱园里走出两个朱衣吏人来，接见这韦义方，道："张真人方治公事，未暇相待，令某等相款。"遂引到一个大四望亭子上，看这牌上写着"翠竹亭"，但见：

> 茂林郁郁，修竹森森。翠阴遮断屏山，密叶深茂轩槛。烟锁幽亭仙鹤唳，云迷深谷野猿啼。

亭子上铺陈酒器，四下里都种夭桃艳杏，异卉奇葩，簇着这座亭子。朱衣吏人与义方就席饮宴。义方欲待问张公是何等人，被朱衣人连劝数杯，则问不得。及至筵散，朱衣相辞自去，独留韦义方在翠竹轩，只教少待。

韦义方等待多时无信，移步下亭子来。正行之间，在花木之外，见一座殿屋，里面有人说话声。韦义方把舌头舔开朱红球路亭隔看时，但见：

> 朱栏玉砌，峻宇雕墙。云屏与珠箔齐开，宝殿共琼楼对峙。灵芝丛畔，青鸾彩凤交飞；琪树阴中，白鹿玄猿并立。玉女金童排左右，祥烟瑞气散氤氲。

见这张公顶冠穿履，佩剑执圭，如王者之服，坐于殿上。殿下列两行朱衣吏人，或神或鬼。两面铁枷，上手枷着一个紫袍金带的人，称是某州城隍，因境内虎狼伤人，有失检举；下手枷着一个顶盔贯甲，称是某县山神，虎狼损害平人，部辖不前。看这张公书断，各有罪名。韦义方就窗眼内望见，失声叫道："怪哉，怪哉！"殿上官吏听得，即时差两个黄巾力士，捉将韦义方来，驱至阶下。官吏称韦义方不合漏泄天机，合当有罪。急得韦义方叩头告罪。

真人正恁么说，只见屏风后一个妇人，凤冠霞帔，珠履长裙，转屏风背后出来，正是义方妹子文女，跪告张公道："告真人，念是妾亲兄之面，可饶恕他。"张公道："韦义方本合为仙，不合以剑剁吾，吾以亲戚之故，不见罪。今又窥觑吾之殿宇，欲泄天机，看你妹妹面，饶你性命。我与你十万钱，把件物事与你为照去支讨。"张公移身，已挺脚步入殿里。去不多时，取出一个旧席帽儿，付与韦义方，教往扬州开明桥下，寻开生药铺申公，凭此为照，取钱十万贯。张公道："仙凡异路，不可久留。"令吹哨笛的小童："送韦舅乘蹇驴，出这桃花庄去。"到溪边，小童就驴背上把韦义方一推，头掉脚掀，颠将下去。义方如醉醒梦觉，却在溪岸上坐地。看那怀中，有个帽儿，似梦非梦，迟疑未决。且只得携着席帽儿，取路下山来。

回到昨所寄行李店中，寻两个当直不见。只见店二哥出来，说道："二十年前有个韦官，寄下行李，上茅山去耽搁。两个当直等不得，自归去了。如今恰好二十年，是隋炀帝大业二年。"韦义方道："昨日才过一日，却是二十年！我且归去六合县滋生驷马监，寻我二亲。"便别了店主人。来到六合县，问人时，都道："二十年前，滋生驷马监里有个韦谏议，一十三口，白日上升，至今升仙台古迹尚存。"道是有个直阁，去了不归。韦义方听得说，仰面大哭：二十年则一日过了，父母俱不见，一身无所归。如今没计奈何，且去寻申公讨这十万贯钱。

当时从六合县取路，迤逦直到扬州，问人寻到开明桥下，果然有个申公，开生药铺。韦义方来到生药铺前，见一个老儿：

> 生得形容古怪，装束清奇。颔边银剪苍髯，头上雪堆白发。鸢肩龟背，有如天降明星；鹤骨松形，好似化胡老子。多疑商岭逃秦客，料是蒲溪执钓人。

在生药铺里坐。韦义方道："老丈拜揖！这里莫是申公生药铺？"公公道："便是。"韦义方着眼看生药铺厨里：

> 四个著茗三个空，一个盛着西北风。

韦义方肚里思量道："却那里讨十万贯钱支与我？""且问大伯，买三文薄荷。"公公道："好薄荷！《本草》上说凉头明目。要买几文？"韦义方道："回三钱。"公公道："恰恨缺。"韦义方道："回些个百药煎。"公公道："百药煎能消酒面，善润咽喉。要买几文？"韦义方道："回三钱。"公公道："恰恨卖尽。"韦义方道："回些甘草。"公公道："好甘草！性平无毒，能随诸药之性，解金石草木之毒，市语叫做'国老'。要买几文？"韦义方道："问公公回五钱。"公公道："好教官人知，恰恨也缺。"

韦义方对着公公道："我不来买生药，一个人传语，是种瓜的张公。"申公道："张公却没事，传语我做甚么？"韦义方道："教我来讨十万贯钱。"申公道："钱却有，何以为照？"韦义方去怀里摸索一和，把出席帽儿来。申公看着青布帘里，叫浑家出来看。青布帘起处，见个十七八岁的女孩儿出来，道："丈夫叫则甚？"韦义方心中道："却和那张公一般，爱娶后生老婆。"申公教浑家看这席帽儿，是也不是。女孩儿道："前日张公骑着蹇驴儿，打门前过，席帽儿绽了，教我缝。当时没皂线，我把红线缝着顶上。"翻过来看时，果然红线缝着顶。申公即时引韦义方入去家里，交还十万贯钱。韦义方得这项钱，把来修桥作路，散与贫人。

忽一日，打一个酒店前过，见个小童，骑只驴儿。韦义方认得是当日载他过溪的，问小童道："张公在那里？"小童道："见在酒店楼上，共申公饮酒。"韦义方上酒店楼上来，见申公与张公对坐，义方便拜。张公道："我本上仙长兴张古老。文女乃上天玉女，只因思凡，上帝恐被凡人点污，故令吾托态取归上天。韦义方本合

为仙，不合杀心太重，止可受扬州城隍都土地。"道罢，用手一招，叫两只仙鹤。申公与张古老各乘白鹤，腾空而去。则见半空遗下一幅纸来，拂开看时，只见纸上题着八句儿诗，道是：

一别长兴二十年，锄瓜隐迹暂居廛。

因嗟世上凡夫眼，谁识尘中未遇仙？

授职义方封土地，乘鸾文女得升天。

从今跨鹤楼前景，壮观维扬尚俨然。

第三十卷　李公子救蛇获称心

劝人休诵经，念甚消灾咒！

经咒总慈悲，冤业如何救？

种麻还得麻，种豆还得豆。

报应本无私，作了还自受。

这八句言语，乃徐神翁所作，言人在世，积善逢善，积恶逢恶。古人有云：积金以遗子孙，子孙未必能守；积书以遗子孙，子孙未必能读；不如积阴德于冥冥之中，以为子孙长久之计。昔日孙叔敖晓出，见两头蛇一条，横截其路。孙叔敖用砖打死而埋之。归家告其母曰："儿必死矣！"母曰："何以知之？"敖曰："尝闻：人见两头蛇者必死，儿今日见之。"母曰："何不杀乎？"叔敖曰："儿已杀而埋之，免使后人再见，以伤其命。儿宁一身受死。"母曰："儿有救人之心，此乃阴骘，必然不死。"后来叔敖官拜楚相。今日说一个秀才，救一条蛇，亦得后报。

南宋神宗朝熙宁年间，汴梁有个官人，姓李，名懿，由杞县知县，除金杭州判官。本官世本陈州人氏，有妻韩氏；子李元，字伯元，学习儒业。李懿到家收拾行李，不将妻子，只带两个仆人到杭州赴任。在任倏忽一年，猛思："子李元在家攻书，不知近日学业如何？"写封家书，使王安往陈州取孩儿李元来杭州，早晚作伴，就买书籍。王安辞了本官，不一日，至陈州，参见恭人，呈上家书。书院中唤出李元，令读了父亲家书，收拾行李。李元在前曾应举不第，近日琴书意懒，止游山玩水，以自娱乐。闻父命呼召，收拾琴、剑、书箱，拜辞母亲，与王安登程。沿路觅船，不一日，到扬子江。李元看了江山景物，观之不足，乃赋诗曰：

> 西出昆仑东到海，惊涛拍岸浪掀天。
>
> 月明满耳风雷吼，一派江声送客船。

渡江至润州，迤逦到常州，过苏州，至吴江。

是日申牌时分，李元舟中看见吴江风景，不减潇湘图画，心中大喜！令梢公泊舟近长桥之侧。元登岸上桥，来垂虹亭上，凭栏而坐，望太湖晚景。李元观之不足，忽见桥东一带粉墙中有殿堂，不知何所。却值渔翁卷网而来，揖而问之："桥东粉墙，乃是何家？"渔人曰："此三高士祠。"李元问曰："三高何人也？"渔人曰："乃范蠡、张翰、陆龟蒙三个高士。"元喜，寻路渡一横桥，至三高士祠。入侧门，观石碑。上堂，见三人列坐，中范蠡，左张翰，右陆龟蒙。李元寻思间，一老人策杖而来。问之，乃看祠堂之人。李元曰："此祠堂几年矣？"老人曰："近千余年矣！"元曰："吾闻张翰在朝，曾为显官。因思鲈鱼、莼菜之美，弃官归乡，彻老不仕。乃是急流中勇退之人，世之高士也。陆龟蒙绝代诗人，隐居吴淞江上，惟以养鸭为乐，亦世之高士。此二人立祠，正当其理。范蠡乃越国之上卿，因献西施于吴王夫差，就中取事，破了吴国。后见越王义薄，扁舟遨游五湖，自号鸱夷子。此人虽贤，乃吴国之仇人，如何于此受人享祭？"老人曰："前人所建，不知何意。"李元于老人处借笔砚，题诗一绝于壁间，以明鸱夷子不可于此受享。诗曰：

地灵人杰夸张陆，共预清祠事可宜。

千载难消亡国恨，不应此地着鸱夷。

题罢，还了老人笔砚，相辞出门。见数个小孩儿，用竹杖于深草中戏打小蛇。李元近前视之，见小蛇生得奇异：金眼黄口，赭身锦鳞，体如珊瑚之状，腮下有绿毛，可长寸余。其蛇长尺余，如瘦竹之形。元见尚有游气，慌忙止住小童："休打，我与你铜钱百文，可将小蛇放了，卖与我。"小童簇定要钱。李元将朱蛇用衫袖包裹，引小童到船边，与了铜钱自去。唤王安开书箱，取艾叶煎汤，少等温，贮于盘中，将小蛇洗去污血。命梢公开船，远望岸上草木茂盛之处，急无人到，就那里将朱蛇放了。蛇乃回头数次，看着李元。元曰："李元今日放了你，可于僻静去处躲避，休再教人见。"朱蛇游入水中，穿波底而去。李元令移舟望杭州而行。

三日已到。拜见父亲，言讫家中之事。父问其学业，李元一一对答，父心甚喜。在衙中住了数日，李元告父曰："母亲在家，早晚无人侍奉；儿欲归家，就赴春选。"父乃收拾俸余之资，买些土物，令元回乡，又令王安送归。行李已搬下船，拜辞父亲，与王安二人离了杭州。出东新桥官塘大路，过长安坝，至嘉禾，近吴江。从旧岁所观山色湖光，意中不舍。到长桥时，日已平西。李元教暂住行舟："且观景物，宿一宵，来早去。"就桥下湾住船，上岸，独步上桥，登垂虹亭，凭阑仁目，遥望湖光潋滟，山色空濛；风定渔歌聚，波摇雁影分。

　　正观玩间，忽见一青衣小童，进前作揖，手执名榜一纸，曰："东人有名榜在此，欲见解元，未敢擅便。"李元曰："汝东人何在？"青衣曰："在此桥左，拱听呼唤。"李元看名榜纸上一行书云："学生朱伟谨谒。"元曰："汝东人莫非误认我乎？"青衣曰："正欲见解元，安得误耶！"李元曰："我自来江左，并无相识，亦无姓朱者来往为友，多敢同姓者乎？"青衣曰："正欲见通判相公李衙内李伯元，岂有误耶！"李元曰："既然如此，必是斯文，请来相见何碍。"青衣去不多时，引一秀才至，眉清目秀，齿白唇红，飘飘然有凌云之气。那秀才见李元，先拜，元慌忙答礼。朱秀才曰："家尊与令祖相识甚厚，闻先生自杭而回，特命学生伺候已久。倘蒙不弃，少屈文旆至舍下，与家尊略叙旧谊，可乎？"李元曰："元年幼，不知先祖与君家有旧，失于拜望，幸乞恕察。"朱秀才曰："蜗居只在咫尺，幸勿见却。"李元见朱秀才坚意叩请，乃随秀才出垂虹亭。至长桥尽处，柳阴之中，泊一画舫，上有数人，容貌魁梧，衣装鲜丽。邀元下船，见船内五彩装画，裀褥铺设皆极富贵。元早惊异！朱秀才教开船，从者荡桨，舟去如飞，两边搅起浪花，如雪飞舞。

　　须臾之间，船已到岸，朱秀才请李元上岸。元见

一带松柏，亭亭如盖，沙草滩头，摆列着紫衫银带，约二十余人，两乘紫藤兜轿。李元问曰："此公吏何府第之使也？"朱秀才曰："此家尊之所使也。请上轿，咫尺便是。"李元惊惑之甚，不得已上轿，左右呵喝入松林。行不一里，见一所宫殿，背靠青山，南朝绿水，水上一桥，桥上列花石栏干。宫殿上盖琉璃瓦，两廊下皆捣红泥墙壁。朱门三座，上有金字牌，题曰"玉华之宫"。轿至宫门，请下轿。李元不敢那步，战栗不已。宫门内有两人出迎，皆头顶貂蝉冠，身披紫罗襕，腰系黄金带，手执花纹简，进前施礼，请曰："王上有命，谨请解元。"李元半晌不能对答。朱秀才在侧曰："吾父有请，慎勿惊疑。"李元曰："此何处也？"秀才曰："先生到殿上便知也。"李元勉强随二臣宰行，从东廊历阶而进，上月台，见数十人皆锦衣，族拥一老者出殿上。其人蝉冠大袖，朱履长裙，手执玉圭，进前迎迓。李元慌忙下拜，王者命左右扶起。王曰："坐邀文斾，甚非所宜，幸沐来临，万乞情恕。"李元但只唯唯答应而已。左右引入殿，王升御座，左手下设一绣墩，请解元登席。元再拜于地曰："布衣寒生，王上御前，安敢侍坐？"王曰："解元于吾家有大恩，今令长男邀请至此，坐之何碍？"二臣宰请曰："王上敬礼，先生勿辞。"李元再三推却，不得已，低首躬身，坐于绣墩。王乃唤："小儿，来拜恩人。"

少顷，屏风后宫女数人，拥一郎君至。头戴小冠，身穿绛衣，腰系玉带，足蹑花靴，面如傅粉，唇似涂脂，立于王侧。王曰："小儿外日游于水际，不幸为顽童所获，若非解元一力救之，则身为齑粉矣。众族感戴，未尝忘报。今既至此，吾儿可拜谢之。"小郎君近前，下拜。李元慌忙答礼。王曰："君是吾儿之大恩人也，可受礼。"命左右扶定，令儿拜讫。李元仰视王者，满面虬髯，目有神光；左右之人，形容皆异；方悟此处是水府龙宫。所见者，龙君也；傍立年少郎君，即向日三高士祠所救之小蛇也。元慌忙稽颡，拜于阶下。王起身曰："此非待恩人处，请入宫殿后，少进杯酌之礼。"李元随王转玉屏，花砖之上皆铺绣褥，两傍皆绷锦步障，出殿后，转行廊，至一偏殿。但见金碧交辉，内列龙灯凤烛，玉炉喷沉麝之香，绣幕飘流苏之带。中设二座，皆是蛟绡拥护。李元惊怕而不敢坐，王命左右扶李元上座。两边仙音缭绕，数十美女，各执乐器，依次而入。前面执宝杯盘进酒献果者，皆绝色美女。但闻异香馥郁，瑞气氤氲，李元不知手足所措，如醉如痴。王命二子进酒，二子皆捧觞再拜。台上果桌，贮目观之，器皿皆是玻璃、水晶、琥珀、玛瑙为之，曲尽巧妙，非人间所有。王自起身与李元劝酒，其味甚佳，肴馔极多，不知何物。王令诸宰臣轮次举杯相劝，李元不觉大醉，起身拜王曰：“臣实不胜酒矣。”俯伏在地而不能起。王命侍从扶出殿外，送至客馆安歇。

李元酒醒，红日已透窗前。惊起视之，房内床榻帐幔，皆是蛟绡围绕。从人安排洗漱已毕，见夜来朱秀才来房内相邀。并不穿世之儒服，裹球头帽，穿绛绡袍，玉带皂靴；从者各执斧钺。李元曰：“夜来大醉，甚失礼仪。”朱伟曰：“无可相款，幸乞情恕。父王久等，请恩人到偏殿进膳。”引李元见王。曰：“解元且宽心怀，住数日去亦不迟。”李元再拜曰：“荷王上厚意。家尊令李元归乡侍母，就赴春选，日已逼近。更兼仆人久等不见，必忧；倘回杭报父得知，必生远虑。因此不敢久留，只此告退。”王曰：“既解元要去，不敢久留。虽有纤粟之物，不足以报大恩，但欲者当一一奉纳。”李元曰：“安敢过望？平生但得称心足矣！”王笑曰：“解元既欲吾女为妻，敢不奉命？但三载后，须当复回。”王乃传言，唤出称心女子来。

须臾，众侍簇拥一美女至前。元乃偷眼视之，雾鬓云鬟，柳眉星眼，有倾国倾城之貌，沉鱼落雁之容。王指此女曰：“此吾女称心也。君既求之，愿奉箕帚。”李元拜于地曰：“臣所欲称心者，但得一举登科，以称此心，岂敢望天女为配偶耶？”王曰：“此女小名称心，既以许君，不可悔矣。若欲登科，只问此女，亦可办也。”王乃唤朱伟：“送此妹与解元同去。”李元再拜谢。

朱伟引李元出宫，同到船边，见女子已改素妆，先在船内。朱伟曰：“尘世阻隔，不及亲送，万乞保重。”李元曰：“君父王何贤圣也？愿乞姓名。”朱伟曰：“吾父乃西海群龙之长，多立功德，奉玉帝敕命，令守此处。幸得水洁波澄，足可荣吾子孙。君此去，切不可泄漏天机，恐遭大祸；吾妹处亦不可问，仔细！”元拱手听罢，作别上船，朱伟又将金珠一包相送。但耳畔闻风雨之声，不觉到长桥边。从人送女子并李元登岸，与了金珠，火急开船，两桨如飞，倏忽不见。

李元似梦中方觉，回观女子在侧，惊喜。元语女子曰：“汝父令汝与我为夫妇，你还随我去否？”女子曰：“妾奉王命，令吾侍奉箕帚，但不可以告家中人。若泄漏，则妾不能久住矣。”李元引女子同至船边，仆人王安惊疑，接入舟中曰：“东人一夜不回，小人何处不寻？竟不知所在。”李元曰：“吾见一友人，邀于湖上饮酒，就以此女与我为妇。”王安不敢细问情由。请女子下船，将金珠藏于囊中，收拾行船。

　　一路涉河渡坝，看看来到陈州。升堂参见老母，说罢父亲之事，跪而告曰："儿在途中娶得一妇，不曾得父母之命，不敢参见。"母曰："男婚女聘，古之礼也。你既娶妇，何不领归？"母命引称心女子拜见老母，合家大喜。自搬回家，不过数日，已近试期。李元见称心女子聪明智慧，无有不通，乃问曰："前者汝父曾言，若欲登科，必问于汝。来朝吾入试院，你有何见识教我？"女子曰："今晚吾先取试题，汝在家中先做了文章，来日依本去写。"李元曰："如此甚妙！此题目从何而得？"女子曰："吾闭目作用，慎勿窥戏。"李元未信。女子归房，坚闭其门。但闻一阵风起，帘幕皆卷。约有更余，女子开户而出，手执试题与元。元大喜，恣意检本，做就文章。来日入院，果是此题，一挥而出。后日亦如此，连三场皆是女子飞身入院，盗其题目。待至开榜，李元果中高科。初任江州金判，闾里作贺，走马上任。一年，改除奏院。三年任满，除江南吴江县令。引称心女子，并仆从五人，辞父母来本处之任。

　　到任上不数日，称心女子忽一日辞李元曰："三载之前，为因小弟蒙君救命之恩，父母教奉箕帚。今已过期，即当辞去，君宜保重。"李元不舍，欲向前拥抱，被一阵狂风，女子已飞于门外，足底生云，冉冉腾空而去。李元仰面大哭。女子曰："君勿误青春，别寻佳配。官至尚书，可宜退步。妾若不回，必遭重责。聊有小诗，永为表记。"空中飞下花笺一幅，有诗云：

　　三载酬恩已称心，妾身归去莫沉吟。

　　玉华宫内浪埋雪，明月满天何处寻？

李元终日悒怏。后三年官满，回到陈州。除秘书，王丞相招为婿，累官至吏部尚书。直至如今，吴江西门外有龙王庙尚存，乃李元旧日所立。有诗云：

　　昔时柳毅传书信，今日李元逢称心。

　　恻隐仁慈行善事，自然天降福星临。

第三十一卷　简帖僧巧骗皇甫妻

白苎轻衫入嫩凉，春蚕食叶响长廊。

禹门已准桃花浪，月殿先收桂子香。

鹏北海，凤朝阳，又携书剑路茫茫。

明知此日登云去，却笑人间举子忙。

长安京北有一座县，唤做咸阳县，离长安四十五里。一个官人，复姓宇文，名绶，离了咸阳县，来长安赶试，一连三番试不遇。有个浑家王氏，见丈夫试不中归来，把复姓为题，做一个词儿嘲笑丈夫，名唤做《望江南》词，道是：

公孙恨，端木笔俱收。枉念西门分手处，闻人寄信约深秋，拓拔泪交流。　　宇文弃，闷驾独孤舟。不望手勾龙虎榜，慕容颜好一齐休，甘分守闾丘。

那王氏意不尽，看着丈夫，又做四句诗儿：

> 良人得意负奇才，何事年年被放回？
>
> 君面从今羞妾面，此番归后夜间来。

宇文解元从此发愤道："试不中，定是不回！"到得来年，一举成名了，只在长安住，不肯归去。

浑家王氏见丈夫不归，理会得道："我曾作诗嘲他，可知道不归。"修一封书，叫当直王吉来，"你与我将这书去，四十五里，把与官人。"书中前面略叙寒暄，后面做只词儿，名唤《南柯子》。词道：

> 鹊喜噪晨树，灯开半夜花。果然音信到天涯，
>
> 报道玉郎登第出京华。旧恨消眉黛，新欢上脸霞。
>
> 从前都是误疑他，将谓经年狂荡不归家。

这词后面，又写四句诗道：

> 长安此去无多地，郁郁葱葱佳气浮。
>
> 良人得意正年少，今夜醉眠何处楼？

宇文绶接得书，展开看，读了词，看罢诗，道："你前回做诗，教我从今归后夜间来；我今试遇了，却要我回！"就旅邸中取出文房四宝，做了只曲儿，叫做《踏莎行》：

> 足蹑云梯，手攀仙桂，姓名高挂登科记。马前

喝道状元来，金鞍玉勒成行缀。　　宴罢归来，恣游花市，此时方显平生志。修书速报凤楼人，这回好个风流婿。

做毕这词，取张花笺，折叠成书，待要写了，付与浑家。正研墨，觉得手重，惹翻砚水滴儿打湿了纸。再把一张纸折叠了，写成一封家书，付与当直王吉，教分付家中孺人："我今在长安试遇了，到夜了归来。急去传与孺人，不到夜，我不归来。"王吉接得书，唱了喏，四十五里田地，直到家中。

话里且说宇文绶发了这封家书，当日天晚，客店中无甚的事，便去睡。方才朦胧睡着，梦见归去到咸阳县家中，见当直王吉在门前一壁脱下草鞋洗脚。宇文绶问道："王吉，你早归了？"再四问他不应。宇文绶焦躁，抬起头来看时，见浑家王氏，把着蜡烛入去房里。宇文绶赶上来，叫："孺人，我归了。"浑家不采他。又说一声，浑家又不采。宇文绶不知身是梦里，随浑家入房去。看这王氏放烛在桌上，取早间这一封书，头上取下金篦儿，一剔剔开封皮，看时，却是一幅白纸。浑家含笑，就烛下把起笔来，于白纸上写了四句：

碧纱窗下启缄封，一纸从头彻底空。

知汝欲归情意切，相思尽在不言中。

写毕，换个封皮，再来封了。那浑家把金篦儿去剔那烛烬，一剔剔在宇文绶脸上，吃了一惊，撒然醒觉，却在客店里床上睡，烛犹未灭。桌子上看时，果然错封了一幅白纸归去。取一幅纸，写这四句诗。到得明日早饭后，王吉把那封回书来，拆开看时，里面写着四句诗，便是夜来梦里见那浑家做的一般。当便安排行李，即时回家去。这便唤做"错封书"，下来说的便是"错下书"。

有个官人，夫妻两口儿正在家坐地，一个人送封简帖儿来与他浑家。只因这封简帖儿，变出一本跷蹊作怪的小说来。正是：

尘随马足何年尽？事系人心早晚休。

有《鹧鸪》词一首，单道着佳人：

淡画眉儿斜插梳，不欢拈弄绣工夫。云窗雾阁深深处，静拂云笺学草书。　　多艳丽，更清姝，神仙标格世间无。当时只说梅花似，细看梅花却不如。

东京汴州开封府枣槊巷里，有个官人，复姓皇甫，单名松，本身是左班殿直，年二十六。有个妻子杨氏，年二十四岁。一个十三岁的丫鬟，名唤迎儿。只这三口，别无亲戚。当时皇甫殿直官差去押衣袄上边，回来

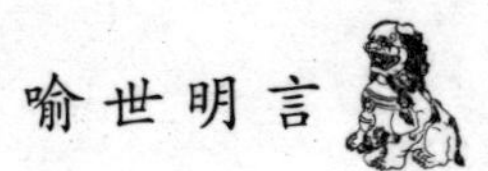

是年节了。

这枣槊巷口一个小小的茶坊，开茶坊的唤做王二。当日茶市已罢，已是日中，只见一个官人入来。那官人生得：

> 浓眉毛，大眼睛，蹶鼻子，略绰口。头上裹一顶高样大桶子头巾，着一领大宽袖斜襟褶子；下面衬贴衣裳，干鞋净袜。

入来茶坊里坐下。开茶坊的王二拿着茶盏进前，唱喏奉茶。那官人接茶吃罢，看着王二道："少借这里等个人。"王二道："不妨。"等多时，只见一个男女，名叫僧儿，托个盘儿，口中叫："卖鹌鹑馉饳儿！"官人把手打招，叫："买馉饳儿。"僧儿见叫，托盘儿入茶坊内，放在桌上。将条篾黄穿那馉饳儿，捏些盐放在官人面前，道："官人，吃馉饳儿。"官人道："我吃。先烦你一件事。"僧儿道："不知要做什么？"那官人指着枣槊巷里第四家，问僧儿："认得这人家么？"僧儿道："认得，那里是皇甫殿直家里。殿直押衣袄上边，方才回家。"官人问道："他家有几口？"僧儿道："只是殿直，一个小娘子，一个小养娘。"官人道："你认得那小娘子也不？"僧儿道："小娘子寻常不出帘儿外面。有时叫僧儿买馉饳儿，常去，认得。问他做甚么？"官人去腰里取下版金钱线箧儿，抖下五十来钱，安在僧儿盘子里。僧儿见了，可煞喜欢，叉手不离方寸：“告官人，有何使令？”官人道：“我相烦你则个。”袖中取出一张白纸，包着一对落索环儿，两只短金钗子，一个简帖儿，付与僧儿，道：“这三物事，烦你送去适间问的小娘子。你见殿直，不要送与他。见小娘子时，你只道官人再三传语：‘将这三件物来与小娘子，万望笑留。’你便去，我只在这里等你回报。”

那僧儿接了三件物事，把盘子寄在王二茶坊柜上，僧儿托着三件物事，入枣槊巷来。到皇甫殿直门前，把青竹帘掀起，探一探。当时皇甫殿直正在前面交椅上坐地，只见卖馉饳儿的小厮掀起帘子，猖猖狂狂，探了一探，便走。皇甫殿直看着那厮，震威一喝，便是：

当阳桥上张飞勇，一喝曹公百万兵。

喝那厮一声，问道：“做什么？”那厮不顾便走。皇甫殿直拽开脚，两步赶上，捽那厮回来，问道：“甚意思？看我一看了便走。”那厮道：“一个官人，教我把三件物事与小娘子，不教把与你。”殿直问道：“什么物事？”那厮道：“你莫问，不要把与你。”皇甫殿直捻得拳头没缝，去顶门上屑那厮一暴，道：“好好的把出来教我看！”那厮吃了一暴，只得怀里取出一个纸裹儿，口里兀自道："教我把与小娘，又不教把与你，你却打我则甚？"皇甫殿直劈手夺了纸包儿，打开看，里面一对落索环儿，一双短金钗，一个简帖儿。皇甫殿直接得三件物事，拆开简帖，看时：

> 某惶恐再拜，上启小娘子妆前：即日孟春初时，恭惟懿处，起居万福。某外日荷蒙持怀之款，深切仰思，未尝少替。某偶以薄干，不及亲诣；聊有小词，名《诉衷情》，以代面禀，伏乞懿览。

词道是：

> 知伊夫婿上边回，懊恼碎情怀。落索环儿一对，简子与金钗。
>
> 伊收取，莫疑猜，且开怀。自从别后，孤帏冷落，独守书斋。

皇甫殿直看了简贴儿，劈开眉下眼，咬碎口中牙，问僧儿道："谁教你把来？"僧儿用手指着巷口王二哥茶坊里道："有个粗眉毛、大眼睛、蹶鼻子、略绰口的官人，教我把来与小娘子，不教我把来与你。"皇甫殿直一只手捽住僧儿狗毛，出这枣槊巷，径奔王二哥茶坊前来。僧儿指着茶坊道："恰才在这里面打的床铺上坐地的官人，教我把来与小娘子，又不教把与你，你却打我！"皇甫殿直见茶坊没人，骂声："鬼话！"再捽僧儿回来，不由开茶坊的王二分说。

当时到家里，殿直把门来关上，掮来掮了，唬得僧儿战做一团。殿直从里面叫出二十四岁花枝也似浑家出来，道："你且看这件物事！"那小娘子又不知上件因依，去交椅上坐地。殿直把那简帖儿和两件物事度与浑家看。那妇人看着简帖儿上言语，也没理会处。殿直道："你见我三个月日押衣袄上边，不知和甚人在家中吃酒？"小娘子道："我和你从小夫妻，你去后，何曾有人和我吃酒？"殿直道："既没人，这三件物从那里来？"小娘子道："我怎知？"殿直左手指，右手举，一个漏风掌打将去。小娘子则叫得一声，掩着面哭将入去。皇甫殿直再叫将十三岁迎儿出来，去壁上取下一把箭簝子竹来，放在地上，叫过迎儿来。看着迎儿，生得：

> 短胳膊，琵琶腿；劈得柴，打得水。会吃饭，能窝屎。

皇甫松去衣架上取下一条绦来，把妮子缚了两只手，掉过屋梁去，直下打一抽，吊将妮子起去。拿起箭簝子竹来，问那妮子道："我出去三个月，小娘子在家中和甚人吃酒？"妮子道："不曾有人。"皇甫殿直拿起箭簝子竹，去妮子腿下便揰，揰得妮子杀猪也似叫。又问又打，那妮子吃不得打，口中道出一句来："三个月殿直出去，小娘子夜夜和个人睡。"皇甫殿直道："好也！"放下妮子来，解了绦，道："你且来，我问你，是和兀谁睡？"那妮子揩着眼泪道："告殿直，实不敢相瞒，自从殿直出去后，小娘子夜夜和个人睡，不是别人，却是和迎儿睡。"皇甫殿直道："这妮子，却不弄我？"喝将过去。

带一管锁，走出门去，拽上那门，把锁锁了。走去转湾巷口，叫将四个人来，是本地方所由，如今叫做"连手"，又叫做"巡军"：张千、李万、董超、薛霸四人。来到门前，用钥匙开了锁，推开门，从里扯出卖馉饳的僧儿来，道："烦上名收领这厮。"四人道："父母官使令，领台旨。"殿直道："未要去，还有人哩。"从里面叫出十三岁的迎儿和二十四岁花枝的浑家，道："和他都领去。"四人唱喏道："告父母官，小人怎敢收领孺人？"殿直发怒道："你们不敢领他？这件事干人命！"唬倒四个所由，只得领小娘子和迎儿并卖馉饳的僧儿三个同去，解到开封钱大尹厅下。

皇甫殿直就厅下唱了大尹喏，把那简帖儿呈覆了。钱大尹看罢，即时教押下一个所属去处，叫将山前行山定来。当时山定承了这件文字，叫僧儿问时，应道："则是茶坊里见个粗眉毛、大眼睛、蹶鼻子、略绰口的官人，他把这封简子来与小娘子。打杀也只是恁地供招！"问这迎儿，迎儿道："即不曾有人来同小娘子吃酒，亦不知付简帖儿来的是何人。打杀也只是恁地供招！"却待问小娘子，小娘子道："自从少年夫妻，都无一个亲戚往来，只有夫妻二人，亦不知把简帖儿来的是何等人。"

山前行山定看着小娘子："生得恁地瘦弱，怎禁得打勘？怎地讯问他？"从里面交拐将过来两个狱卒，押出一个罪人来。看这罪人时：

面长皴轮骨，胲生渗癞腮。

犹如行病鬼，到处降人灾。

这罪人原是个强盗头儿，绰号"静山大王"。小娘子见这罪人，把两只手掩着面，那里敢开眼？山前行喝着狱卒道："还不与我施行！"狱卒把枷稍一纽，枷稍在上，罪人头向下，拿起把荆子来，打得杀猪也似叫。山前行问道："你曾杀人也不曾？"静山大王应道："曾杀人。"又问："曾放火不曾？"应道："曾放火。"教两个狱卒把静山大王押入牢里去。山前行回转头来，看着小娘子道："你见静山大王，吃不得几杖子，杀人放火都认了。小娘子，你有事，只好供招了。你却如何吃得这般杖子？"小娘子簌地两行泪下，道："告前行，到这里隐讳不得。觅幅纸和笔，只得与他供招。"小娘子供道：

“自从少年夫妻，都无一个亲戚来往，即不知把简贴儿来的是甚色样人。如今看要侍儿吃甚罪名，皆出赐大尹笔下。”便怎么说，五回三次问他，供说得一同。

似此三日，山前行正在州衙门前立，倒断不下。猛抬头看时，却见皇甫殿直在面前相揖，问及这件事：“如何三日理会这件事不下？莫是接了寄简帖的人钱物，故意不与决这件公事？”山前行听得，道：“殿直，如今台意要如何？”皇甫松道：“只是要休离了。”当日，山前行入州衙里，到晚衙，把这件文字呈了钱大尹。大尹叫将皇甫殿直来，当厅问道：“捉贼见赃，捉奸见双。又无证见，如何断得他罪？”皇甫松告钱大尹：“松如今不愿同妻子归去，情愿当官休了。”大尹台判：“听从夫便。”殿直自归。僧儿、迎儿喝出，各自归去。

只有小娘子见丈夫又不要他，把他休了，哭出州衙门来，口中自道：“丈夫不要我，又没一个亲戚投奔，教我那里安身？不若我自寻个死休。”至天汉州桥，看着金水银堤汴河，恰待要跳将下去，则见后面一个人，把小娘子衣裳一揪揪住。回转头来看时，恰是一个婆婆。生得：

> 眉分两道雪，把小髻挽一窝丝。眼昏一似秋水微浑，发白不若楚山云淡。

婆婆道："孩儿，你却没事寻死做甚么？你认得我也不？"小娘子道："不识婆婆。"婆婆道："我是你姑姑。自从你嫁了老公，我家寒，攀陪你不着，到今不来往。我前日听得你与丈夫官司，我日逐在这里伺候。今日听得道休离了，你要投水做甚么？"小娘子道："我上无片瓦，下无立锥，丈夫又不要我，又无亲戚投奔，不死更待何时？"婆婆道："如今且同你去姑姑家里，看后如何。"妇女自思量道："这婆子，知他是我姑姑也不是。我如今没投奔处，且只得随他去了，却再理会。"即时随这姑姑家去。看时，家里莫甚么活计，却好一个房舍，也有粉青帐儿，有交椅、桌凳之类。

在这姑姑家里过了两三日，当日方才吃罢饭，则听得外面一个官人高声大气叫道："婆子，你把我物事去卖了，如何不把钱来还？"那婆子听得叫，失张失志，出去迎接来叫的官人，请入来坐地。小娘子着眼看时，见入来的人：粗眉毛，大眼睛，蹶鼻子，略绰口。头上裹一顶高样大桶子头巾，着一领大宽袖斜襟褶子；下面衬贴衣裳，甜鞋净袜。小娘子见了，口喻心，心喻口，道："好似那僧儿说的寄简帖儿官人。"只见官人入来，便坐在凳子上，大惊小怪道："婆子，你把我三百贯钱物事去卖，今经一个月日，不把钱来还？"婆子道："物事自卖在人头，未得钱。支得时，即便付还官人。"官人道："寻常交关钱物东西，何尝捱许多日了？讨得时，千万送来。"官人说了自去。

婆子入来，看着小娘子，簌地两行泪下，道："却是怎好？"小娘子问道："有什么事？"婆子道："这官人原是蔡州通判，姓洪，如今不做官，却卖些珠翠头面。前日一件物事教我把去卖，吃人交加了，到如今没这钱还他，怪他焦躁不得。他前日央我一件事，我又不曾与他干得。"小娘子问道："却是甚么事？"婆子道："教我讨个细人，要生得好的。若得一个似小娘子模样去嫁与他，那官人必喜欢。小娘子，你如今在这里，老公又不要你，终不然罢了？不若听姑姑说合，你去嫁了这官人，你终身不致担误，挈带姑姑也有个倚靠，不知你意如何？"小娘子沉吟半晌，不得已，只得依允。婆子去回复了。不一日，这官人娶小娘子来家，成其夫妇。

逡巡过了一年，当年是正月初一日。皇甫殿直自从休了浑家，在家中无好况。正是：

时间风火性，烧了岁寒心。

自思量道："每年正月初一日，夫妻两个，双双地上本州大相国寺里烧香。我今年却独自一个，不知我浑家那里去了？"簌地两行泪下，闷闷不已。只得勉强着一领紫罗衫，手里把着银香盒，来到大相国寺里烧香。到寺中烧了香，恰待出寺门，只见一个官人领着一个妇女。看那官人时，粗眉毛，大眼睛，蹶鼻子，略绰口，领着的妇女，却便是他浑家。当时丈夫看着浑家，浑家又觑着丈夫，两个四目相视，只是不敢言语。那官人同妇女两个入大相国寺里去。

皇甫松在这山门头正沉吟间，见一个打香油钱的行者，正在那里打香油钱，看见这两人入去，口里道："你害得我苦，你这汉，如今却在这里！"大踏步赶入寺来。皇甫殿直见行者赶这两人，当时呼住行者道："五戒，你莫待要赶这两个人上去？"那行者道："便是。说不得我受这汉苦，到今日抬头不起，只是为他。"皇甫殿直道："你认得这个妇女么？"行者道："不识。"殿直道："便是我的浑家。"行者问："如何却随着他？"皇甫殿直把送简帖儿和休离的上件事，对行者说了一遍。行者道："却是怎地！"行者却问皇甫殿直："官人认得这个人么？"殿直道："不认得。"行者道："这汉原是州东墦台寺里一个和尚，苦行便是墦台寺里行者。我这本师，却是墦台寺里监院，手头有百十钱，剃度这厮做小师。一年已前时，这厮偷了本师二百两银器，逃走了，累我吃了好些拷打。如今赶出寺来，没讨饭吃处。罪过这大相国寺里知寺厮认，留苦行在此间打化香油钱。今日撞见这厮，却怎地休得！"方才说罢，只见这和尚将着他浑家，从寺廊下出来。行者牵衣拔步，却待去捽这厮，皇甫殿直扯住行者，闪那身已在山门一壁，道："且不要捽他，我和你尾这厮去，看那里着落，却与他官司。"两个后地尾将来。

话分两头。且说那妇人见了丈夫，眼泪汪汪，入去大相国寺里烧了香出来。这汉一路上却问这妇人道："小娘子，如何你见了丈夫便眼泪出？我不容易得你来。我当初从你门前过，见你在帘子下立地，见你生得好，有心在你处。今日得你做夫妻，也非通容易。"两个说来说去，恰到家中门前。入门去，那妇人问道："当初这个简帖儿，却是兀谁把来？"这汉道："好教你得知，便是我教卖馉饳的僧儿把来你的。你丈夫中了我计，真个便把你休了。"妇人听得说，捽住那汉，叫声屈，不知高低。那汉见那妇人叫将起来，却慌了，就把两只手去克着他脖项，指望坏他性命。外面皇甫殿直和行者尾着他两人，来到门首，见他们入去，听得里面大惊小怪，抢将入去看时，见克着他浑家，阑阆性命。皇甫殿直和这行者两个，即时把这汉来捉了，解到开封府钱大尹厅下。

这钱大尹是谁?

> 出则壮士携鞭，入则佳人捧臂。
>
> 世世靴踪不断，子孙出入金门。

他是两浙钱王子，吴越国王孙。大尹升厅，把这件事解到厅下。皇甫殿直和这浑家把前面说过的话，对钱大尹历历从头说了一遍。钱大尹大怒，教左右索长枷把和尚枷了，当厅讯一百腿花，押下左司理院，教尽情根勘这件公事。勘正了，皇甫松责领浑家归去，再成夫妻；行者当厅给赏。和尚大情小节，一一都认了：不合设谋奸骗，后来又不合谋害这妇人性命。准杂犯断，合重杖处死。这婆子不合假妆姑姑，同谋不首，亦合编管邻州。当日推出这和尚来，一个书会先生看见，就法场上做了一只曲儿，唤做《南乡子》：

> 怎见一僧人，犯滥铺摸受典刑。案款已成招状了，遭刑，棒杀髡囚示万民。　沿路众人听，犹念高王观世音。护法喜神齐合掌，低声，果谓金刚不坏身?

第三十二卷　宋四公大闹禁魂张

钱如流水去还来，恤寡周贫莫吝财。

试览石家金谷地，于今荆棘昔楼台。

话说晋朝有一人，姓石，名崇，字季伦。当时未发迹时，专一在大江中驾一小船，只用弓箭射鱼为生。

忽一日，至三更，有人扣船言曰："季伦救吾则个！"石崇听得，随即推篷，探头看时，只见月色满天，照着水面，月光之下，水面上立着一个年老之人。石崇问老人："有何事故，夜间相恳？"老人又言："相救则个。"石崇当时就令老人上船，问："有何缘故？"老人答曰："吾非人也，吾乃上江老龙王。年老力衰，今被下江小龙欺我年老，与吾斗敌，累输与他，老拙无安身之地。又约我明日大战，战时，又要输与他。今特来求季伦，明日午时，弯弓在江面上。江中两个大鱼相战，前走者是我，后赶者乃是小龙。但望君借一臂之力，可将后赶大鱼，一箭坏了小龙性命，老拙自当厚报重恩。"石崇听罢，谨领其命。那老人相别而回，涌身一跳，入水而去。

石崇至明日午时，备下弓箭。果然将傍午时，只见大江水面上，有二大鱼追赶将来。石崇扣上弓箭，望着后面大鱼，风地一箭，正中那大鱼腹上。但见满江红水，其大鱼死于江上。此时风浪俱息，并无他事。夜至三更，又见老人扣船来谢道："蒙君大恩，今得安迹。来日午时，你可将船泊于蒋山脚下南岸第七株杨柳树下相候，当有重报。"言罢而去。

石崇明日依言，将船去蒋山脚下杨柳树边相候。只见水面上有鬼使三人出，把船推将去。不多时船回，满载金银珠玉等物。又见老人出水与石崇曰："如君再要珍珠宝贝，可将空船来此相候取物。"相别而去。

这石崇每每将船于柳树下等，便是一船珍宝，因致敌国之富。将宝玩买嘱权贵，累升至太尉之职，真是富贵两全！遂买一所大宅于城中，宅后造金谷园，园中亭台楼馆。用六斛大明珠，买得一妾，名曰绿珠。又置偏房姨奶侍婢，朝欢暮乐，极其富贵。结识朝臣国戚。宅中有十里锦帐，天上人间，无比奢华。

忽一日排筵，独请国舅王恺，这人姐姐是当朝皇后。石崇与王恺饮酒半酣，石崇唤绿珠出来劝酒，端的十分美貌。王恺一见绿珠，喜不自胜，便有奸淫之意。石崇相待宴罢，王恺谢了自回。心中思慕绿珠之色，不能勾得会。王恺常与石崇斗宝，王恺宝物不及石崇，因此阴怀毒心，要害石崇。每每受石崇厚待，无因为之。

忽一日，皇后宣王恺入内御宴。王恺见了姐姐，就流泪告言："城中有一财主富室，家财巨万，宝贝奇珍，言不可尽。每每请弟设宴斗宝，百不及他一二。姐姐可怜，与弟争口气，于内库内那借奇宝，赛他则个。"皇后见弟如此说，遂召掌内库的太监，内库中借他镇库之宝，乃是一株大珊瑚树，长三尺八寸。不曾启奏天子，令人扛抬往王恺之宅。王恺谢了姐姐，便回府用蜀锦做重罩罩了。

翌日，广设珍羞美馔，使人移在金谷园中，请石崇会宴，先令人扛抬珊瑚树去园上开空闲阁子里安了。王恺与石崇饮酒半酣，王恺道："我有一宝，可请一观，勿笑为幸。"石崇教去了锦袱，看着微笑，用杖一击，打为粉碎。王恺大惊，叫苦连天道："此是朝廷内库中镇库之宝，自你赛我不过，心怀妒恨，将来打碎了，如何是好？”石崇大笑道："国舅休虑，此亦未为至宝。"石崇请王恺到后园中看珊瑚树，大小三十余株，有长至七八尺者。内一株，一般三尺八寸，遂取来赔王恺填库。更取一株长大的，送与王恺。王恺羞惭而退，自思："国中之宝，敌不得他过！"遂乃生计嫉妒。

一日，王恺朝于天子，奏道："城中有一富豪之家，姓石，名崇，官居太尉。家中敌国之富，奢华受用，虽我王不能及他快乐。若不早除，恐生不测。"天子准奏，口传圣旨，便差驾上人去捉拿太尉石崇下狱，将石崇应有家资，皆没入官。王恺心中只要图谋绿珠为妾，使兵围绕其宅，欲夺之。绿珠自思道："丈夫被他诬害性命，不知存亡。今日强要夺我，怎肯随他？虽死不受其辱！"言讫，遂于金谷园中坠楼而死，深可悯哉！王恺闻之大怒，将石崇戮于市曹。石崇临受刑时，叹曰："汝辈利吾家财耳。"刽子曰："你既知财多害己，何不早散之？"石崇无言可答，挺颈受刑。胡曾先生有诗曰：

> 一自佳人坠玉楼，晋家宫阙古今愁。
>
> 惟余金谷园中树，已向斜阳叹白头。

方才说石崇因富得祸，是夸财炫色，遇了王恺国舅这个对头。如今再说一个富家，安分守己，并不惹事生非；只为一点悭吝未除，便弄出非常大事，变做一段有笑声的小说。这富家姓甚名谁？听我道来：这富家姓张，名富，家住东京开封府，积祖开质库，有名唤做张员外。这员外有件毛病，要去那：

> 虱子背上抽筋，鹭鸶腿上割股，古佛脸上剥金，
>
> 黑豆皮上刮漆，痰唾留着点灯，捋松将来炒菜。

这个员外平日发下四条大愿：

> 一愿衣裳不破，二愿吃食不消，
>
> 三愿拾得物事，四愿夜梦鬼交。

是个一文不使的真苦人。他还地上拾得一文钱，把来磨做镜儿，捍做磬儿，掐做锯儿，叫声"我儿"，做个嘴儿，放入篋儿。人见他一文不使，起他一个异名，唤做"禁魂张员外"。

当日是日中前后，员外自入去里面，白汤泡冷饭吃点心。两个主管在门前数见钱。只见一个汉，浑身赤膊，一身锦片也似文字，下面熟白绢裈拽扎着；手把着个笊篱，觑着张员外家里，唱个大喏了教化，口里道："持绳把索，为客周全。"主管见员外不在门前，把两文撇在他笊篱里。张员外恰在水瓜心布帘后望见，走将出来道："好也，主管！你做甚么把两文撇与他？一日两文，千日便两贯。"大步向前，赶上捉笊篱的，打一夺，把他一笊篱钱都倾在钱堆里，却教众当直打他一顿。路

行人看见，也不忿。那捉笊篱的哥哥吃打了，又不敢和他争，在门前指着了骂。只见一个人叫道："哥哥，你来，我与你说句话。"捉笊篱的回过头来，看那个人，却是狱家院子打扮一个老儿。两个唱了喏，老儿道："哥哥，这禁魂张员外，不近道理，不要共他争。我与你二两银子，你一文价卖生萝卜，也是经纪人。"捉笊篱的得了银子，唱喏自去。不在话下。

那老儿是郑州奉宁军人，姓宋，排行第四，人叫他做宋四公，是小番子闲汉。宋四公夜至三更前后，向金梁桥上，四文钱买两只焦酸馅，揣在怀里，走到禁魂张员外门前。路上没一个人行，月又黑。宋四公取出蹊跷作怪的动使，一挂挂在屋檐上，从上面打一盘盘在屋上，从天井里一跳跳将下去。两边是廊屋，去侧首见一碗灯。听着里面时，只听得有个妇女声道："你看三哥，怎么早晚，兀自未来。"宋四公道："我理会得了，这妇女必是约人在此私通。"看那妇女时，生得：

> 黑丝丝的发儿，白莹莹的额儿，翠弯弯的眉儿，溜度度的眼儿，正隆隆的鼻儿，红艳艳的腮儿，香喷喷的口儿，平坦坦的胸儿，白堆堆的奶儿，玉纤纤的手儿，细袅袅的腰儿，弓弯弯的脚儿。

那妇女被宋四公把两只衫袖掩了面，走将上来。妇女道："三哥，做甚么遮了脸子唬我？"被宋四公向前一捽捽住腰里，取出刀来道："悄悄地！高则声便杀了你！"那妇女颤做一团道："告公公，饶奴性命。"宋四公道："小娘子，我来这里做不是，我问你则个：他这里到上库有多少关闭？"妇女道："公公，出得奴房十来步，有个陷马坑，两只恶狗。过了，便有五个防土库的，在那里吃酒赌钱，一家当一更，便是土库。入得那土库，一个纸人，手里托着个银球，底下做着关椾子；踏着关椾子，银球脱在地下，有条合溜，直滚到员外床前；惊觉，教人捉了你。"宋四公道："却是恁地。小娘子，背后来的是你兀谁？"妇女不知是计，回过头去，被宋四公一刀，从肩头上劈将下去，见道血光倒了，那妇女被宋四公杀了。

宋四公再出房门来，行十来步，沿西手走过陷马坑，只听得两个狗子吠。宋四公怀中取出酸馅，着些个不按君臣作怪的药入在里面，觑得近了，撇向狗子身边去。狗子闻得又香又软，做两口吃了，先摆番两个狗子。又行过去，只听得人喝么么六六，约莫也有五六人在那里掷骰。宋四公怀中取出一个小罐儿，安些个作怪的药在中面，把块擞火石取些火烧着，喷鼻馨香。那五个人闻得道："好香！员外日早晚兀自烧香。"只管闻来闻去，只见脚在下头在上，一个倒了，又一个倒。看见那五个男女，闻那香，一霎间都摆番了。宋四公走到五人面前，见有半掇儿吃剩的酒，也有果菜之类，被宋四公把来吃了。见五个人眼睁睁地，只是则声不得。便走到土库门前，见一具胳膊来大三簧锁，锁着土库门。

宋四公怀里取个钥匙，名唤做"百事和合"：不论大小粗细锁，都开得。把钥匙一斗，斗开了锁，走入土库里面去。入得门，一个纸人手里，托着个银球。宋四公先拿了银球，把脚踏过许多关楔子，觅了他五万贯锁赃物，都是上等金珠，包裹做一处。怀中取出一管笔来，把津唾润教湿了，去壁上写着四句言语，道：

> 宋国逍遥汉，四海尽留名。
>
> 曾上太平鼎，到处有名声。

写了这四句言语在壁上，土库也不关，取条路出那张员外门前去。宋四公思量道："梁园虽好，不是久恋之家。"连更彻夜，走归郑州去。

且说张员外家，到得明日天晓，五个男女苏醒，见土库门开着，药死两个狗子，杀死一个妇女，走去覆了员外。员外去使臣房里下了状。滕大尹差王七殿直王遵，看贼踪由。做公的看了壁上四句言语，数中一个老成的叫做周五郎周宣，说道："告观察，不是别人，是宋四。”观察道：“如何见得？”周五郎周宣道：“‘宋国逍遥汉’，只做着上面个‘宋’字；‘四海尽留名’，只做着个‘四’字；‘曾上太平鼎’，只做着个‘曾’字；‘到处有名声’，只做着个‘到’字。上面四字道：‘宋四曾到。’”王殿直道：“我久闻得做道路的有个宋四公，是郑州人氏，最高手段，今番一定是他了。”便教周五郎周宣，将带一行做公的去郑州干办宋四。

众人路上离不得饥餐渴饮，夜住晓行。到郑州，问了宋四公家里，门前开着一个小茶坊。众人入去吃茶，一个老子上灶点茶。众人道：“一道请四公出来吃茶。”老子道：“公公害些病，未起在，等老子入去传话。”老子走进去了。只听得宋四公里面叫起来道：“我自头风发，教你买三文粥来，你兀自不肯。每日若干钱养你，讨不得替心替力，要你何用？”刮刮地把那点茶老子打了几下。只见点茶的老子，手把只粥碗出来道：“众上下少坐，宋四公教我买粥，吃了便来。”众人等个意休不休，买粥的也不见回来，宋四公也竟不见出来。众人不奈烦，入去他房里看时，只见缚着一个老儿。众人只道宋四公，来收他。那老儿说道：“老汉是宋公点茶的，恰才把碗去买粥的，正是宋四公。”众人见说，吃了一惊！叹口气道：“真个是好手。我们看不仔细，却被他瞒过了。"只得出门去赶，那里赶得着？众做公的只得四散，分头各去挨查缉获。不在话下。

原来众人吃茶时，宋四公在里面听得是东京人声音，悄地打一望，又像个干办公事的模样，心上有些疑惑，故意叫骂埋怨，却把点茶老儿的儿子衣服，打换穿着，低着头，只做买粥，走将出来，因此众人不疑。

却说宋四公出得门来，自思量道："我如今却是去那里好？我有个师弟，是平江府人，姓赵，名正。曾得他信道，如今在谟县。我不如去投奔他家也罢。"宋四公便改换色服，妆做一个狱家院子打扮，把一把扇子遮着脸，假做瞎眼，一路上慢腾腾地，取路要来谟县。来到谟县前，见个小酒店，但见：

> 云拂烟笼锦旆扬，太平时节日舒长。
>
> 能添壮士英雄胆，会解佳人愁闷肠。
>
> 三尺晓垂杨柳岸，一竿斜刺杏花傍。
>
> 男儿未遂平生志，且乐高歌入醉乡。

宋四公觉得肚中饥馁，入那酒店去买些个酒吃。酒保安排将酒来，宋四公吃了三两杯酒，只见一个精精致致的后生，走入酒店来。看那人时，却是如何打扮：

> 砖顶背系带头巾，皂罗文武带背儿，下面宽口裤，侧面丝鞋。

　　叫道："公公拜揖。"宋四公抬头看时，不是别人，便是他师弟赵正。宋四公人面前，不敢师父师弟厮叫，只道："官人少坐。"赵正和宋四公叙了间阔就坐，教酒保添只盏来筛酒。吃了一杯，赵正却低低地问道："师父，一向疏阔。"宋四公道："二哥，几时有道路也没？"赵正道："是道路却也自有，都只把来风花雪月使了。闻知师父入东京去，得拳道路。"宋四公道："也没甚么，只有得个四五万钱。"又问赵正道："二哥，你如今哪里去？"赵正道："师父，我要上东京闲走一遭，一道赏玩则个，归平江府去做话说。"

　　宋四公道："二哥，你去不得！"赵正道："我如何上东京不得？"宋四公道："有三件事，你去不得。第一，你是浙右人，不知东京事，行院少有认得你的，你去投奔阿谁？第二，东京百八十里罗城，唤做'卧牛城'。我们只是草寇，常言：'草入牛口，其命不久。'第三，是东京有五千个眼明手快做公的人，有三都捉事使臣。"赵正道："这三件事，都不妨！师父你只放心，赵正也不到得胡乱吃输。"宋四公道："二哥，你不信我口，要去东京时，我觅得禁魂张员外的一包儿细软，我将归客店里去，安在头边，枕着头，你觅得我的时，你便去上东京。"赵正道："师父，恁地时不妨。"两个说罢，宋四公还了酒钱，将着赵正归客店里。店小二见宋四公将着一个官人归来，唱了喏。赵正同宋四公入房里走一遭，道了安置，赵正自去。

当下天色晚，如何见得：

> 暮烟迷远岫，薄雾卷晴空。群星共皓月争光，远水与山光斗碧。深林古寺，数声钟韵悠扬；曲岸小舟，几点渔灯明灭。枝上子规啼夜月，花间粉蝶宿芳丛。

宋四公见天色晚，自思量道："赵正这汉手高，我做他师父，若还真个吃他觅了这般细软，好吃人笑！不如早睡。"宋四公却待要睡，又怕吃赵正来后如何，且只把一包细软安放头边，就床上掩卧。只听得屋梁上知知兹兹地叫，宋四公道："作怪，未曾起更，老鼠便出来打闹人。"仰面向梁上看时，脱些个屋尘下来，宋四公打两个喷涕。少时，老鼠却不则声，只听得两个猫儿，乜凹乜凹地厮咬了叫，溜些尿下来，正滴在宋四公口里，好臊臭！宋四公渐觉困倦，一觉睡去。

到明日天晓起来，头边不见了细软包儿。正在那里没摆拨，只见店小二来说道："公公，昨夜同公公来的官人来相见。"宋四公出来看时，却是赵正。相揖罢，请他入房里去。关上房门，赵正从怀里取出一个包儿，纳还师父。宋四公道："二哥，我问你则个。壁落共门都不曾动，你却是从那里来，讨了我的包儿？"赵正道："实瞒不得师父，房里床面前一带黑油纸槛窗，把那学书纸糊着。吃我先在屋上，学一和老鼠，脱下来屋尘，便是我的作怪药，撒在你眼里鼻里，教你打几个喷涕；后面猫尿，便是我的尿。"宋四公道："畜生，你好没道理！"赵正道："是吃我盘到你房门前，揭起学书纸，把小锯儿锯将两条窗栅下来。我便挨身而入，到你床边，偷了包儿，再盘出窗外去。把窗栅再接住，把小钉儿钉着，再把学书纸糊了。恁地，便没踪迹。"宋四公道："好，好！你使得，也未是你会处。你还今夜再觅得我这包儿，我便道你会。"赵正道："不妨，容易的事。"赵正把包儿还了宋四公道："师父，我且归去，明日再会。"漾了手自去。

宋四公口时不说，肚里思量道："赵正手高似我，这番又吃他觅了包儿，越不好看，不如安排走休！"宋四公便叫将店小二来说道："店二哥，我如今要行。二百钱在这里，烦你买一百钱爔肉，多讨椒盐；买五十钱蒸饼。剩五十钱，与你买碗酒吃。"店小二谢了公公，便去谟县前买了爔肉和蒸饼。却待回来，离客店十来家，有个茶坊里，一个官人叫道："店二哥，那里去？"店二哥抬头看时，便是和宋四公相识的官人。店二哥道：“告官人，公公要去，教男女买燠肉共蒸饼。”赵正道：“且把来看。”打开荷叶看了一看，问道：“这里几文钱肉？”店二哥道：“一百钱肉。”赵正就怀里取出二百钱来道："哥哥，你留这燠肉蒸饼在这里。我与你二百钱，一道相烦，依这样与我买来，与哥哥五十钱买酒吃。”店二哥道：“谢官人。”道了便去。不多时，便买回来。赵正道：“甚劳烦哥哥，与公公再裹了那燠肉。见公公时，做我传语他，只教他今夜小心则个。”店二哥唱喏了，自去。到客店里，将燠肉和蒸饼递还宋四公。宋四公接了道：“罪过哥哥。”店二哥道：“早间来的那官人，教再三传语：今夜小心则个。”

宋四公安排行李，还了房钱，脊背上背着一包被卧，手里提着包裹，便是觅得禁魂张员外的细软，离了客店。行一里有余，取八角镇路上来。到渡头，看那渡船却在对岸，等不来，肚里又饥，坐在地上，放细软包儿在面前，解开燠肉裹儿，擘开一个蒸饼，把四五块肥底燠肉多蘸些椒盐，卷做一卷。嚼得两口，只见天在下，地在上，就那里倒了。宋四公只见一个丞局打扮的人，就面前把了细软包儿去。宋四公眼睁睁地见他把去，叫又不得，赶又不得，只得由他。那个丞局拿了包

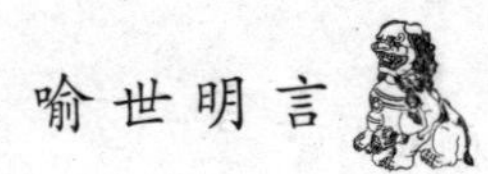

儿，先过渡去了。

宋四公多样时苏醒起来，思量道："那丞局是阿谁，捉我包儿去？店二哥与我买的燋肉里面有作怪物事！"宋四公忍气吞声走起来，唤渡船过来。过了渡，上了岸，思量："那里去寻那丞局好？"肚里又闷，又有些饥渴，只见个村酒店，但见：

> 柴门半掩，破旆低垂。村中量酒，岂知有涤器相如？陋质蚕姑，难效彼当炉卓氏。壁间大字，村中学究醉时题；架上麻衣，好饮芒郎留下当。酸醨破瓮土床排，彩画醉仙尘土暗。

宋四公且入酒店里去，买些酒消愁解闷则个。酒保唱了喏，排下酒来。一杯两盏，酒至三杯。宋四公正闷里吃酒，只见外面一个妇女入酒店来：

> 油头粉面，白齿朱唇。锦帕齐眉，罗裙掩地。鬓边斜插些花朵，脸上微堆着笑容。虽不比闺里佳人，也当得垆头少妇。

那个妇女入着酒店，与宋四公道个万福，拍手唱一只曲儿。宋四公仔细看时，有些个面熟，道这妇女是酒店擦桌儿的，请小娘子坐则个。妇女在宋四公根底坐定，教量酒添只盏儿来，吃了一盏酒。宋四公把那妇女抱一抱，撮一撮，拍拍惜惜，把手去摸那胸前道："小娘子，没有奶儿？"又去摸他阴门，只见累累垂垂一条价。宋四公道："热牢，你是兀谁？"那个妆做妇女打扮的，叉手不离方寸道："告公公，我不是擦桌儿顶老，我便是苏州平江府赵正。"宋四公道："打脊的检才！我是你师父，却教我摸你爷头！原来却才丞局便是你！"赵正道："可知便是赵正。"宋四公道："二哥，我那细软包儿，你却安在那里？"赵正叫量酒道："把适来我寄在这里包儿还公公。"量酒取将包儿来，宋四公接了道："二哥，你怎地拿下我这包儿？"赵正道："我在客店隔几家茶坊里坐地，见店小二哥提一裹燎肉，我讨来看，便使转他也与我去买，被我安些汗药在里面裹了，依然教他把来与你。我妆做丞局，后面踏将你来。你吃摆番了，被我拿得包儿，到这里等你。"宋四公道："恁地你真个会不杠了上得东京去。"即时还了酒钱，两个同出酒店，去空野处除了花朵，溪水里洗了面，换一套男子衣裳着了，取一顶单青纱头巾裹了。宋四公道："你而今要上京去，我与你一封书，去见个人，也是我师弟。他家住汴河岸上，卖人肉馒头，姓侯，名兴，排行第二，便是侯二哥。"赵正道："谢师父。"到前面茶坊里，宋四公写了书，分付赵正，相别自去。宋四公自在谟县。

赵正当晚去客店里安歇，打开宋四公书来看时，那书上写道："师父信上贤师弟二郎、二娘子：别后安乐否？今有姑苏贼人赵正，欲来京做买卖，我特地使他来投奔你。这汉与行院无情，一身线道，堪作你家行货使用。我吃他三次无礼，可千万剿除此人，免为我们行院后患。"赵正看罢了书，伸着舌头，缩不上。"别人便怕了，不敢去。我且看他如何对副我，我自别有道理"。再把那书折迭，一似原先封了。

明日天晓，离了客店，取八角镇；过八角镇，取板桥，到陈留县。沿那汴河行到日中前后，只见汴河岸有个馒头店。门前一个妇女，玉井栏手巾勒着腰，叫道："客长，吃馒头点心去。"门前牌儿上写着："本行侯家，上等馒头点心。"赵正道："这里是侯兴家里了。"走将入去。妇女叫了万福，问道："客长用点心？"赵正道："少待则个。"就脊背上取将包裹下来。一包金银钗子，也有花头的，也有连二连三的，也有素的，都是沿路上觅得的。侯兴老婆看见了，动心起来，道："这客长，有二三百只钗子！我虽然卖人肉馒头，老公虽然做赞老子，到没许多物事。你看少间问我买馒头吃，我多使些汗火，许多钗子都是我的。"赵正道："嫂嫂，买五个馒头来。"侯兴老婆道："着！"楦个碟子，盛了五个馒头，就灶头合儿里多撮些物料在里面。赵正肚里道：

"这合儿里，便是作怪物事了。"赵正怀里取出一包药来，道："嫂嫂，觅些冷水吃药。"侯兴老婆将半碗水来，放在桌上。赵正道："我吃了药，却吃馒头。"赵正吃了药，将两只箸一拨，拨开馒头馅，看了一看，便道："嫂嫂，我爷说与我道：'莫去汴河岸上买馒头吃，那里都是人肉的。'嫂嫂你看，这一块有指甲，便是人的指头；这一块皮上许多短毛儿，须是人的不便处。"侯兴老婆道："官人休耍！那得这话来？"赵正吃了馒头，只听得妇女在灶前道："倒也！"指望摆番赵正，却又没些事。赵正道："嫂嫂，更添五个。"侯兴老婆道："想是恰才汗火少了，这番多把些药倾在里面。"赵正道："中。"又取包儿，吃些个药。侯兴老婆道："官人吃甚么药？"赵正道："平江府提刑散的药，名唤做'百病安丸'，妇女家八般头风，胎前产后，脾血气痛，都好服。"侯兴老婆道："就官人觅得一服吃也好。"赵正去怀里别挪换包儿来，撮百十丸与侯兴老婆吃了，就灶前颠番了。赵正道："这婆娘要对副我，却到吃我摆番。别人漾了去，我却不走。"特骨地在那里解腰捉虱子。

不多时，见个人挑一担物事归。赵正道："这个便是侯兴，且看他如何？"侯兴共赵正两个唱了喏。侯兴道："客长吃点心也未？"赵正道："吃了。"侯兴叫道："嫂子，会钱也未？"寻来寻去，寻到灶前，只见浑家倒在地下，口边溜出痰涎，说话不真，喃喃地道："我吃摆番了。"侯兴道："我理会得了。这婆娘不认得江湖上相识，莫是吃那门前客长摆番了？"侯兴向赵正道："法兄，山妻眼拙，不识法兄，切望恕罪。"赵正道："尊兄高姓？"侯兴道："这里便是侯兴。"赵正道："这里便是姑苏赵正。"两个相揖了。侯兴自把解药与浑家吃了。赵正道："二兄，师父宋四公有书上呈。"侯兴接着，拆开看时，书上写着许多言语，末梢道："可剿除此人。"侯兴看罢，怒从心上起，恶向胆边生，道："师父兀自三次无礼，今夜定是坏他性命！"向赵正道："久闻清德，幸得相会！"即时置酒相待。晚饭过了，安排赵正在客房里睡，侯兴夫妇在门前做夜作。

赵正只闻得房里一阵臭气，寻来寻去，床底下一个大缸。探手打一摸，一颗人头；又打一摸，一只人手共人脚。赵正搬出后门头，都把索子缚了，挂在后门屋檐上。关了后门，再入房里。只听得妇女道："二哥，好下手？"侯兴道："二嫂，使未得！更等他落忽些个。"妇女道："二哥，看他今日把出金银钗子，有二三百只。今夜对副他了，明日且把来做一头戴，教人唱采则个。"赵正听得，道："好也！他两个要怎地对副我性命，不妨得。”侯兴一个儿子，十来岁，叫做伴哥，发脾寒，害在床上。赵正去他房里，抱那小的安在赵正床上，把被来盖了，先走出后门去。

不多时，侯兴浑家把着一碗灯，侯兴把一把劈柴大斧头，推开赵正房门，见被盖着个人在那里睡，和被和人，两下斧头，砍做三段。侯兴揭起被来看了一看，叫声："苦也！二嫂，杀了的是我儿子伴哥！"两夫妻号天洒地哭起来。赵正在后门叫道："你没事自杀了儿子作甚？赵正却在这里。"侯兴听得焦燥，拿起劈柴斧赶那赵正。慌忙走出后门去，只见扑地撞着侯兴额头，看时却是人头、人脚、人手，挂在屋檐上，一似闹竿儿相似。侯兴教浑家都搬将入去，直上去赶。赵正见他来赶，前头是一派溪水，赵正是平江府人，会弄水，打一跳，跳在溪水里，后头侯兴也跳在水里来赶。赵正一分一蹬，顷刻之间，过了对岸。侯兴也会水，来得迟些个。赵正先走上岸，脱下衣裳挤教干。侯兴赶那赵正，从四更前后到五更二点时候，赶十一二里，直到顺天新郑门一个浴堂。赵正入那浴堂里洗面，一道烘衣裳。正洗面间，只见一个人把两只手去赵正两腿上打一掣，掣番赵正。赵正见侯兴来掣他，把两秃膝桩番侯兴，倒在下面，只顾打。

　　只见一个狱家院子打扮的老儿进前道："你们看我面放手罢。"赵正和侯兴抬头看时，不是别人，却是师父宋四公。一家唱个大喏，直下便拜。宋四公劝了，将他两个去汤店里吃盏汤。侯兴与师父说前面许多事，宋四公道："如今一切休论。则是赵二哥明朝入东京去，那金梁桥下。一个卖酸馅的，也是我们行院，姓王，名秀。这汉走得楼阁没赛，起个浑名，唤做'病猫儿'。他家在大相国寺后面院子里住。他那卖酸馅架儿上一个大金丝罐，是定州中山府窑变了烧出来的，他惜似气命。你如何去拿得他的？"赵正道："不妨。等城门开了，到日中前后，约师父只在侯兴处。"

　　赵正打扮做一个砖顶背系带头巾，皂罗文武带背儿，走到金梁桥下。见一抱架儿，上面一个大金丝罐，根底立着一个老儿：

　　　郓州单青纱现顶儿头巾，身上着一领箬杨柳子布衫，腰里玉井栏手巾，抄着腰。

　　赵正道："这个便是王秀了。"赵正走过金梁桥来，去米铺前撮几颗红米，又去菜担上摘些个叶子，和米和叶子安在口里，一处嚼教碎。再走到王秀架子边，漾下六文钱，买两个酸馅，特骨地脱一文在地下。王秀去拾那地上一文钱，被赵正吐那米和菜在头巾上，自把了酸馅去。却在金梁桥顶上立地，见个小的跳将来，赵正道："小哥，与你五文钱。你看那卖酸馅王公头巾一堆虫蚁屎，你去说与他。不要道我说。"那小的真个去说道："王公，你看头巾上。"王秀除下头巾来，只道是虫蚁屎，入去茶坊里揩抹了。走出来架子上看时，不见了那金丝罐。

原来赵正见王秀入茶坊去揩那头巾，等他眼慢，拿在袖子里便行，一径走往侯兴家去。宋四公和侯兴看了，吃一惊！赵正道："我不要他的，送还他老婆休！"赵正去房里换了一顶搭飒头巾，底下旧麻鞋，着领旧布衫，手把着金丝罐，直走去大相国寺后院子里。见王秀的老婆，唱个喏了，道："公公教我归来，问婆婆取一领新布衫、汗衫、裤子、新鞋袜，有金丝罐在这里表照。"婆子不知是计，收了金丝罐，取出许多衣裳，分付赵正。赵正接得了，再走去见宋四公和侯兴道："师父，我把金丝罐去他家换许多衣裳在这里。我们三个少间同去送还他，博个笑声。我且着了去闲走一回耍子。"

赵正便把王秀许多衣裳着了，再入城里。去桑家瓦里，闲走一回，买酒买点心吃了，走出瓦子外面来。却待过金梁桥，只听得有人叫："赵二官人！"赵正回过头来看时，却是师父宋四公和侯兴。三个同去金梁桥下，见王秀在那里卖酸馅，宋四公道："王公拜茶。"王秀见了师父和侯二哥，看了赵正，问宋四公道："这个客长是兀谁？"宋四公恰待说，被赵正拖起去，教宋四公"未要说我姓名，只道我是你亲戚，我自别有道理。"王秀又问师父："这个客长高姓？"宋四公道："是我的亲戚，我将他来京师闲走。"王秀道："如此。"即时寄了酸馅架儿在茶坊，四个同出顺天新郑门外，僻静酒店，去买些酒吃。入那酒店去，酒保筛酒来，一杯两盏，酒至三巡。王秀道："师父，我今朝呕气。方才挑那架子出来，一个人买酸馅，脱一钱在地下，我去拾那一钱，不知甚虫蚁屙在我头巾上。我入茶坊去揩头巾出来，不见了金丝罐。一日好闷！"宋四公道："那人好大胆！在你跟前卖弄得，也算有本事了。你休要气闷，到明日闲暇时，大家和你查访这金丝罐。又没三件两件，好歹要讨个下落，不到得失脱。"赵正肚里，只是暗暗的笑。四个都吃得醉。日晚了，各自归。

且说王秀归家去，老婆问道："大哥，你恰才教人把金丝罐归来？"王秀道："不曾。"老婆取来道："在这里，却把了几件衣裳去。"王秀没猜道是谁，猛然想道："今日宋四公的亲戚，身上穿一套衣裳，好似我家的。"心上委决不下，肚里又闷，提一角酒，索性和婆子吃个醉，解衣卸带了睡。王秀道："婆婆，我两个多时不曾做一处。"婆子道："你许多年纪了，兀自鬼乱！"王秀道："婆婆，你岂不闻：后生犹自可，老的急似火。"王秀早移过共头，在婆子头边，做一班半点儿事，兀自未了当。原来赵正见两个醉，掇开门，躲在床底下。听得两个鬼乱，把尿盆去房门上打一攃。王秀和婆子吃了一惊，鬼慌起来。看时，见个人从床底下趱将出来，手提一包儿。王秀就灯光下仔细认时，却是和宋四公、侯兴同吃酒的客长。王秀道："你做甚么？"赵正道："宋四公教还你包儿。"王秀接了看时，却是许多衣裳。再问："你是甚人？"赵正道："小弟便是姑苏平江府赵正。"王秀道："如此，久闻清名。"因此拜识。便留赵正睡了一夜。

次日，将着他闲走。王秀道："你见白虎桥下大宅子，便是钱大王府，好一拳财！"赵正道："我们晚些下手。"王秀道："也好。"到三鼓前后，赵正打个地洞，去钱大王土库偷了三万贯钱正赃，一条暗花盘龙羊脂白玉带。王秀在外接应，共他归去家里去躲。明日，钱大王写封简子与滕大尹。大尹看了，大怒道："帝辇之下，有这般贼人！"即时差缉捕使臣马翰，限三日内，要捉钱府做不是的贼人。

　　马观察马翰得了台旨，分付众做公的落宿。自归到大相国寺前，只见一个人，背系带砖顶头巾，也着上一领紫衫，道："观察拜茶。"同入茶坊里，上灶点茶来。那着紫衫的人，怀里取出一裹松子胡桃仁，倾在两盏茶里。观察问道："尊官高姓？"那个人道："姓赵，名正，昨夜钱府做贼的便是小子。"马观察听得，脊背汗流，却待等众做公的过捉他。吃了盏茶，只见天在下，地在上，吃摆番了。赵正道："观察醉也。"扶住他，取出一件作怪动使剪子，剪下观察一半衫襟，安在袖里。还了茶钱，分付茶博士道："我去叫人来扶观察。"赵正自去。

　　两碗饭间，马观察肚里药过了，苏醒起来。看赵正不见了，马观察走归去。睡了一夜，明日天晓，随大尹朝殿。大尹骑着马，恰待入宣德门去，只见一个人裹顶弯角帽子，着上一领皂衫，拦着马前唱个大喏，道："钱大王有札目上呈。"滕大尹接了，那个人唱喏自去。大尹就马上看时，腰里金鱼带不见拽尾。简上写道："姑苏贼人赵正，拜禀大尹尚书：所有钱府失物，系是正偷了。若是大尹要来寻赵正家里，远则十万八千，近则只在目前。"大尹看了越焦燥。朝殿回衙，即时升厅，引放民户词状。词状人抛箱，大尹看到第十来纸状，有状子，上面也不依式论诉甚么事，去那状上只写一只《西江月》曲儿，道是：

> 是水归于大海，闲汉总入京都。三都捉事马司徒，衫褙难为作主。

> 盗了亲王玉带，剪除大尹金鱼。要知闲汉姓名无？小月傍边疋土。

大尹看罢，道："这个又是赵正，直恁地手高！"即唤马观察马翰来，问他捉贼消息。马翰道："小人因不认得贼人赵正，昨日当面挫过，这贼委的手高。小人访得他是郑州宋四公的师弟，若拿得宋四，便有了赵正。"

滕大尹猛然想道："那宋四因盗了张富家的土库，见告失状未获。"即唤王七殿直王遵，分付他协同马翰，访捉贼人宋四、赵正。王殿直王遵禀道："这贼人踪迹难定，求相公宽限时日。又须官给赏钱，出榜悬挂，那贪着赏钱的便来出首，这公事便容易了办。"滕大尹听了，立限一个月缉获。依他写下榜文："如有缉知真赃来报者，官给赏钱一千贯。"马翰和王遵领了榜文，径到钱大王府中，禀了钱大王，求他添上赏钱。钱大王也注了一千贯。两个又到禁魂张员外家来，也要他出赏。张员外见在失了五万贯财物，那里肯出赏钱？众人道："员外休得为小失大。捕得着时，好一主大赃追还你。府尹相公也替你出赏，钱大王也注了一千贯，你却不肯时，大尹知道，却不好看相。"张员外说不过了，另写个赏单，勉强写足了五百贯。马观察将去府前张挂，一面与王殿直约会，分路挨查。

那时府前看榜的人山人海。宋四公也看了榜，去寻赵正来商议。赵正道："可奈王遵、马翰，日前无怨，定要加添赏钱，缉获我们。又可奈张员外悭吝，别的都出一千贯，偏你只出五百贯，把我们看得恁贱！我们如何去蒿恼他一番，才出得气。"宋四公也怪前番王七殿直领人来拿他，又怪马观察当官禀出赵正是他徒弟。当下两人你商我量，定下一条计策，齐声道："妙哉！"赵正便将钱大王府中这条暗花盘龙羊脂白玉带递与宋四公，四公将禁魂张员外家金珠一包，就中检出几件有名的宝物，递与赵正。两下分别，各自去行事。

且说宋四公才转身，正遇着向日张员外门首提笊篱的哥哥，一把扯出顺天新郑门，直到侯兴家里歇脚。便道："我今日有用你之处。"那提笊篱的便道："恩人有何差使？并不敢违。"宋四公道："作成你趁一千贯钱养家则个。"那提笊篱的到吃一惊，叫道："罪过！小人没福消受。"宋四公道："你只依我，自有好处。"取出暗花盘龙羊脂白玉带，教侯兴扮作内官模样，"把这条带去禁魂张员外解库里去解钱。这带是无价之宝，只要解他三百贯，却对他说：'三日便来取赎，若不赎时，再加绝二百贯。你且放在铺内，慢些子收藏则个。'"侯兴依计去了。

张员外是贪财之人，见了这带有些利息，不问来由，当去三百贯足钱。侯兴取钱回复宋四公。宋四公却教捉笊篱的，到钱大王门上揭榜出首。钱大王听说获得真赃，便唤捉笊篱的面审。捉笊篱的说道："小的去解库中当钱，正遇那主管将白玉带卖与北边一个客人，索价一千五百两。有人说是大王府里来的，故此小的出首。"钱大王差下百十名军校，教捉笊篱的做眼，飞也似跑到禁魂张员外家，不由分说，到解库中一搜，搜出了这条暗花盘龙羊脂白玉带。张员外走出来分辩时，这些个众军校，那里来管你三七二十一？一条索子扣头，和解库中两个主管，都拿来见钱大王。钱大王见了这条带，明是真赃，首人不虚。便写个钧帖，付与捉笊篱的，库上支一千贯赏钱。

钱大王打轿，亲往开封府拜滕大尹，将玉带及张富一干人送去拷问。大尹自己缉获不着，到是钱大王送来，好生惭愧！便骂道："你前日到本府告失状，开载许多金珠宝贝。我想你庶民之家，那得许多东西？却原来放线做贼！你实说，这玉带甚人偷来的？"张富道："小的祖遗财物，并非做贼窝赃。这条带是昨日申牌时分，一个内官拿来，解了三百贯钱去的。"大尹道："钱大王府里失了暗花盘龙羊脂白玉带，你岂不晓得？怎肯不审来历，当钱与他？如今这内官何在？明明是一派胡说！"喝教狱卒将张富和两个主管一齐用刑，都打得皮开肉绽，鲜血迸流。张富受苦不过，情愿责限三日，要出去挨获当带之人；三日获不着，甘心认罪。滕大尹心上也有些疑虑，只将两个主管监候，却差狱卒押着张富，准他立限三日回话。

张富眼泪汪汪，出了府门，到一个酒店里坐下，且请狱卒吃三杯。方才举盏，只见外面踱个老儿人来，问道："那一个是张员外？"张富低着头，不敢答应。狱卒便问："阁下是谁？要寻张员外则甚？"那老儿道："老汉有个喜信要报他，特到他解库前，闻说有官事在府前，老汉跟寻至此。"张富方才起身道："在下便是张富，不审有何喜信见报？请就此坐讲。"那老儿捱着张员外身边坐下，问道："员外土库中失物，曾缉知下落否？"张员外道："在下不知。"那老儿道："老汉到晓得三分，特来相报员外。若不信时，老汉愿指引同去起赃。见了真正赃物，老汉方敢领赏。"张员外大喜道："若起得这五万贯赃物，便赔偿钱大王，也还有余。拼些上下使用，身上也得干净。"便问道："老丈既然的确，且说是何名姓？"那老儿向耳边低低说了几句，张员外大惊道："怕没此事？"老儿道："老汉情愿到府中出个首状，若起不出真赃，老汉自认罪。"张员外大喜道："且屈老丈同在此吃三杯，等大尹晚堂，一同去禀。"当下四人饮酒半醉，恰好大尹升厅。

张员外买张纸，教老儿写了首状，四人一齐进府出首。滕大尹看了王保状词，却是说马观察、王殿直做贼，偷了张富家财。心中想道："他两个积年捕贼，那有此事？"便问王保道："你莫非挟仇陷害么？有什么证据？"王保老儿道："小的在郑州经纪，见两个人把许多金珠在彼兑换。他说家里还藏得有，要换时再取来。小的认得他是本府差来缉事的，他如何有许多宝物？心下疑惑。今见张富失单，所开宝物相像，小的情愿眼同张富到彼搜寻。如若没有，甘当认罪。"滕大尹似信不信，便差李观察李顺，领着眼明手快的公人，一同王保、张富前去。

此时马观察马翰与王七殿直王遵，俱在各县挨缉两宗盗案未归。众人先到王殿直家，发声喊，径奔入来。

王七殿直的老婆，抱着三岁的孩子，正在窗前吃枣糕，引着耍子。见众人罗唣，吃了一惊！正不知什么缘故。恐怕吓坏了孩子，把袖褙子掩了耳朵，把着进房。众人随着脚跟儿走，围住婆娘问道："张员外家赃物，藏在那里？"婆娘只光着眼，不知那里说起。众人见婆娘不言不语，一齐掀箱倾笼，搜寻了一回，虽有几件银钗饰和些衣服，并没赃证。李观察却待埋怨王保，只见王保低着头，向床底下钻去，在贴壁床脚下解下一包儿，笑嘻嘻的捧将出来。众人打开看时，却是八宝嵌花金杯一对，金镶玳瑁杯十只，北珠念珠一串。张员外认得是土库中东西，还痛起来，放声大哭。连婆娘也不知这物事那里来的，慌做一堆，开了口合不得，垂了手抬不起。众人不由分说，将一条索子，扣了婆娘的颈。婆娘哭哭啼啼，将孩子寄在邻家，只得随着众人走路。

众人再到马观察家，混乱了一场。又是王保点点搠搠，在屋檐瓦楞内搜出珍珠一包、嵌宝金钏等物，张员外也都认得。两家妻小都带到府前，滕大尹兀自坐在厅上，专等回话。见众人蜂拥进来，阶下列着许多赃物，说是床脚上、瓦楞内搜出，见有张富识认是真。滕大尹大惊道："常闻得捉贼的就做贼，不想王遵、马翰真个做下这般勾当！"喝教这两家妻小监候，立限速拿正贼，所获赃物暂寄库；首人在外听候，待赃物明白，照额领赏。张富磕头禀道：“小人是有碗饭吃的人家，钱大王府中玉带跟由，小人委实不知。今小的家中被盗赃物，既有的据，小人认了悔气，情愿将来赔偿钱府。望相公方便，释放小人和那两个主管，万代阴德。”滕大尹情知张富冤枉，许他召保在外。王保跟张员外到家，要了他五百贯赏钱去了。原来王保就是王秀，浑名“病猫儿”，他走得楼阁没赛。宋四公定下计策，故意将禁魂张员外家土库中赃物，预教王秀潜地埋藏两家床头屋檐等处，却教他改名王保，出首起赃。官府那里知道！

却说王遵、马翰正在各府缉获公事，闻得妻小吃了官司，急忙回来见滕大尹。滕大尹不由分说，用起刑法，打得希烂，要他招承张富赃物。二人那肯招认？大尹教监中放出两家的老婆来，都面面相觑，没处分辩。连大尹也委决不下，都发监候。次日又拘张富到官，劝他：“且将己财赔了钱大王府中失物，待从容退赃还你。”张富被官府逼勒不过，只得承认了。归家思想，又恼又闷，又不舍得家财，在土库中自缢而死。可惜有名的禁魂张员外，只为“悭吝”二字，惹出大祸，连性命都丧了。那王七殿直王遵、马观察马翰，后来俱死于狱中。

这一班贼盗，公然在东京做歹事，饮美酒，宿名娼，没人奈何得他。那时节东京扰乱，家家户户，不得太平。直待包龙图相公做了府尹，这一班贼盗，方才惧怕，各散去讫，地方始得宁静。有诗为证，诗云：

只因贪吝惹非殃，引到东京盗贼狂。

亏杀龙图包大尹，始知好官自民安。

第三十三卷　梁武帝累修成佛

香雨琪园百尺梯，不知窗外晓莺啼。

觉来悟定胡麻熟，十二峰前月未西。

这诗为齐明帝朝盱眙县光化寺一个修行的，姓范，法名普能而作。这普能前世，原是一条白颈曲蟮，生在千佛寺大通禅师关房前天井里面。那大通禅师坐关时刻，只诵《法华经》。这曲蟮偏有灵性，闻诵经便舒头而听。那禅师诵经三载，这曲蟮也听经三载。忽一日，那禅师关期完满，出来修斋礼佛，偶见关房前草深数尺，久不芟除，乃唤小沙弥将锄去草。小沙弥把庭中的草去尽了，到墙角边，这一锄去得力大，入土数寸。却不知曲蟮正在其下，挥为两段。小沙弥叫声："阿弥陀佛！今日伤了一命，罪过，罪过！"掘些土来埋了曲蟮，不在话下。

这曲蟮得了听经之力，便讨得人身，生于范家。长大时，父母双亡，舍身于光化寺中，在空谷禅师座下，做一个火工道人。其人老实，居香积厨下，煮茶做饭，殷勤伏事长老；便是众僧，也不分彼此，一体相待。普能虽不识字，却也硬记得些经典，只有《法华经》一部，背诵如流。晨昏早晚，一有闲空之时，着实念诵修行。在寺三十余年，闻得千佛寺大通禅师坐化去了，去得甚是脱洒，动了个念头，来对长老说："范道在寺多年，一世奉斋，并不敢有一毫贪欲，也不敢狼藉天物。今日拜辞长老回首，烦乞长老慈悲，求个安身去处。"说了，下拜跪着。长老道："你起来，我与你说，你虽是空门修行，还不晓得灵觉门户，你如今回首去，只从这条寂静路上去，不可落在富贵套子里。差了念头，求个轮回也不可得。"范道受记了，相辞长老，自来香积厨下沐浴。穿些洁净衣服，礼拜诸佛天地父母，又与众僧作别。进到龛子里，盘膝坐下，便闭着双眼去了。

众僧都与他念经，叫工人扛这龛子到空地上，正要去请长老下火，只听到殿上撞起钟来，长老忙使人来说道："不要下火！"长老随即也抬乘轿子，来到龛子前。叫人开了龛子门，只见范道又醒转来了，依先开了眼，只立不起来，合掌向长老说："适才弟子到一个好去处，进在红锦帐中，且是安稳。又听得钟鸣起来，有个金身罗汉，把弟子一推，跌在一个大白莲池里。吃这一惊，就醒转来。不知有何法旨？"长老说道："因你念头差了，故投落在物类；我特地唤醒你来，再去投胎。"又与众僧说："山门外银杏树下，掘开那青石来看。"众僧都来到树下，掘起那青石来看，只见一条小火赤链蛇，才生出来的，死在那里。众僧见了，都惊异不已，来回覆长老，说："果有此事！"长老叫上首徒弟与范道说："安净坚守，不要妄念，去投个好去处。轮回转世，位列侯王帝主；修行不怠，方登极乐世界。"范道受记了，阐着高高的念声"南无阿弥陀佛"，便合了眼。众僧来请长老下火，长老穿上如来法衣，一乘轿子，抬到范道龛子前，分付范道如何。偈曰：

范道范道，每日厨灶。

火里金莲，颠颠倒倒。

长老念毕了偈，就叫人下火，只见括括杂杂的着将起来。众僧念声佛，只见龛子顶上，一道青烟从火里卷将出来，约有数十丈高，盘旋回绕，竟往东边一个所在去了。

说这盱眙县东，有个乐安村。村中有个大财主，姓黄，名岐，家资殷富，不用大秤小斗，不违例克剥人财，坑人陷人，广行方便，普积阴功。其妻孟氏，身怀六甲，正要分娩。范道乘着长老指示，这道灵光竟投到孟氏怀里。这里范道圆寂，那里孟氏就生下这个孩儿来。说这孩儿，相貌端然，骨格秀拔。黄员外四十余岁无子，生得这个孩儿，就如得了若干珍宝一般，举家欢喜！好却十分好了，只是一件：这孩儿生下来，昼夜啼哭，乳也不肯吃。夫妻二人忧惶，求神祈佛，全然不验。

家中有个李主管对员外说道："小官人啼哭不已，或有些缘故，不可知得。离此间二十里，山里有个光化寺，寺里空谷长老，能知过去未来，见在活佛。员外何不去拜求他？必然有个道理。"黄员外听说，连忙备盒礼信香，起身往光化寺来。其寺如何？诗云：

山寺钟鸣出谷西，溪阴流水带烟齐。

野花满地闲来往，多少游人过石堤。

进到方丈里，空谷禅师迎接着，黄员外慌忙下拜，说："新生小孩儿，昼夜啼哭，不肯吃乳，危在须臾。烦望吾师慈悲，没世不忘。"长老知是范道要求长老受记，故此昼夜啼哭。长老不说出这缘故来，长老对黄员外说道："我须亲自去看他，自然无事。"就留黄员外在方丈里吃素斋，与黄员外一同乘轿，连夜来到黄员外家里。请长老在厅上坐了，长老叫："抱出令郎来。"黄员外自抱出来。长老把手摸着这小儿的头，在着小儿的耳朵，轻轻的说几句，众人都不听得。长老又把手来摸着这小儿的头，说道："无灾无难，利益双亲，道源不替。"只见这小儿便不哭了。众人惊异，说道："何曾见这些异事？真是活佛超度！"黄员外说："待周岁，送到上刹，寄名出家。"长老说："最好。"就与黄员外别了，自回寺里来。黄员外幸得小儿无事，一家爱惜抚养。

光阴捻指，不觉又是周岁。黄员外说："我曾许小儿寄名出家。"就安排盒子表礼，叫养娘抱了孩儿，两乘轿子，抬往寺里。来到方丈内，请见长老拜谢，送了礼物。长老与小儿取个法名，叫做黄复仁；送出一件小法衣、僧帽，与复仁穿戴。吃些素斋，黄员外仍与小儿自回家去。来来往往，复仁不觉又是六岁，员外请个塾师教他读书。这复仁终是有根脚的，聪明伶俐，一村人都晓得他是光化寺里范道化身来的，日后必然富贵。

这县里有个童太尉，见复仁聪明俊秀，又见黄家数

百万钱财，有个女儿，与复仁同年，使媒人来说，要把女儿许聘与复仁。黄员外初时也不肯定这太尉的女儿，被童太尉再三强不过，只得下三百个盒子，二百两金首饰，一千两银子，若干段匹色丝定了。也是一缘一会。说这女子聪明过人，不曾上学读书，便识得字，又喜诵诸般经卷。为何能得如此？他却是摩诃迦叶祖师身边一个女侍，降生下来了道缘的。初时，男女两个幼小，不理人事。到十五六岁，年纪渐长，两个一心只要出家修行，各不愿嫁娶。黄员外因复仁年长，选日子要做亲。童小姐听得黄家有了日子，要成亲，心中慌乱，忙写一封书，使养娘送上太太。书云："切惟《诗》重《摽梅》，礼端合卺。奈世情不一，法律难齐。紫玉志向禅门，不乐唱随之偶；心悬觉岸，宁思伉俪之偕？一虑百空，万缘俱尽。禅灯一点，何须花烛之辉煌？梵磬数声，奚取琴瑟之嘹亮？破盂甘食，敝衲为衣。泯色象于两忘，齐生死于一彻。伏望母亲大人，大发慈悲，优容苦志：永谢为云神女，宁追奔月嫦娥。佛果倘成，亲恩可报。莫问琼箫之响，长寒玉杵之盟。干冒台慈，幸惟怜鉴。"养娘拿着小姐书，送上太太。太太接得这书，对养娘道："连日因黄家要求做亲，不曾着人来看小姐。我女儿因甚事，叫你送书来？”养娘把小姐不肯成亲，闲常只是看经念佛要出家的事，说了一遍。太太听了这话，心中不喜，就使人请老爷来看书。太太把小姐的书，送与太尉。太尉看了，说道：“没教训的婢子！男婚女嫁，人伦常道。只见孝弟通于神明，那曾见修行做佛？”把这封书扯得粉粹，骂道：“放屁，放屁！”大尉只依着黄家的日子，把小姐嫁过去。黄复仁与童小姐两个，那日拜了花烛，虽同一房，二人各自歇宿。一连过了半年有余，夫妇相敬相爱，就如宾客一般。黄复仁要辞了小姐，出去云游。小姐道：“官人若出去云游，我与你正好同去出家。自古道：妇人嫁了从夫。身子决不敢坏了。”复仁见小姐坚意要修行，又不肯改嫁，与小姐说道：“恁的，我与你结拜做兄姊，一同双修罢。”小姐欢喜，两个各在佛前礼拜。誓毕，二人换了粗布衣服，粗茶淡饭，在家修行。黄员外看见这个模样，都不欢喜。恐怕被人笑耻，员外只得把复仁夫妻二人，连一个养娘，两个梅香，都打发到山里西庄上冷落去处住下。夫妻二人，只是看经念佛，参禅打坐。

三年有余。两个正在佛前长明灯下坐禅，黄复仁忽然见个美貌佳人，妖娇袅娜，走到复仁面前，道个万福，说道：“妾是童太尉府中唱曲儿的如翠。太太因大官人不与小姐同床，必然绝了黄家后嗣；二来不碍大官人修行，并无一人知觉。”说罢，与复仁眷恋起来。复仁被这美貌佳人亲近如此，又听说道绝了黄门后嗣，不觉也有些动心。随又想道：“童小姐比他十分娇美，我尚且不与他沾身，怎么因这个女子，坏了我的道念？”才然自忖，只听得一声响亮，万道火光，飞腾缭绕，复仁惊醒来。这小姐也却好放参，复仁连忙起来礼拜菩萨，又来礼拜小姐，说道：“复仁道念不坚，几乎着魔，望姐姐指迷。”说这小姐，聪明过人，智慧圆通，反胜复仁。小姐就说道：“兄弟被色魔迷了，故有此幻象。我与你除是去见空谷祖师，求个解脱。”次日，两个来到光化寺中，来见长老。空谷说道：“欲念一兴，四大无着；再求转脱，方始圆明。”因与复仁夫妻二人口号，如何：

> 跳出爱欲渊，渴饮灵山泉。
>
> 夫也亡去住，妻也履福田。
>
> 休休同泰寺，荷荷极乐天。

夫妻二人拜辞长老，回到西庄来，对养娘、梅香说：“我姊妹二人，今夜与你们别了，各要回首。”养娘说道：“我伏事大官人、小姐数载，一般修行，如何不带挈养娘同回首？”复仁说道：“这个勉强不得，恐你缘分不到。”养娘回话道：“我也自有分晓。”夫妻二人沐浴了，各在佛前礼拜，一对儿坐化了。这养娘也在房里不知怎么也回首去了。黄员外听得说，自来收拾。不在话下。

且说黄大官人精灵，竟来投在萧家；小姐来投在支家。渔湖有个萧二郎，在齐为世胄之家，萧懿、萧坦之俱是一族。萧二郎之妻单氏，最仁慈积善，怀娠九个月，将要分娩之时，这里复仁却好坐化。单氏夜里梦见一个金人，身长丈余，衮服冕旒，旌旗羽雉，辉耀无比。一伙绯衣人，车从簇拥，来到萧家堂上歇下。这个金身人，独自一人，进到单氏房里，望着单氏下拜。单氏惊惶，正要问时，恍惚之间，单氏梦觉来，就生下一个孩儿来。这孩儿生下来便会啼啸，自与常儿不群，取名萧衍。八九岁时，身上异香不散。聪明才敏，文章书翰，人不可及。亦且长于谈兵，料敌制胜，谋无遗策。衍以五月五日生，齐时俗忌伤克父母，多不肯举。其母密养下，不令其父知之。至是，始令见父。父亲说道：“五月儿刑克父母，养之何为？”衍对父亲说道：“若五月儿有损父母，则萧衍已生九岁；九年之间，曾有害于父母么？九岁之间，不曾伤克父母，则九岁之后，岂能刑克父母哉？请父亲勿疑。"其父异其说，其惑稍解。其叔萧懿闻之，说道："此儿识见超卓，他日必大吾宗。"由此知其为不凡，每事亦与计议。

时有刺史李贲谋反，僭称越帝，置立官属。朝命将军杨暧讨贲。杨暧见李贲势大，恐不能取胜，每每来问计于萧懿。懿说："有侄萧衍，年虽幼小，智识不凡，命世之才。我着人去请来，与他计议，必有个善处。"萧懿忙使人召萧衍来见杨暧。暧见衍举止不常，遂致礼敬，虚心请问，要求破贲之策。衍说："李贲蓄谋已久，兵马精强，士众归向。足下以一旅之师与彼交战，犹如以肉投虎，立见其败。闻贲跨据淮南，近逼广州。孙冏逗遛取罪，子雄失律赐死，贲志骄意满，不复顾忌。足下引大军屯于淮南，以一军与陈霸先，抄贲之后；略出数千之众，与贲接战，勿与争强，佯败而走，引至淮南大屯之所。且淮南芦苇深曲，更兼地湿泥泞，不易驰骋，足下深沟高垒，不与接战，坐毙其锐。候得天时，因风纵火；霸先从后断其归路，诈为贲军逃溃，袭取其城。贲进退无路，必成擒矣。"暧闻衍言，叹异惊伏，拜辞而去。杨暧依衍计策，随破了李贲。萧衍名誉益彰，远近羡慕，人乐归向。

衍有大志。一日，齐明帝要起兵灭魏，又恐高欢这枝人马强众，不敢轻发，特遣黄门召衍入朝问计。萧衍随着使者进到朝里，见明帝，拜舞已毕。明帝虽闻萧衍大名，却见衍年纪幼小，说道："卿年幼望重，何才而能？"萧衍回奏道："学问无穷，智识有限，臣不敢以才事陛下。"明帝悚然起敬，不以小儿待之。因与衍计议："要伐魏灭尔朱氏，只是高欢那厮，士众兵强，故与卿商议。"衍奏道："所谓众者，得众人之死；所谓强者，得天下之心。今尔朱氏凶暴狡猾，淫恶滔天；高欢反复挟诈，窃窥不轨，名虽得众，实失士心。况君臣异谋，各立党与，不能固守其常也。陛下选将练兵，声言北伐，便攻其东。彼备其东，我罢其战。今年一师，明年一旅，日肆侵扰，使彼不安，自然困毙。且上下不和，国必内乱。陛下因其乱而乘之，蔑不胜矣。"明帝闻言大悦，留衍在朝。引入宫内，皇后妃嫔时常相见，与衍日亲日近。衍赞画既多，勋劳日积，累官至雍州刺史。

后至齐主宝卷，惟喜游嬉，荒淫无度，不接朝士，亲信宦官。萧衍闻之，谓张弘策曰："当今始安王遥光、徐孝嗣等，六贵同朝，势必相乱；况主上慓虐嫌忌，赵王伦反迹已形。一朝祸发，天下土崩，不可不为自备。"

于是衍乃密修武备，招聚骁勇数万；多伐竹木，沈之檀溪；积茅如冈阜。齐主知萧衍有异志，与郑植计议，欲起兵诛衍。郑植奏道："萧衍图谋日久，士马精强，未易取也。莫若听臣之计，外假加爵温旨，衍必见臣，因而刺杀之。一匹夫之力耳，省了许多钱粮兵马。"齐主大喜！即便使郑植到雍州来，要刺杀萧衍。惊动了光化寺空谷长老，知道此事，就托个梦与萧衍：长老拿着一卷天书，书里夹着一把利刃，递与萧衍。衍醒来，自想道："明明的一个僧人，拿这夹刀的一卷天书与我，莫非有人要来刺我么？明日且看如何。"只见次日有人来报道朝廷使郑植赍诏书要加爵一事。萧衍自说道："是了。"且不与郑植相见，先使人安排酒席，在宁蛮长史郑绍寂家里，都埋伏停当了，与郑植相见。说道："朝廷使卿来杀我，必有诏书。"郑植赖道："没有此事。"萧衍喝一声道："与我搜看。"只见帐后跑出三四十个力士，就把郑植拿下，身边搜出一把快刀来，又有杀衍的密诏。萧衍大怒！说道："我有甚亏负朝廷，如何要刺杀我？"连夜召张弘策计议起兵。建牙树旗，选集甲士二万余人，马千余匹，船三十余艘，一齐杀出檀溪来。昔日所贮下竹木、茅草，茸束立办。又使王茂、曹景宗为先锋，军至汉口，乘着水涨，顺流进兵，就袭取了嘉湖地方。

且说郢城与鲁城，这两个城是嘉湖的护卫，建康的门户。今被王先锋袭取了嘉湖，这两处守城官，心胆惊落，料道敌不过，彼此相约投降。这建康就如没了门户的一般，无人敢敌，势如破竹，进克建康。兵至近郊，齐主游骋如故，遣将军王珍国等，将精兵十万陈于朱雀航。被吕僧珍纵火焚烧其营，曹景宗大兵乘之，将士殊死战，鼓噪震天地。珍国等不能抗，军遂大败。衍军长驱进至宣阳门，萧衍兄弟子侄皆集。将军徐元瑜以东府城降，李居士以新亭降。十二月，齐人遂弑宝卷。萧衍以太后令，追废宝卷为东昏侯，加衍为大司马，迎宣德太后入宫称制。衍寻自为国相，封梁国公，加九锡。黄复仁化生之时，却原来养娘转世为范云，二女侍一转世为沈约，一转世为任昉，与梁公同在竟陵王西府为官，也是缘会，自然义气相合。至是，梁公引云为谘议，约为侍中，昉为参谋。二年夏四月，梁公萧衍受禅，称皇帝，废齐主为巴陵王，迁太后于别宫。

梁主虽然马上得了天下，终是道缘不断，杀中有仁，一心只要修行。梁主因兵兴多故，与魏连和。一日，东魏遣散骑常侍李谐来骋。梁主与谐谈久，命李谐出得朝，更深了，不及还宫，就在便殿斋阁中宿歇。散了宫嫔诸官，独自一个默坐，在阁儿里开着窗看月。约莫三更时分，只见有三五十个青年使人，从甬巷中走到阁前来。内有一个口里唱着歌，歌：

> 从入牢笼羁绊多，也曾罹毕走洪波。
>
> 可怜明日庖丁解，不复辽东白磻歌。

梁主听这歌，心中疑惑。这一班人走近，朝着梁主叩头，奏道："陛下仁民爱物，恻隐慈悲。我等俱是太庙中祭祀所有牲体，百万生灵，明日一时就杀。伏愿陛下慈悲，赦宥某等苦难，陛下功德无量。"梁主与青衣使人说道："太庙一祭，朕如何知道杀戮这许多牲体？朕实不忍。来日朕另有处。"这青衣人一齐叩头哀祈，涕泣而去。梁主次日早朝，与文武各官说昨夜斋阁中见青衣之事。又说道："宗庙致敬，固不可已；杀戮屠毒，朕亦不忍。自今以后，把粉面代做牺牲，庶使祀典不废，仁恻亦存，两全无害，永为定制。"谁敢违背！

梁主每日持斋奉佛。忽夜间梦见一伙绛衣神人，各持旌节，祥麟凤辇，千百诸神，各持执事护卫，请梁主去游冥府。游到一个大宝殿内，见个金冠法服神人，相陪游览。每到一殿，各有主事者都来相见。有等善人，安乐从容，优游自在，仙境天堂，并无挂碍。有等恶人，受罪如刀山血海，拔舌油锅，蛇伤虎咬，诸般罪孽。又见一伙蓝缕贫人，蓬头跣足，疮毒遍体，种种苦恼，一齐朝着梁主哀告：“乞陛下慈悲超救！某等俱是无主孤魂，饥饿无食，久沉地狱。”梁主见说，回曰：“善哉，善哉！待朕回朝，即超度汝等。”诸罪人皆哀谢。

末后，到一座大山。山有一穴，穴中伸出一个大蟒蛇的头来，如一间殿屋相似，对着梁主昂头而起。梁主见了，吃一大惊！正欲退走，只见这蟒蛇张开血池般口，说起话来，叫道：“陛下休惊，身乃郗后也。只为生前嫉妒心毒，死后变成蟒身，受此业报。因身躯过大，旋转不便，每苦腹饥，无计求饱。陛下如念夫妇之情，乞广作佛事，使妾脱离此苦，功德无量。”原来郗后是梁主正宫，生前最妒，凡帝所幸宫人，百般毒害，死于其手者，不计其数。梁主无可奈何，闻得鸩鹏鸟作羹，饮之可以治妒，乃命猎户每月责取鸩鹏百头，日日煮羹，充入御馔进之，果然其妒稍减。后来郗后闻知其事，将羹泼了不吃，妒复如旧。今日死为蟒蛇，阴灵见帝求救。梁主道：“朕回朝时，当与汝忏悔前业。”蟒蛇道：“多谢陛下仁德。妾今送陛下还朝，陛下勿惊。”说

罢，那蟒蛇舒身出来，大数百围，其长不知几百丈。梁主吓出一身冷汗，醒来乃南柯一梦，咨嗟到晓。

次日朝罢，与众僧议设盂兰盆大斋，又造《梁皇宝忏》。说这盂兰盆大斋者，犹中国言普食也，盖为无主饿鬼而设也；《梁皇忏者》，梁主所造，专为郗后忏悔恶业，兼为众生解释其罪。冥府罪人，因梁主设斋、造经二事，即得超救一切罪业，地狱为彼一空。梦见郗后如生前装束，欣然来谢道："妾得陛下《宝忏》之力，已脱蟒身生天，特来拜谢。"又梦见百万狱囚，皆朝着梁主拜谢，齐道："皆赖陛下功德，幸得脱离地狱。"

梁主以此奉佛益专，屡诏寻访高僧礼拜，阐明其教，未得其人。闻得有个榼头和尚，精通释典，遣内侍降敕，召来相见。榼头和尚随着使命而来。武帝在便殿，正与侍中沈约弈棋。内侍禀道："奉敕唤榼头师已在午门外听旨。"适值武帝用心在围棋上，算计要杀一段棋子，这里连禀三次，武帝全不听得，手持一个棋子下去，口里说道："杀了他罢。"武帝是说杀那棋子，内侍只道要杀榼头和尚。应道："得旨。"便传旨出午门外，将榼头和尚斩讫。武帝完了这局围棋，沈约奏道："榼头师已唤至，听宣久矣。"武帝忙呼内侍，教请和尚进殿相见。内侍奏道："已奉旨杀了。"武帝大惊！方悟杀棋时误听之故。乃问内侍道："和尚临刑，有何言语？"内侍奏道："和尚说前劫为小沙弥时，将锄去草，误伤一曲蟮之命。帝那时正做曲蟮。今生合偿他命，乃理之当然也。"武帝叹惜良久，益信轮回报应之理。乃传旨厚葬榼头和尚。一连数日，心中怏怏不乐。

沈约窥知帝意，乃遣人遍访名僧。忽闻得有个圣僧，法号道林支长老，在建康十里外结茅而居，在那里修行。乃奏知梁主，梁主即命侍中沈约去访其僧。约旌旗车马，仆从都盛，势如山岳，慌动远近，一路传呼。道林自在庵中打坐，寂然不动。沈约走到榻前说道："和尚知侍中来乎？"道林张目说道："侍中知和尚坐乎？"沈约又说道："和尚安身处所，那里得来的？"道林回话道："出家人去住无碍。"只说得这一声，这个庵，连里面僧人，一切都不见了，只剩得一片白地。沈约吃这一惊不小，晓得真是圣僧，慌忙望空下拜道："弟子肉眼凡庸，烦望吾师慈悲。非约僭妄，乃朝廷所使，约不得不如此。"支公仍见沈约，就留沈约吃些斋饭。沈约恳求弹旨指迷，支公与沈约口号公：

采事护前，断舌何缘？

欲解阴事，赤章奏天。

纸后又写十来个"隐"字。

　　为何支公有此四句口号？一日，豫州献二寸五分大栗子，梁主与沈约各默书栗子故事。沈约故意少书三事，乃云："不及陛下。"出朝语人曰："此公护前。"盖言梁主护短也。后梁主知道，以此憾约。断舌之事：约与范云劝武帝受禅，约病中梦齐和帝以剑割其舌。约恐惧，命道士密为赤章奏天，以禳其孽。都是沈约的心事，无人知得，被支公说着了，沈约惊得一身冷汗，魂不附体。木呆了一会，又再三拜问"隐"字之义。支公为何连写这十来个"隐"字？日后沈约身死，朝议欲谥沈约为文侯。梁主恨约，不肯谥为文侯，说道："情怀不尽为'隐'。"改其谥为隐侯。支公所书前二事，是沈约已往之事；后谥法一事，是沈约未来之事，沈约如何便悟得出来？再三拜求，定要支公明示。支公说道："天机不可尽泄，侍中日后自应。"说罢，依先闭着眼坐去了。

　　沈约怅然而归。回见武帝，把支公变化之事，备细奏上武帝。武帝说道："世上真有仙佛，但俗人未晓耳。"武帝传旨：来日銮舆幸其庵。命集文武大臣，起二万护卫兵，仪从卤簿，旗幡鼓吹，一齐出城，竟到庵里来迎支公。支公已先知了，庵里都收拾停当，似有个起行的模样。武帝与沈约到得庵里，相见支公，武帝屈尊下拜，尊礼支公为师。行礼已毕，支公说道："陛下请坐，受和尚的拜。"武帝说道："那曾见师拜弟？"支公答道："亦不曾见妻抗夫！"只这一句话头，武帝听了，就如提一桶冷水，从顶门上浇下来，遍身苏麻。

此时武帝心地不知怎地忽然开明，就省悟前世黄复仁、童小姐之事。二人点头解意，眷眷不已。武帝就请支公一同在銮舆里回朝，供养在便殿斋阁里。武帝每日退朝，便到阁子中，与支公参究禅理，求解了悟。支公与武帝道："我在此终是不便，与陛下别了，仍到庵里去住。"武帝道："离此间三十里，有个白鹤山，最是清幽仙境之所。朕去建造个寺刹，请师傅到那里去住。"支公应允了。武帝差官督造这个山寺，大兴工作，极土木之美。殿刹禅房，数千百间，资费百万，取名同泰寺，夫妇同登佛地之意。四方僧人来就食者，千百余人。支公供养在同泰寺，一年有余。

梁主有个昭明太子，年方六岁，能默诵五经，聪明仁孝。一日，忽然四肢不举，口眼紧闭，不知人事。合宫慌张，来告梁主。遍召诸医，皆不能治。梁主道："朕得此子聪明，若是不醒，朕亦不愿生了。"举朝惊恐。东宫一班宫嫔宫属奏道："太子虽然不省人事，身体犹温，陛下何不去见支太师，问个备细如何？"武帝忙排驾，到同泰寺见支公，说太子死去缘故。支公道："陛下不须惊张，太子非死也，是尸蹶也。昔秦穆公曾游天府，闻钧天之乐，七日而苏。赵简子亦游于天，五日而苏。射熊之事，符契扁鹊之言，命董安于书于宫，今太子亦在天上已四日矣。因忉利天有恒伽阿做青梯优迦会，为听仙乐忘返，被三足神乌啄了一口。西王母已杀是乌，太子还在天上，我为陛下取来。"梁主下拜道："若得太子更生，朕情愿与太子一同舍身在寺出家。"支公言："陛下第还宫，太子已苏矣。"梁主急回朝，见太子复生，搂抱太子，父子大哭起来。又说道："我儿，因你蹶了这几日，惊得我死不得死，生不得生，好苦！"太子回话道："我在天上看做会，被神乌啄了手，上帝命天医与我敷药。正要在那里耍，被个僧人抱了下来。"梁主说道："这个师傅是支长老。明日与你去礼拜长老。"又说舍身之事。梁主致斋三日，先着天厨官来寺里办下大斋，普济群生，报答天地。梁主与太子就舍身在寺里。太子有诗一首，云：

粹宇迎闾阖，天衢尚未央。

鸣辂和鸾凤，飞筛入羊肠。

谷静泉通峡，林深树奏琅。

火树含日炫，金刹接天长。

> 月迥塔全见，烟生楼半藏。
>
> 法雨香林泽，仁风颂圣王。
>
> 皈依惟上乘，宿化喜陶唐。
>
> 且进香胡饭，山樱处处芳。
>
> 长生容有外，诸福被遐方。

梁主、太子在寺里一住二十余日，文武臣僚、耆老百姓都到寺里请梁主回朝，梁主不允。太后又使宦官来请回朝，梁主也不肯回去。支公夜里与梁主说道："爱欲一念，转展相侵，与陛下还有数年魔债未完，如何便能解脱得去？陛下必须还朝，了这孽缘，待时日到来，自无住碍。"梁主见说，依允。次日，各官又来请梁主回朝。梁主与各官说："朕已发誓舍身，今日又没缘故，便回了朝，这是虚语。朕有个善处：如要朕回朝，须是各出些钱财，赎朕回去才可。朕舍得一万两，各官舍一万两，太后舍一万两，都送在寺里来供佛斋僧，朕方可与太子回朝。"各官、太后都送银子在寺里，梁主也发一万银子，送到寺里来，梁主才回朝。

无多时，适有海西一个大秦犁靬国，辖下有个条枝国。其人长八九尺，食生物，最猛悍，如禽兽一般；又善为妖妄眩感，如吞刀吐火、屠人截马之术。闻得梁主受禅，他却要起倾国人马，来与大梁归并。边海守备官

闻知这个消息，飞报与梁主知道。梁主见报，与文武官员商议："别的要厮杀，都不打紧。若说这条枝国人马，怎生与他对敌？如何是好？各官有能为朕领兵去敌得他，重加官职！"各官听得说，都面面相看，无人敢去迎敌。侍中范云奏道："臣等去同泰寺，与道林长老求个善处道理。"梁主道："朕须自去走一遭。"梁主慌忙命驾来到寺里，礼拜支长老，把条枝国要来厮杀归并，备说一遍。支公说道："不妨事。条枝国要过四海，方才转洋入大海，一千七百里到得明州；明州过二三条江，才到得建康。明州有个释迦真身舍利塔，是阿育王所造，藏释迦佛爪发舍利于塔中。这塔寺非是无故而设，专为镇西海口子，使彼不得来暴中国，说不尽的好处。今塔已倒坏了，陛下若把这塔依先修起来，镇压风水，老僧上祝释阿育王佛力护持，条枝国人马，如何过得海来？"梁主见说，连忙差官修造释迦塔，要增高做九十丈，刹高十丈，与金陵长干塔一般。钱粮工力，不计其数。

这里正好修造。说这大秦犁鞬王，催促条枝国，兴起十万人马，海船千艘，精兵猛将，都过大海，要来厮并。道林长老入定时，见这景象。次日，来请梁主在寺里，打个释迦阿育王大会。长老拜佛忏祝，武帝也释去御服，持法衣，行清净大舍，素床瓦器，亲为礼拜讲经。你看这佛力浩大，非同小可！这里祈佛做会，那条枝国人马，下得海，开船不到三四日，就阻了飓风，各船几乎覆没。躲得在海中一个阿耨屿岛里住下，等了十余日，风息了，方敢开路。不到一会间，风又发了，白浪滔天，如何过得来？仍旧回洋，躲在岛里。不开船，便无风；若要开船，就有风。条枝国大将军乾笃说道："却不是古怪？不开船，便无风；一要开船，风就发起来，还是中国天子福分。天若容我们去厮并，看这光景，便过得海，也未必取胜他们，不若回了兵罢！"把船回得洋时，风也没了，顺顺的放回去。乾笃领着众头目，来见大秦国王满屈，备说这缘故。满屈说道："中国天子弘福！我们终是小邦，不可与大国抗礼。"令乾笃领几个头目，修一通降表，进贡狮子、犀牛、孔雀、三足雉、长鸣鸡，一班夷官来朝拜进贡。梁主见乾笃说阻风不敢过海一事，自知修塔的佛力，以此深信释教，奉事益谨。

梁王恃中国财力，欲并二魏，遂纳侯景之降。景事东魏高欢。景左足偏短，不长弓马，而谋算诸将莫及，尝与高欢言："愿得精兵三万，横行天下，渡江缚取萧老，公为太平主。"欢大喜！使将兵十万，专制河南。适欢死，梁主因欢子高澄素与景不和，用反间高澄，澄果疑景，诈为欢书召景。景发书知澄诈，遂据河南叛魏。景遂使郎中丁和奉降表于梁主，举河南十三州归附。梁主正月丁卯夜，梦中原牧守皆以地来降。次日，见朱异说梦中之事，异奏道："此宇内混一之兆也。"及丁和奉降表见梁主，言景定降计，实是正月乙卯。梁主益神其事，遂纳景降，封景为河南王，又发兵马助景。那里晓得侯景反覆凶人？他知道临贺王萧正德，屡以贪暴得罪于梁主，正德阴养死士，只愿国家有变。景因致书于正德，书云：

> 天子年尊，奸臣乱国。大王属当储贰，今被废黜。景虽不才，实思自效。

正德得书大喜，暗地与景连和，又致书与景，书云：

> 仆为其内，公为其外，何为不济？事机在速，今其时矣。

说这侯景与正德密约，遂诈称出猎起兵。十月，袭谯州，执刺史萧泰。又攻破历阳，太守庄铁以城投降，因说侯景曰："国家承平岁久，人不习战斗。大王举兵，内外震骇。宜乘此际，速趋建康，兵不血刃，而成大功。若使朝廷徐得为备，使羸兵千人，直据采石，虽有精甲百万，不能济矣。"景闻大悦！遂以铁为导引。梁主不知正德与景暗通，反令正德督军屯丹阳。正德遣大船数十艘，诈称载获，暗济景众。侯景得渡，遂围台城，昼夜攻城不息，被董勋引景众登城，就据了台城。把梁主拘于太极东堂，以五百甲士防卫内外，周围铁桶相似。

景遂入宫，恣意肆取宫中宝玩珍鼎、前代法器之类，又选美好宫嫔、名姬千数，悉归于己。景阴体弘壮，淫毒无度，夜御数十人，犹不遂其所欲。闻溧阳公主音律超众，容色倾国，欲纳为妃。遂使小黄门田香儿，以紫玉软丝同心结儿一奁，并合欢水果，盛以金泥小盒，密封遗公主。公主启看，左右皆怒，劝主碎其盒，拒而不纳。公主曰："不然，非尔辈所知。侯王天下豪杰，父王昔曾梦狝猴升御榻，正应今日。我不束身归侯王，则萧氏无遗类矣。"遂以双凤名锦被、珊瑚嵌金交莲枕遗侯景。景见田香儿回奏，大悦！遣亲近左右数十人迎公主。定情之夕，景虽狰毒万端，主亦曲为忍受。日亲不移，致景宠结，得以颠倒是非，妨于朝务。保全公族，主之力也。后王伟劝景废立，尽除衍族；主与伟忤，爱弛。

梁主既为侯景所制，不得来见支公，所求多不遂意。饮膳亦为所裁节，忧愤成疾。口苦，索蜜不得，荷荷而殂，年八十六岁。景秘不发丧。支长老早已知道，况时节已至，不可待也，在寺里坐化了。

且说梁湘东王绎痛梁主被景幽死，遂自称假黄钺大都督中外诸军，承制起兵，来诛侯景。先使竟陵太守王僧辩领五千人马，来复台城。军到湘州地方，僧辩暗令赵伯超来探听侯景消息。伯超恐路上不好行，装做个平常商人，行到柏桐尖山边深林里走过，望见梁主与支公二人，各倚着一杖，缓缓的行来。伯超走近，见了梁主，吃这一惊不小，连忙跪下奏道："陛下与长老因甚到此？今要往何处去？"梁主回答道："朕功行已满，与长老往西天竺极乐国去。有封书寄与湘东王，正没人可寄，卿可仔细收好，与朕寄去。"说了，梁主就袖中取出书，递与赵伯超。伯超刚接得书，就不见了梁主与支公。后伯超探听侯景消息，回复王僧辩；忙将书送上湘东王，说见梁主一事。湘东王拆开书看，是一首古风。诗云：

> 奸虏窃神器，毒痛流四海。
>
> 嗟哉萧正德，为景所愚卖。
>
> 凶逆贼君父，不复为翊戴。
>
> 惟彼湘东王，愤起忠勤在。
>
> 落星霸先谋，使景台城败。

窜身依答仁，为鸥所屠害。

身首各异处，五子诛夷外。

暴尸陈市中，争食民心快！

今我脱敝履，去住两无碍。

极乐为世尊，自在兜利界。

篡逆安在哉？铁钺诛千载！

湘东王读罢是诗，泪涕潜流，不胜呜咽。后王僧辩、陈霸先攻破侯景，景竟欲走吴依答仁。羊侃二子羊鹍杀之，暴景尸于市，民争食之，并骨亦尽。溧阳公主亦食其肉，雪冤于天，期以自死。景五子皆被北齐杀尽。于诗无一不验。诗曰：

堪笑世人眼界促，只就目前较祸福。

台城去路是西天，累世证明有空谷。

第三十四卷　任孝子烈性为神

参透风流二字禅，好姻缘作恶姻缘。

痴心做处人人爱，冷眼观时个个嫌。

闲花野草且休拈，赢得身安心自然。

山妻本是家常饭，不害相思不费钱。

这首诗，单道着色欲乃忘身之本，为人不可苟且。说话南宋光宗朝绍熙元年，临安府在城清河坊南首升阳库前，有个张员外，家中巨富，门首开个川广生药铺。年纪有六旬，妈妈已故。止生一子，唤着张秀一郎，年二十岁，聪明标致，每日不出大门，只务买卖。父母见子年幼，抑且买卖其门如市，打发不开。铺中有个主管，姓任，名珪，年二十五岁。母亲早丧，止有老父，双目不明，端坐在家。任珪大孝，每日辞父出，到晚才归参父，如此孝道。祖居在江干牛皮街上。是年冬间，凭媒说合，娶得一妻，年二十岁，生得大有颜色。系在城内日新桥河下做凉伞的梁公之女儿，小名叫做圣金。自从嫁与任珪，见他笃实本分，只是心中不乐，怨恨父母，"千不嫁，万不嫁，把我嫁在江干。路又远，早晚要归家不便。"终日眉头不展，面带忧容，妆饰皆废。这任珪又向早出晚归，因此不满妇人之意。

原来这妇人未嫁之时，先与对门周待诏之子名周得有奸。此人生得丰姿俊雅，专在三街两巷，贪花恋酒，趋奉得妇人中意。年纪三十岁，不要娶妻，只爱偷婆娘。周得与梁姐姐暗约偷期，街坊邻里，那一个不晓得？因此梁公、梁婆又无儿子，没奈何，只得把女儿嫁在江干，省得人是非。这任珪是个朴实之人，不曾打听仔细，胡乱娶了。不想这妇人身虽嫁了任珪，一心只想周得，两人余情不断。

荏苒光阴，正是：

> 看见垂杨柳，回头麦又黄。
>
> 蝉声犹未断，孤雁早成行。

忽一日，正值八月十八日潮生日，满城的佳人才子，皆出城看潮。这周得同两个弟兄，俱打扮出候潮门。只见车马往来，人如聚蚁。周得在人丛中丢撇了两个弟兄，潮也不看，一径投到牛皮街那任珪家中来。原来任公每日只闭着大门，坐在楼檐下念佛。周得将扇子柄敲门，任公只道儿子回家，一步步摸出来，把门开了。周得知道是任公，便叫声："老亲家，小子施礼了。"任公听着不是儿子声音，便问："足下何人？有何事到舍下？"周得道："老亲家，小子是梁凉伞姐姐之子。有我姑表妹嫁在宅上，因看潮，特来相访，令郎姐夫在家么？"任公双目虽不明，见说是媳妇的亲，便邀他请坐。就望里面叫一声："娘子，有你阿舅在此相访。"这妇人在楼上正纳闷，听得任公叫，连忙浓添脂粉，插戴钗环，穿几件色服，三步那做两步，走下楼来。布帘内瞧一瞧："正是我的心肝情人！多时不曾相见。"走出布帘外，笑容可掬，向前相见。这周得一见妇人，正是：

> 分明久旱逢甘雨，赛过他乡遇故知。

> 只想洞房欢会日，那知公府献头时？

两个并肩坐下。这妇人见了周得，神魂飘荡，不能禁止，遂携周得手揭起布帘，口里胡说道："阿舅，上楼去说话。"这任公依旧坐在楼檐下板凳上念佛。

这两个人上得楼来，就抱做一团。妇人骂道："短命的！教我思量得你成病。因何一向不来看我？负心的贼！"周得笑道："姐姐，我为你嫁上江头来，早晚不得见面，害了相思病，争些儿不得见你。我如常要来，只怕你老公知道，因此不敢来望你。"一头说，一头搂抱上床，解带卸衣，叙旧日海誓山盟，云情雨意。正是：

> 情兴两和谐，搂定香肩脸贴腮。手捻香酥奶绵软，实奇哉！褪了裤儿脱绣鞋。　　玉体靠郎怀，舌送丁香口便开。倒凤颠鸾云雨罢，嘱多才：明朝千万早些来。

这词名《南乡子》，单道其日间云雨之事。这两个霎时云收雨散，各整衣巾。妇人搂住周得在怀里道："我的老公早出晚归，你若不负我心，时常只说相访。老子又瞎，他晓得什么！只顾上楼和你快活，切不可做负心的。"周得答道："好姐姐，心肝肉，你既有心于我，我决不负于你；我若负心，教我堕阿鼻地狱，万劫不得人身。"这妇人见他设咒，连忙捧过周得脸来，舌送丁香，放在他口里，道："我心肝，我不枉了有心爱你。从今后频频走来相会，切不可使我倚门而望。"道罢，两人不忍分别。只得下楼别了任公，一直去了。妇人对任公道："这个是我姑娘的儿子，且是本分淳善，话也不会说，老实的人。"任公答道："好，好。"妇人去灶前安排中饭与任公吃了，自上楼去了，直睡到晚。任珪回来，参了父亲，上楼去了，夫妻无话。睡到天明，辞了父亲，又入城而去。俱各不题。

这周得自那日走了这遭，日夜不安，一心想念。歇不得两日，又去相会，正是情浓似火。此时牛皮街人烟稀少，因此走动，只有数家邻舍，都不知此事。不想周得为了一场官司，有两个月不去相望。这妇人淫心似火，巴不得他来；只因周得不来，恹恹成病，如醉如痴。正是：

> 乌飞兔劫，朝来暮往何时歇？女娲只会炼石补青天，岂会熬胶粘日月？

倏忽又经元宵，临安府居民门首，扎缚灯棚，悬挂花灯，庆贺元宵。不期这周得官事已了，打扮衣巾，其日巳牌时分，径来相望。却好任公在门首念佛，与他施礼罢，径上楼来。袖中取出烧鹅熟肉，两人吃了，解带脱衣上床。如糖似蜜，如胶似漆，恁意颠鸾倒凤，出于分外绸缪。日久不曾相会，两个搂做一团，不舍分开。耽搁长久了，直到申牌时分，不下楼来。这任公肚中又饥，心下又气，想道："这阿舅今日如何在楼上这一日？"便在楼下叫道："我肚饥了，要饭吃！"妇人应道："我肚里疼痛，等我便来。"任公忍气吞声，自去门前坐了，心中暗想："必有跷蹊，今晚孩儿回来问他。"这两人只得分散，轻轻移步下楼，款款开门，放了周得去了。那妇人假意叫肚痛，安排些饭与任公吃了，自去楼上思想情人。不在话下。

却说任珪到晚回来，参见父亲。任公道："我儿且休要上楼去，有一句话要问你。"任珪立住脚听。任公道："你丈人丈母家有个甚么姑舅的阿舅，自从旧年八月十八看潮来了这遭，以后不时来望，径直上楼去说话，也不打紧。今日早间上楼，直到下午，中饭也不安排我吃。我忍不住叫你老婆，那阿舅听见我叫，慌忙去了。我心中十分疑惑，往日常要问你，只是你早出晚回，因此忘了。我想男子汉与妇人家在楼上一日，必有奸情之事。我自年老，眼又瞎，管不得，我儿自己慢慢访问则个。"

任珪听罢，心中大怒，火急上楼。端的是：

> 口是祸之门，舌为斩身刀。

> 闭口深藏舌，安身处处牢。

当时任珪大怒上楼，口中不说，心下思量："我且忍住，看这妇人分豁。"只见这妇人坐在楼上，便问道："父亲吃饭也未？"答应道："吃了。"便上楼点灯来，铺开被，脱了衣裳，先上床睡了。任珪也上床来，却不倒身睡去，坐在枕边问那妇人道："我问你家那有个姑长阿舅，时常来望你？你且说是那个。"妇人见说，爬将起来，穿起衣裳，坐在床上，柳眉剔竖，娇眼圆睁，应道："他便是我爹爹结义的妹子养的儿子。我的爹娘记挂我，时常教他来望我。有甚么半丝麻线？"便焦躁发作道："兀谁在你面前说长道短来？老娘不是善良君子、不裹头巾的婆婆！洋块砖儿也要落地。你且说，是谁说黄道黑，我要和你会同问得明白。"任珪道："你不要嚷！却才父亲与我说，今日什么阿舅，在楼上一日，因此问你则个。没事便罢休，不消得便焦躁。"一头说，一头便脱衣裳自睡了。那妇人气喘气促，做神做鬼，假意儿装妖作势，哭哭啼啼道："我的父母没眼睛，把我嫁在这里。没来由教他来望，却教别人说是道非。"又哭又说。任珪睡不着，只得爬起来，那妇人头边搂住了，抚恤道："便罢休，是我不是。看往日夫妻之面，与你陪话便了。"那妇人倒在任珪怀里，两个云情雨意，狂了半夜，俱不题了。

任珪天明起来，辞了父亲入城去了。每日巴巴结结，早出晚回。那痴婆一心只想要偷汉子，转转寻思："要待何计脱身？只除寻事回到娘家，方才和周得做一块儿，要个满意。"日夜挂心，捻指又过了半月。

忽一日饭后，周得又来，拽开门儿径入，也不与任公相见，一直上楼。那妇人向前搂住，低声说道："叵耐这瞎老驴，与儿子说道，你常来楼上坐定说话。教我分说得口皮都破，被我葫芦提瞒过了。你从今不要来，怎地教我舍得你？可寻思计策，除非回家去，与你方才快活。"周得听了，眉头一簇，计上心来："如今屋上猫儿正狂，叫来叫去。你可漏屋处抱得一个来安在怀里，必然抓碎你胸前。却放了猫儿，睡在床上啼哭。等你老公回来，必然问你。你说：'你的好爷，却来调戏我。我不肯顺他，他将我胸前抓碎了。'你放声哭起来，你的丈夫必然打发你归家去。我每日得和你同欢同乐，却强如偷鸡吊狗，暂时相会。且在家中住了半年三个月，即又再处。此计大妙！"妇人伏道："我不枉了有心向你。好心肠，有见识！"二人和衣倒在床上调戏了。云雨罢，周得慌忙下楼去了。正是：

老龟烹不烂，移祸于枯桑。

那妇人伺候了几日，忽一日，捉得一个猫儿，解开胸膛，包在怀里。这猫儿见衣服包笼，舒脚乱抓。妇人忍着疼痛，由他抓得胸前两奶粉碎。解开衣服，放他自去。此是申牌时分，不做晚饭，和衣倒在床上，把眼揉得绯红，哭了叫，叫了哭。

将近黄昏，任珪回来，参了父亲。到里面不见妇人，叫道："娘子，怎么不下楼来？"那妇人听得回了，越哭起来。任珪径上楼，不知何意，问道："吃晚饭也未？怎地又哭？"连问数声不应。那淫妇巧生言语，一头哭，一头叫道："问甚么！说起来妆你娘的谎子。快写休书，打发我回去，做不得这等猪狗样人！你若不打发我回家去，我明日寻个死休！"说了又哭。任珪道："你且不要哭，有甚事？对我说。"这妇人爬将起来，抹了眼泪，擗开胸前，两奶抓得粉碎，有七八条血路。教丈夫看了，道："这是你好亲爷干下的事！今早我送你出门，回身便上楼来。不想你这老驴老畜生，轻手轻脚跟我上楼，一把双手搂住，摸我胸前，定要行奸。吃我不肯，他便将手把我胸前抓得粉碎，那里肯放！我慌忙叫起来，他没意思，方才摸下楼去了。教我眼巴巴地望你回来。"说罢，大哭起来，道："我家不是这般没人伦畜生驴马的事。"任珪道："娘子低声！邻舍听得，不好看相。"妇人道："你怕别人得知，明日讨乘轿子，抬我回去便罢休。"任珪虽是大孝之人，听了这篇妖言，不由得：

怒从心上起，恶向胆边生。

正是画虎画皮难画骨，知人知面不知心。"罢罢，原来如此！可知道前日说你与甚么阿舅有奸，眼见得没巴鼻，在我面前胡说。今后眼也不要看这老禽兽！娘子休哭，且安排饭来吃了睡。"这妇人见丈夫听他虚说，心中暗喜！下楼做饭，吃罢去睡了。正是：

> 娇妻唤做枕边灵，十事商量九事成。

这任珪被这妇人情色昏迷，也不问爷却有此事也无，过了一夜，次早起来，吃饭罢，叫了一乘轿子，买了一只烧鹅，两瓶好酒，送那妇人回去。妇人收拾衣包，也不与任公说知，上轿去了。抬得到家，便上楼去。周得知道便过来，也上楼去。就搂做一团，倒在梁婆床上，云情雨意。周得道："好计么？"妇人道："端的你好计策！今夜和你放心快活一夜，以遂两下相思之愿。"两个狂罢，周得下楼去，要买办些酒馔之类。妇人道："我带得有烧鹅美酒，与你同吃；你要买时，只觅些鱼菜、时果足矣。"周得一霎时买得一尾鱼，一只猪蹄，四色时新果儿，又买下一大瓶五加皮酒。拿来家里，教使女春梅安排完备，已是申牌时分。妇人摆开桌子，梁公、梁婆在上坐了，周得与妇人对席坐了，使女筛酒。四人饮酒，直至初更。吃了晚饭，梁公、梁婆二人下楼去睡了。

这两个在楼上，正是：

> 欢来不似今日，喜来更胜当初。

正要称意停眠整宿，只听得有人敲门。

正是：

　　　　日间不做亏心事，半夜敲门不吃惊。

　　这两个指望做一夜快活夫妻，谁想有人敲门？春梅在灶前收拾未了，听得敲门，执灯去开门，见了任珪，惊得呆了，立住脚头，高声叫道："任姐夫来了！"周得听叫，连忙穿衣径走下楼。思量无处躲避，想空地里有个东厕，且去东厕躲闪。这妇人慢慢下楼道："你今日如何这等晚来？"任珪道："便是出城得晚，关了城门。欲去张员外家歇，又夜深了，因此来这里歇一夜。"妇人道："吃晚饭了未？"任珪道："吃了。只要些汤洗脚。"春梅连忙掇脚盆来，教任珪洗了脚。妇人先上楼，任珪却去东厕里净手。时下有人拦住，不与他去便好。只因来上厕，争些儿死于非命。正是：

　　　　恩义广施，人生何处不相逢？

　　　　冤仇莫结，路逢狭处难回避。

　　任珪刚跨上东厕，被周得劈头揪住，叫道："有贼！"梁公、梁婆、妇人、使女，各拿一根柴来乱打。任珪大叫道："是我，不是贼！"众人不由分说，将任珪痛打一顿。周得就在闹里一径走了。任珪叫得喉咙破了，众人方才放手。点灯来看，见了任珪，各人都呆了。任珪道："我被这贼揪住，你们颠倒打我，被这贼走了。"众人假意埋冤道："你不早说！只道是贼，贼到却走了。"说罢，各人自去。任珪忍气吞声道："莫不是藏甚么人在里面，被我冲破，到打我这一顿？且不要慌，慢慢地察访。"听那更鼓已是三更，去梁公床上睡了。心中胡思乱想，只睡不着。捱到五更，不等天明，起来穿了衣服便走。梁公道："待天明吃了早饭去。"任珪被打得浑身疼痛，那有好气？也不应他，开了大门，拽上了，趁星光之下，直望候潮门来，却忒早了些，城门未开。城边无数经纪行贩，挑着盐担，坐在门下等开门，也有唱曲儿的，也有说闲话的，也有做小买卖的。任珪混在人丛中，坐下纳闷。

你道事有凑巧，物有偶然。正所谓：

> 吃食少添盐醋，不是去处休去。

> 要人知重勤学，怕人知事莫做。

当时任珪心下郁郁不乐，与决不下。内中忽有一人说道："我那里有一邻居梁凉伞家，有一件好笑的事。"这人道："有什么事？"那人道："梁家有一个女儿，小名圣金，年二十余岁。未曾嫁时，先与对门周待诏之子周得通奸。旧年嫁在城外牛皮街卖生药的主管，叫做任珪。这周得一向去那里来往，被瞎阿公识破，去那里不得了，昨日归在家里。昨晚周得买了嘎饭好酒，吃到更尽。两个正在楼上快活，有这等的巧事！不想那女婿更深夜静，赶不出城，径来丈人家投宿。奸夫惊得没躲避处，走去东厕里躲了。任珪却去东厕净手，你道好笑么？那周得好手段！走将起来劈头将任珪揪住，到叫：'有贼！'丈人、丈母、女儿，一齐把任珪烂酱打了一顿，奸夫逃走了。世上有这样的异事！"众人听说了，一齐拍手笑起来，道："有这等没用之人！被奸夫淫妇安排，难道不晓得？"这人道："若是我，便打一把尖刀，杀做两段！那人必定不是好汉，必是个煨脓烂板乌龟。"又一个道："想那人不晓得老婆有奸，以致如此。"说了，又笑一场。正是：

> 情知语是钩和线，从头钓出是非来。

当时任珪却好听得备细。城门正开，一齐出城，各分路去了。此时任珪不出城，复身来到张员外家里来，取了三五钱银子，到铁铺里买了一柄解腕尖刀，和鞘插在腰间。思量钱塘门晏公庙神明最灵，买了一只白公鸡，香烛纸马，提来庙里，烧香拜告："神圣显灵：任珪妻梁氏，与邻人周得通奸，夜来如此如此。"前话一一祷告罢，将刀出鞘，提鸡在手，问天买卦："如若杀得一个人，杀下的鸡在地下跳一跳；杀他两个人，跳两跳。"说罢，一刀剁下鸡头，那鸡在地下一连跳了四跳，重复从地跳起，直从梁上穿过，坠将下来，却好共是五跳。当时任珪将刀入鞘，再拜："望神明助力报仇。"化纸出庙，上街东行西走，无计可施。到晚回张员外家歇了，没情没绪，买卖也无心去管。次日早起，将刀插在腰间，没做理会处。欲要去梁家干事，又恐撞不着周得，只杀得老婆也无用，又不了事。转转寻思，恨不得咬他一口。径投一个去处，有分教：任珪小胆番为大胆，善心改作恶心；大闹了日新桥，鼎沸了临安府。正是：

> 青龙与白虎同行，吉凶事全然未保。

这任珪东撞西撞，径到美政桥姐姐家里。见了姐姐，说道："你兄弟这两日有些事故，爹在家没人照管，要寄托姐姐家中住几时，休得推故。"姐姐道："老人家多住些时也不妨。"姐姐果然教儿子去接任公，扶着来家。

这日，任珪又在街坊上串了一回。走到姐姐家，见了父亲，将从前事一一说过。道："儿子被这泼淫妇虚言巧语，反说父亲如何如何，儿子一时被惑，险些堕他计中。这口气如何消得？"任公道："你不要这淫妇便了，何须呕气？"任珪道："有一日撞在我手里，决无干休！"任公道："不可造次。从今不要上他门，休了他，别讨个贤会的便罢。"任珪道："儿子自有道理。"辞了父亲并姐姐，气忿忿的入城，恰好是黄昏时候。走到张员外家，将上件事一一告诉："只有父亲在姐姐家，我也放得心下。"张员外道："你且忍耐，此事须要三思而行。自古道：捉奸见双，捉贼见赃。倘或不了事，枉受了苦楚。若下在死囚牢中，无人管你。你若依我说话，不强如杀害人性命？冤家只可解，不可结。"任珪听得劝他，低了头，只不言语。员外教养娘安排酒饭相待，教去房里睡，明日再作计较。任珪谢了。到房中寸心如割，和衣倒在床上，番来复去，延捱到四更尽了，越想越恼，心头火按捺不住，起来抓扎身体急捷，将刀插在腰间，摸到厨下，轻轻开了门，靠在后墙。那墙苦不甚高，一步爬上墙头。其时夏末秋初，其夜月色正明如昼。将身望下一跳，跳在地上，道："好了！"一直望丈人家来。

隔十数家，黑地里立在屋檐下，思量道："好却好了，怎地得他门开？"踌躇不决。只见卖烧饼的王公，挑着烧饼担儿，手里敲着小小竹筒过来。忽然丈人家门开，走出春梅，叫住王公，将钱买烧饼。任珪自道："那厮当死！"三步作一步，奔入门里，径投胡梯边梁公房里来。掇开房门，拔刀在手，见丈人、丈母俱睡着。心里想道："周得那厮必然在楼上了。"按住一刀一个，割下头来，丢在床前。正要上楼，却好春梅关了门，走到胡梯边，被任珪劈头揪住，道："不要高声；若高声，便杀了你。你且说，周得在那里？"那女子认得是任珪声音，情知不好了。见他手中拿刀，大叫："任姐夫来了！"任珪气起，一刀砍下头来，倒在地下。慌忙大踏步上楼去杀奸夫、淫妇。正是：

> 种瓜得瓜，种豆得豆；
>
> 天网恢恢，疏而不漏。

当时任珪跨上楼来，原来这两个正在床上狂荡，听得王公敲竹筒，唤起春梅买烧饼，房门都不闭，桌上灯尚明，径到床边。妇人已知，听得春梅叫，假做睡着。任珪一手按头，一手将刀去咽喉下切下头来，丢在楼板上。口里道："这口怒气出了，只恨周得那厮不曾杀得，不满我意。"猛想神前杀鸡五跳，杀了丈人、丈母、婆娘、使女，只应得四跳，那鸡从梁上跳下来，必有缘故。抬头一看，却见周得赤条条的伏在梁上。任珪叫道："快下来，饶你性命！"那时周得心慌，爬上去了；一见任珪，战战兢兢，慌了手脚，禁了爬不动。任珪性起，从床上直爬上去，将刀乱砍。可怜周得，从梁上倒撞下来。任珪随势跳下，踏住胸脯，搠了十数刀，将头割下。解开头发，与妇人头结做一处。将刀入鞘，提头下楼。到胡梯边，提了使女头，来寻丈人、丈母头。解开头发，五个头结做一块，放在地上。

此时东方大亮，心中思忖："我今杀得快活，称心满意。逃走被人捉住，不为好汉，不如挺身首官，便吃了一剐，也得名扬于后世。"遂开了门，叫两边邻舍。对众人道："婆娘无礼，人所共知。我今杀了他一家，并奸夫周得。我若走了，连累高邻吃官司，如今起烦和你们同去出首。"众人见说未信，慌忙到梁公房里看时，老夫妻两口俱没了头。胡梯边使女尸倒在那里。上楼看时，周得被杀死在楼上，遍身刀搠伤痕数处，尚在血里。妇人杀在床上。众人吃了一惊！走下楼来，只见五颗头结做一处。都道："真好汉子！我们到官，依直与他讲就是。"道犹未了，嚷动邻舍街坊，里正、缉捕人等，都来缚住任珪。任珪道："不必缚我，我自做自当，并不连累你们。"说罢，两手提了五颗头，出门便走。众邻舍一齐跟定。满街男子妇人，不计其数来看，哄动满城人。只因此起有分教，任珪正是：

> 生为孝子肝肠烈，死作明神姓字香。

众邻舍同任珪到临安府，大尹听得杀人公事，大惊！慌忙升厅。两下公吏人等排立左右，任珪将五个人头，行凶刀一把，放在面前，跪下告道："小人姓任，名珪，年二十八岁，系本府百姓，祖居江头牛皮街上。母亲早丧，止有老父，双目不明。前年冬间，凭媒说合，娶到在城日新桥河下梁公女儿为妻，一向到今。小人因无本生理，在卖生药张员外家做主管。早去晚回，日常间这妇人只是不喜。至去年八月十八日，父亲在楼下坐定念佛。原来梁氏未嫁小人之先，与邻人周得有奸。其日本人来家，称是姑舅哥哥来访，径自上楼说话。日常来往，痛父眼睛不明。忽日父与小人说道：'甚么阿舅，常常来楼上坐，必有奸情之事。'小人听得说，便骂婆娘。一时小人见不到，被这婆娘巧语虚言，说道老父上楼调戏。因此三日前，小人打发妇人回娘家去了。至日，小人回家晚了，关了城门，转到妻家投宿。不想奸夫见我去，逃躲东厕里。小人临睡，去东厕净手，被他劈头揪住，喊叫有贼。当时丈人、丈母、婆娘、使女，一齐执柴乱打小人，此时奸夫走了。小人忍痛归家，思想这口气没出处。不合夜来提刀入门，先杀丈人、丈母，次杀使女，后来上楼杀了淫妇。猛抬头，见奸夫伏在梁上，小人爬上去，乱刀砍死。今提五个首级首告，望相公老爷明镜。"大尹听罢，呆了半晌。遂问排邻，委果供认是实。所供明白，大尹钧旨，令任珪亲笔供招。随即差个县尉，并公吏、仵作人等，押着任珪到尸边检验明白。其日人山人海来看。

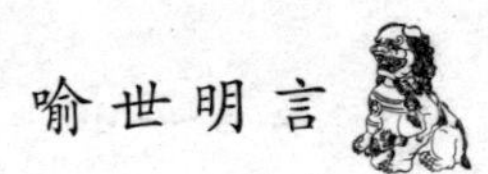

险道神脱了衣裳，这场话非同小可。

当日一齐同到梁公家，将五个尸首一一检验讫，封了大门。县尉带了一干人犯，来府堂上回话道："检得五个尸，并是凶身自认杀死。"大尹道："虽是自首，难以免责。"交打二十下，取具长枷枷了，上了铁镣手肘，令狱卒押下死囚牢里去；一干排邻回家。教地方公同作眼，将梁公家家财什物变卖了，买下五具棺材，盛下尸首，听候官府发落。

且说任珪在牢内，众人见他是个好男子，都爱敬他，早晚饭食，有人管顾。不在话下。

临安府大尹，与该吏商量："任珪是个烈性好汉，只可惜下手忒狠了，周旋他不得。"只得将文书做过，申呈刑部。刑部官奏过天子，令勘官勘得：本犯奸夫淫妇，理合杀死。不合杀了丈人、丈母、使女，一家非死三人。着令本府待六十日限满，将犯人就本地方凌迟示众。梁公等尸首烧化，财产入官。

文书到府数日，大尹差县尉率领仵作、公吏、军兵人等，当日去牢中取出任珪。大尹将朝廷发落文书，教任珪看了。任珪自知罪重，低头伏死。大尹教去了锁枷镣肘，上了木驴。只见：

四道长钉钉，三条麻索缚。

两把刀子举，一朵纸花摇。

县尉人等，两棒鼓，一声锣，簇拥推着任珪，前往牛皮街示众。但见犯则牌前引，棍棒后随。当时来到牛皮街，围住法场，只等午时三刻。其日看的人，两行如堵。将次午时，真可作怪：一时间天昏地黑，日色无光，狂风大作，飞沙走石，播土扬泥，你我不能相顾。看的人惊得四分五落，魄散魂飘。少顷，风息天明。县尉并刽子众人看任珪时，绑索长钉，俱已脱落，端然坐化在木驴之上。众人一齐发声道："自古至今，不曾见有这般奇异的怪事！"监斩官惊得木麻，慌忙令仵作、公吏人等，看守任珪尸首，自己忙拍马到临安府，禀知大尹。

大尹见说，大惊！连忙上轿，一同到法场看时，果然任珪坐化了。大尹径来刑部禀知此事，着令排邻地方人等，看守过夜。明早奏过朝廷，凭圣旨发落。次日巳牌时分，刑部文书到府：随将犯人任珪尸首，即时烧化，以免凌迟。县尉领旨，就当街烧化。城里城外人，有千千万万来看，都说："这样异事，何曾得见！何曾得见！"

却说任公与女儿，知得任珪死了，安排些羹饭，外甥挽了瞎公公，女儿抬着轿子，一齐径到当街祭祀了，痛哭一场。任珪的姐姐，教儿子挽扶着公公同回家，奉亲过世。

话休絮烦。过了两月余，每遇黄昏，常时出来显灵。来往行人看见者，回去便患病；备下羹饭纸钱当街祭献，其病即痊。忽一日，有一小儿来牛皮街闲耍，被任珪附体起来。众人一齐来看，小儿说道："玉帝怜吾是忠烈孝义之人，各坊城隍、土地保奏，令做牛皮街土地。汝等善人，可就我屋基立庙，春秋祭祀，保国安民。"说罢，小儿遂醒。当坊邻佑，看见如此显灵，那敢不信！即日敛出财物，买下木植，将任珪基地盖造一所庙宇。连忙请一个塑佛高手，塑起任珪神像，坐于中间处，虔备三牲福礼祭献。自此香火不绝，祈求必应，其庙至今尚存。后人有诗题于庙壁，赞任珪坐化为神之事。诗云：

> 铁销石朽变更多，只有精神永不磨。
>
> 除却奸淫拼自死，刚肠一片赛阎罗。

第三十五卷　汪信之一死救全家

白发苏堤老妪，不知生长何年。相随宝驾共南迁，往事能言旧汴。　　前度君王游幸，一时询旧凄然。鱼羹妙制味犹鲜，双手擎来奉献。

说话大宋乾道淳熙年间，孝宗皇帝登极，奉高宗为太上皇。那时金邦和好，四郊安静，偃武修文，与民同乐。孝宗皇帝时常奉着太上乘龙舟，来西湖玩赏。湖上做买卖的，一无所禁，所以小民多有乘着圣驾出游，赶趁生意。只卖酒的，也不止百十家。

且说有个酒家婆姓宋，排行第五，唤做宋五嫂，原是东京人氏，造得好鲜鱼羹，京中最是有名的。建炎中，随驾南渡，如今也侨寓苏堤赶趁。一日，太上游湖，泊船苏堤之下，闻得有东京人语音。遣内官召来，乃一年老婆婆。有老太监认得他是汴京樊楼下住的宋五嫂，善煮鱼羹，奏知太上。太上题起旧事，凄然伤感，命制鱼羹来献。太上尝之，果然鲜美，即赐金钱一百文。此事一时传遍了临安府，王孙公子，家富巨室，人人来买宋五嫂鱼羹吃，那老妪因此遂成巨富。有诗为证：

一碗鱼羹值几钱？旧京遗制动天颜。

时人倍价来争市，半买君恩半买鲜。

又一日，御舟经过断桥，太上舍舟闲步，看见一酒肆精雅，坐启内设个素屏风，屏风上写《风入松》词一首，词云：

一春常费买花钱，日日醉湖边。玉骢惯识西湖路，骄嘶过沽酒楼前。红杏香中歌舞，绿杨影里秋千。　　暖风十里丽人天，花压鬓云偏。画船载得春归去，余情付湖水湖烟。明日重移残酒，来寻陌上花钿。

太上览毕，再三称赏，问酒保："此词何人所作？"酒保答言："此乃太学生于国宝醉中所题。"太上笑道："此词虽然做得好，但末句'重移残酒'，不免带寒酸之气。"因索笔，就屏上改云："明日重扶残醉。"即日宣召于国宝见驾，钦赐翰林待诏。那酒家屏风上添了御笔，游人争来观看，因而饮酒，其家亦致大富。后人有诗，单道于国宝际遇太上之事。诗曰：

素屏风上醉题词，不道君王盼睐奇。

若问姓名谁上达？酒家即是魏无知。

又有诗赞那酒家云：

御笔亲删墨未干，满城闻说尽争看。

一般酒肆偏腾涌，始信皇家雨露宽。

那时南宋承平之际，无意中受了朝廷恩泽的不知多少。同时，又有文武全才，出名豪侠，不得际会风云，被小人诬陷，激成大祸，后来做了一场没挞煞的笑话。此乃命也，时也，运也。正是：

时来风送滕王阁，运退雷轰荐福碑。

话说乾道年间，严州遂安县有个富家，姓汪，名孚，字师中，曾登乡荐，有财有势，专一武断乡曲，把持官府，为一乡之豪霸。因杀死人命，遇了对头，将汪孚问配吉阳军去。他又夤缘魏国公张浚，假以募兵报效为由，得脱罪籍。回家益治资产，复致大富。他有个嫡亲兄弟汪革，字信之，是个文武全才，从幼只在哥哥身边居住。因与哥哥汪孚酒中争论，一句闲话，别口气只身径走出门，口里说道："不致千金，誓不还乡！"身边只带得一把雨伞，并无财物，思想："那里去好？我闻得

人说，淮庆一路有耕冶可业，甚好经营。且到彼地，再作道理。只是没有盘缠。"心生一计：自小学得些枪棒拳法在身，那时抓缚衣袖，做个把势模样。逢着马头聚处，使几路空拳，将这伞权为枪棒，撇个架子，一般有人喝采，赍发几文钱，将就买些酒饭用度。

不一日，渡了扬子江。一路相度地势，直至安庆府。过了宿松，又行三十里，地名麻地坡。看见荒山无数，只有破古庙一所，绝无人居，山上都是炭材。汪革道："此处若起个铁冶，炭又方便，足可擅一方之利。"于是将古庙为家，在外纠合无籍之徒，因山作炭，卖炭买铁，就起个铁冶，铸成铁器，出市发卖。所用之人，各有职掌，恩威并著，无不钦服。数年之间，发个大家事起来。遣人到严州取了妻子，来麻地居住。起造厅屋千间，极其壮丽。又占了本处酤坊，每岁得利若干。又打听望江县有个天荒湖方圆七十余里，其中多生鱼蒲之类。汪革承佃为己业，湖内渔户数百，皆服他使唤，每岁收他鱼租。其家益富，独霸麻地一乡。乡中有事，俱由他武断。出则佩刀带剑，骑从如云，如贵官一般。四方穷民，归之如市，解衣推食，人人愿出死力。又将家财交结附近郡县官吏。若与他相好的，酒杯来往；若与他作对的，便访求他过失，轻则遣人讦讼，败其声名，重则私令亡命等于沿途劫害，无处踪迹。以此人人惧怕，交欢恐后。分明是：

> 郭解重生，朱家再出。
>
> 气压乡邦，名闻郡国。

话分两头。却说江淮宣抚使皇甫倜，为人宽厚，颇得士心。抬致四方豪杰，就中选骁勇的，厚其资粮，朝夕训练，号为"忠义军"。宰相汤思退忌其威名，要将此缺替与门生刘光祖。乃阴令心腹御史劾奏皇甫倜糜费钱粮，招致无赖凶徒，不战不征，徒为他日地方之害。朝廷将皇甫倜革职，就用了刘光祖代之。那刘光祖为人又畏懦，又刻薄，专一阿奉宰相，乃悉反皇甫倜之所为，将忠义军散遣归田，不许占住地方生事。可惜皇甫倜几年精力，训练成军，今日一朝而散。这些军士，也有归乡的，也有结伙走绿林中道路的。

就中单表二人，程彪、程虎，荆州人氏。弟兄两个，都学得一身好武艺，被刘光祖一时驱逐，平日有的请受都花消了，无可存活，思想投奔谁好。猛然想起："洪教头洪恭，今住在太湖县南门仓巷口，开个茶坊。他也曾做军校，昔年相处得好。今日何不去奔他，共他商议资身之策？"二人收拾行李，一径来太湖县寻取洪恭。洪恭恰好在茶坊中，相见了，各叙寒温，二人道其来意。洪恭自思家中蜗窄，难以相容。当晚杀鸡为黍，管待二人，送在近处庵院歇了一晚。次日，洪恭又请二人到家中早饭，取出一封书信，说道："多承二位远来，本当留住几时，争奈家贫待慢。今指引到一个去处，管取情投意合，有个小小富贵。"二人谢别而行。将书札看时，上面写道："此书送至宿松县麻地坡汪信之十二爷开拆。"二人依言，来到麻地坡，见了汪革，将洪恭书札呈上。汪革拆开看时，上写道：

> 侍生洪恭再拜，字达信之十二爷阁下：自别台颜，时切想念！兹有程彪、程虎兄弟，武艺超群，向隶籍忠义军。今为新统帅散遣不用，特奉荐至府，乞留为馆宾，令郎必得其资益。外，敝县有湖荡数处，颇有出产，阁下屡约来看，何迟迟耶？专候拨冗一临，若得之，亦美业也。

汪革看毕大喜！即唤儿子汪世雄出来相见。置酒款待，打扫房屋安歇。自此程彪、程虎住在汪家，朝夕与汪世雄演习弓马，点拨枪棒。

不觉三月有余，汪革有事欲往临安府去。二程闻汪革出门，便欲相别。汪革问道："二兄今往何处？"二程答道："还到太湖会洪教头则个。"汪革写下一封回书，寄与洪恭。正欲赍发二程起身，只见汪世雄走来，向父亲放道："枪棒还未精熟，欲再留二程过几时，讲些阵法。"汪革依了儿子言语，向二程说道："小儿领教未全，且屈宽住一两个月，待不才回家奉送。"二程见汪革苦留，只得住了。

却说汪革到了临安府，干事已毕。朝中论传金虏败盟，诏议战守之策。汪革投匦上书，极言向来和议之非。且云："国家虽安，忘战必危。江淮乃东南重地，散遣忠义军，最为非策。"末又云："臣虽不才，愿倡率两淮忠勇，为国家前驱，恢复中原，以报积世之仇，方表微臣之志。"天子览奏，下枢密院会议。这枢密院官都是怕事的，只晓得临渴掘井，那会得未焚徙薪？况且布衣上书，谁肯破格荐引？又未知金鞑子真个杀来也不，且不覆奏，只将温言好语，款留汪革在本府候用。汪革因此逗留临安，急切未回。正是：

> 将相无人国内虚，布衣有志枉嗟吁。

> 黄金散尽貂裘敝，悔向咸阳去上书。

话分两头。再说程彪、程虎二人住在汪家，将及一载，胸中本事，倾倒得授与汪世雄，指望他重重相谢。那汪世雄也情愿厚赠，奈因父亲汪革，一去不回。二程等得不耐烦，坚执要行，汪世雄苦苦相留了几遍。到后来，毕竟留不住了。一时手中又值空乏，打并得五十两银子，分送与二人，每人二十五两，衣服一套，置酒作别。席上汪世雄说道："重承二位高贤屈留赐教，本当厚赠，只因家父久寓临安，二位又坚执要去，世雄手无利权，只有些小私财，权当路费。改日两位若便道光顾，尚容补谢。"二人见银两不多，大失所望，口虽不语，心下想道："洪教头说得汪家父子，万分轻财好义，许我个小富贵，特特而来。淹留一载，只这般赍发起身！比着忠义军中请受，也争不多。早知如此，何不就汪革在家时，即便相辞？也少不得助些盘费。如今汪革又不回来，欲待再住些时，又吃过了送行酒了。"只得怏怏而别。临行时，与汪世雄讨封回书与洪教头。汪世雄文理不甚通透，便将父亲先前写下这封书，递与二程，托他致意。二程收了。汪世雄又送一程，方才转去。

当日二程走得困乏，到晚寻店歇宿。沽酒对酌，各出怨望之语。程虎道："汪世雄不是个三岁孩儿，难道百十贯钱钞，做不得主？直恁装穷推故，将人小觑！"程彪道："那孩子虽然轻薄，也还有些面情；可恨汪革特地相留，不将人为意，数月之间，书信也不寄一个。只说待他回家奉送，难道十年不回，也等他十年？"程虎道："那些倚着财势，横行乡曲，原不是什么轻财好客的孟尝君。只看他老子出外，儿子就支不动钱钞，便是小家样子。"程彪道："那洪教头也不识人。难道别没个相识，偏荐到这三家村去处？"二个一递一句，说了半夜，吃得有八九分酒了，程虎道："汪革寄与洪教头书，书中不知写甚言语，何不拆来一看？"程彪真个解开包裹，将书取出，湿开封处看时，上写道：

> 侍生汪革再拜，覆书子敬教师门下：久别怀念，得手书如对面，喜可知也。承荐二程，即留与小儿相处。奈彼欲行甚促，仆又有临安之游，不得厚赠，有负水意。惭愧，惭愧！

书尾又写细字一行，云：

> 别谕俟从临安回，即得践约，计期当在秋凉矣。革再拜。

程虎看罢，大怒道："你是个富家，特地投奔你一场，便多将金帛结识我们，久后有相逢处。又不是雇工代役，算甚日子久近？却说道，'欲行甚促''不得厚赠'，主意原自轻了。"程虎便要将书扯碎烧毁，却是程彪不肯，依旧收藏了。说道："洪教头荐我兄弟一番，也把个回信与他，使他晓得没甚汤水。"程虎道："也说得是。"当夜安歇无话。

次早起身，又行了一日。第三日，赶到太湖县，见了洪教头。洪恭在茶坊内坐下，各叙寒温。原来洪恭

向来娶下个小老婆，唤做细姨，最是帮家做活，看蚕织绢，不辞辛苦，洪恭十分宠爱。只是一件，那妇人是勤苦作家的人，水也不舍得一杯与人吃的。前次程彪、程虎兄弟来时，洪恭虽然送在庵院安歇，却费了他朝暮两餐，被那妇人絮聒了好几日。今番二程又来，洪恭不敢延款了，又乏钱相赠；家中存得几匹好绢，洪恭要赠与二程，料是细姨不肯，自到房中，取了四匹，揣在怀里。刚出房门，被细姨撞见拦住道："老无知，你将这绢往那里去？"洪恭遮掩不过，只得央道："程家兄弟是我好朋友，今日远来别我还乡，无物表情，你只当权借这绢与我，休得违拗。"细姨道："老娘千辛万苦，织成这绢，不把来白送与人的。你自家有绢，自家做人情，莫要干涉老娘。"洪恭又道："他好意远来看我，酒也不留他吃三杯了，这四匹绢怎省得？我的娘，好歹让我做主这一遭儿。待送他转身，我自来陪你的礼。"说罢就走。

细姨扯住衫袖，道："你说他远来，有甚好意？前番白白里吃了两顿，今番又做指望。这几匹绢，老娘自家也不舍得做衣服穿，他有甚亲情往来，却要送他？他要绢时，只教他自与老娘取讨。"洪恭见小老婆执意不肯，又怕二程等久，只得发个狠，洒脱袖子，径奔出茶坊来。惹得细姨喉急，发起话来道："甚么没廉耻的光棍，非亲非眷，不时到人家菁恼！各人要达时务便好。我们开茶坊的人家，有甚大出产？常言道：贴人不富自家穷。有我们这样老无知、老禽兽，不守本分，惯一招引闲神野鬼上门闹炒！看你没饭在锅里时节，有那个好朋友，把一斗五升来资助你？"故意走到屏风背后，千禽兽、万禽兽的骂。原来细姨在内争论时，二程一句句都听得了，心中十分焦燥。又听得后来骂詈，好没意思，不等洪恭作别，取了包裹便走。洪恭随后赶来，说道："小妾因两日有些反目，故此言语不顺，二位休得计较。这粗绢四匹，权折一饭之敬，休嫌微鲜。"程彪、程虎那里肯受，抵死推辞。洪恭只得取绢自回。细姨见有了绢，方才住口。正是：

> 从来阴性吝啬，一文割舍不得。
>
> 剥尽老公面皮，恶断朋友亲戚。

大抵妇人家勤俭惜财，固是美事，也要通乎人情。比如细姨一味悭吝，不存丈夫体面，他自躲在房室之内，做男子的免不得出外，如何做人？为此恩变为仇，招非揽祸，往往有之。所以古人说得好，道是：妻贤夫祸少，子孝父心宽。

闲话休题。再说程彪、程虎二人，初意来见洪教头，指望照前款留，他便细诉心腹，再求他荐到个好去处，又作道理。不期反受了一场辱骂，思量没处出气。所带汪革回书未投，想起书中有"别谕……候秋凉践约"等话，不知何事？心中正恨汪革，"何不陷他谋叛之情，两处气都出了？好计，好计！只一件，这书上原无实证，难以出首，除非如此如此。"二人离了太湖县，行至江州，在城外觅个旅店，安放行李。

次日，弟兄两个改换衣装，到宣抚衙门前踅了一回。回来吃了早饭，说道："多时不曾上浔阳楼，今日何不去一看？"两个锁上房门，带了些散碎银两，径到浔阳楼来。那楼上游人无数，二人倚栏观看，忽有人扯着程彪的衣袂，叫道："程大哥，几时到此？"程彪回头看，认得是府内惯缉事的，浑名叫做张光头。程彪慌忙叫兄弟程虎，一齐作揖，说道："一言难尽。且同坐吃三杯，慢慢的告诉。"当下三人拣副空座头坐下，分付酒保取酒来饮。张光头道："闻知二位在安庆汪家做教师，甚好际遇！"程彪道："甚么际遇？几乎弄出大事来！"便附耳低言道："汪革久霸一乡，渐有谋叛之意。从我学弓马战阵，庄客数千，都教演精熟了，约太湖洪教头洪恭，秋凉一同举事。教我二人纠合忠义军旧人为内应，我二人不从，逃走至此。"张光头道："有甚证验？"程虎道："见有书札，托我回复洪恭，我不曾替他投递。"

张光头道："书在何处？借来一看。"程彪道："在下处。"
三人饮了一回，还了酒钱。张光头直跟二程到下处，取
书看了。道："这是机密重情，不可泄漏。不才即当禀知
宣抚司，二位定有重赏。"说罢，作别去了。

次日，张光头将此事密密的禀知宣抚使刘光祖。光
祖即捕二程兄弟置狱，取其口词并汪革复洪恭书札，密
地飞报枢密府。枢密府官大惊！商量道："汪革见在本府
候用，何不擒来鞠问？"差人去拿汪革时，汪革已自走
了。原来汪革素性轻财好义，枢密府里的人，一个个和
他相好，闻得风声，预先报与他知道，因此汪革连夜逃
回。枢密府官见拿汪革不着，愈加心慌，便上表奏闻天
子。天子降诏，责令宣抚使捕汪革、洪恭等。宣抚司移
文安庆李太守，转行太湖、宿松二县，拿捕反贼。

却说洪恭在太湖县广有耳目，闻风先已逃避无获。
只有汪革家私浩大，一时难走。此时宿松县令正缺，只
有县尉姓何，名能，是他权印。奉了郡檄，点起士兵
二百余人，望麻地进发。行未十里，何县尉在马上思量
道："闻得汪家父子骁勇，更兼冶户鱼户，不下千余，我
这一去，可不枉送了性命？"乃与士兵都头商议，向山
谷僻处屯住数日，回来禀知李太守，道："汪革反谋，果
是真的。庄上器械精利，整备拒捕。小官寡不敌众，只

得回军。伏乞钧旨，别差勇将前去，方可成功。"

李公听信了，便请都监郭择商议。郭择道："汪革武断一乡，目无官府，已非一日。若说反叛，其情未的。据称拒捕，何曾见官兵杀伤？依起愚见，不须动兵，小将不才，情愿挺身到彼，观其动静。若彼无叛情，要他亲到府中分辨；他若不来，剿除未晚。"李公道："都监所言极当，即烦一行。须体察仔细，不可被他瞒过。"郭择道："小将理会得。"李公又问道："将军此行，带多少人去？"郭择道："只亲随十余人足矣。"李公道："下官将一人帮助。"即唤缉捕使臣王立到来。王立朝上唱个喏，立于旁边。李公指着道："此人胆力颇壮，将军同他去时，缓急有用。"原来郭择与汪革素有交情，此行轻身而往，本要劝谕汪革，周全其事。不期太守差王立同去，"他倚着上官差遣，便要夸才卖智。七嘴八张，连我也不好做事了。"欲待推辞，不要他去，又怕太守疑心，只得领诺，怏怏而别。

次早，王立抓扎停当，便去催促郭择起身。又向郭择道："郡中捕贼文书，须要带去。汪革这厮，来便来；不来时，小人同着都监一条麻绳，扣他颈皮。王法无亲，那怕他走上天去！"郭择早有三分不乐，便道："文书虽带在此，一时不可说破，还要相机而行。"王立定

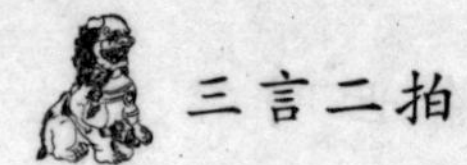

要讨文书来看，郭择只得与他看了。王立便要拿起，却是郭择不肯，自己收过，藏在袖里。当日郭择和王立都骑了马，手下跟随的不上二十个人，离了郡城，望宿松而进。

却说汪革自临安回家，已知枢密院行文消息，正不知这场是非，从何而起。却也自恃没有反叛实迹，跟脚牢实，放心得下。前番何县尉领兵来捕，虽不曾到麻地，已自备细知道，这番如何不打探消息？闻知郡中又差郭都监来，带不满二十人，只怕是诱敌之计，预戒庄客，大作准备。分付儿子汪世雄，埋伏壮丁伺候，"倘若官兵来时，只索抵敌。"却说世雄妻张氏，乃太湖县盐贾张四郎之女，平日最有智数，见其夫装束，问知其情，乃出房对汪革说道："公公素以豪侠名，积渐为官府所忌。若其原非反叛，官府亦自知之。为今之计，不若挺身出辨，得罪犹小，尚可保全家门。倘一有拒捕之名，弄假成真，百口难诉，悔之无及矣。"汪革道："郭都监，吾之故人，来时定有商量。"遂不从张氏之言。

再说郭择到了麻地，径至汪革门首。汪革早在门外迎候，说道："不知都监驾临荒僻，失于远接。"郭择道："郭某此来，甚非得已，信之必然相谅。"两个揖让升厅，分宾坐定，各叙寒温。郭择看见两厢廊庄客往来不绝，明晃晃摆着刀枪，心下颇怀悚惧。又见王立跟定在身旁，不好细谈。汪革开言问道："此位何人？"郭择道："此乃太守相公所遣王观察也。"汪革起身，重与王立作揖，道："失瞻，休罪！"便请王立在厅侧小阁儿内坐下，差个主管相陪。其余从人俱在门首空房中安扎。

一时间备下三席大酒：郭择客位一席，汪革主位相陪一席，王立另自一席。余从满盘肉，大瓮酒，尽他醉饱。饮酒中间，汪革又移席书房中小坐，却细叩郭择来意。郭择隐却郡檄内言语，只说道："太守相公深知信之被诬，命郭某前来劝谕。信之若藏身不出，便是无丝有线了；若肯至郡分辨，郭某一力担当。"汪革道："且请宽饮，却又理会。"郭择真心要周全汪革，乘王立不在眼前，正好说话，连次催并汪革决计。汪革见逼得慌，愈加疑惑。

此时六月天气，暑气蒸人，汪革要郭择解衣畅饮，郭择不肯。郭择连次要起身，汪革也不放，只管斟着大觥相劝。自巳牌至申牌时分，席还不散。郭择见天色将晚，恐怕他留宿，决意起身。说道："适郭某所言，出于至诚，并无半字相欺。从与不从，早早裁决，休得两相担误。"汪革带着半醉，唤郭择的表字道："希颜是我故人，敢不吐露心腹：某无辜受谤，不知所由。今即欲入郡参谒，又恐郡守不分皂白，阿附上官，强入人罪，鼠雀贪生，人岂不惜命？今有楮券四百，聊奉希颜表意，为我转限两三个月。我当向临安借贵要之力，与枢密院讨个人情。上面先说得停妥，方敢出头。希颜念吾平日交情，休得推委。"郭择本不欲受，只恐汪革心疑生变，乃佯笑道："平昔相知，自当效力，何劳厚赐？暂时领受，容他日璧还。"却待舒手去接那楮券，谁知王观察王立站在窗外，听得汪革将楮券送郭择，自己却没甚贿赂，带着九分九厘醉态，不觉大怒！拍窗大叫道："好都监！枢密院奉圣旨着本郡取谋反犯人，乃受钱转限，谁人敢担这干系？"

原来汪世雄率领壮丁，正伏在壁后。听得此语，即时跃出，将郭择一索捆番，骂道："吾父与你何等交情，如何藏匿圣旨文书，吃骗吾父入郡，陷之死地？是何道理？"王立在窗外听见势头不好，早转身便走。正遇着一条好汉，提着朴刀拦住。那人姓刘，名青，绰号"刘千斤"，乃汪革手下第一个心腹家奴，喝道："贼子那里走！"王立拨出腰刀厮斗，夺路向前，早被刘青左臂上砍上一刀，王立负痛而奔，刘青紧步赶上。只听得庄外喊声大举，庄客将从人乱砍，尽皆杀死。王立肩胛上又中了一朴刀，情知逃走不脱，便随刀仆地，妆做僵死。

庄客将挠钩拖出，和众死尸一堆儿堆向墙边。汪革当厅坐下，汪世雄押郭择，当面搜出袖内文书一卷。汪革看了大怒！喝教斩首。郭择叩头求饶，道："此事非关小人，都因何县尉妄禀拒捕，以致太守发怒。小人奉上官差委，不得已而来。若得何县尉面对明白，小人虽死不恨。"汪革道："留下你这驴头也罢，省得那狗县尉没了证见。"分付："权锁在耳房中。"教汪世雄即时往炭山冶坊等处，凡壮丁都要取齐听令。

却说炭山都是村农，怕事，闻说汪家造反，一个个都向深山中藏躲。只有冶坊中大半是无赖之徒，一呼而集，约有三百余人，都到庄上，杀牛宰马，权做赏军。庄上原有骏马三匹，日行数百里，价值千金。那马都有名色，叫做：惺惺骝、小骢骒、番婆子。又平日结识得四个好汉，都是胆勇过人的。那四个？龚四八、董三、董四、钱四二。其时也都来庄上，开怀饮酒，直吃到四更尽，五更初。众人都醉饱了，汪革扎缚起来，真像个好汉：

> 头总旋风髻，身穿白锦袍；鞡鞋兜脚紧，裹肚系身牢。多带穿杨箭，高擎斩铁刀。雄威真罕见，麻地显英豪。

汪革自骑着番婆子，控马的用着刘青，又是一个不

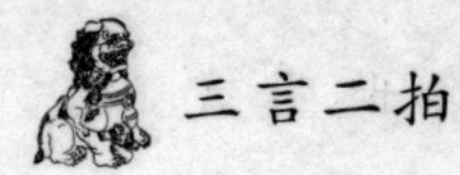

良善的，怎生模样？

> 刚须环眼威风凛，八尺长躯一片锦。

> 千斤铁臂敢相持，好汉逢他打寒噤。

汪革引着一百人为前锋。董三、董四、钱四二共引三百人为中军。汪世雄骑着小骢骡，却教龚四八骑着惺惺骝相随，引一百余人，押着郭都监为后队。分发已定，连放三个大铳，一齐起身，望宿松进发，要拿何县尉。正是：

> 人无害虎心，虎有伤人意。

> 离城约五里之近，天色大明。

只见钱四二跑上前向汪革说道："要拿一个县尉，何须惊天动地！只消数人突然而入，缚了他来就是。"汪革道："此言有理。"就教钱四二押着大队屯住，单领董三、董四、刘青和二十余人前行。望见城濠边一群小儿连臂而歌，歌曰：

> 二六佳人姓汪，偷个船儿过江。

> 过江能几日？一杯热酒难当。

歌之不已。汪革策马近前叱之，忽然不见，心下甚疑。

到县前时，已是早衙时分，只见静悄悄地，绝无动静。汪革却待下马，只见一个直宿的老门子，从县里面唱着哩嗹花儿的走出，被刘青一把拿住，问道："何县尉在那里？"老门子答道："昨日往东村勾摄公事未回。"汪革就教他引路。径出东门，约行二十余里，来到一所大庙，唤做福应侯庙，乃是一邑之香火。本邑奉事甚谨，最有灵应。老门子指道："每常官府下乡，只在这庙里歇宿，可以问之。"汪革下马入庙。庙祝见人马雄壮，刀仗鲜明，正不知甚人，唬得尿流屁滚，跪地迎接。汪革问他县尉消息，庙祝道："昨晚果然在庙安歇，今日五更起马，不知去向。"汪革方信老门子是实话，将他放了。就在庙里打了中火，遣人四下踪迹县尉，并无的信。看看捱至申牌时分，汪革心中十分焦燥，教取火来，把这福应侯庙烧做白地，引众仍回旧路。刘青道："县尉虽然不在，却有妻小在官廨中。若取之为质，何愁县尉不来？"汪革点头道："是。"行至东门，尚未昏黑，只见城门已闭。却是王观察王立不曾真死，负痛逃命入城，将事情一一禀知巡检。那巡检唬得面如土色，一面分付闭了城门，防他罗唣；一面申报郡中，说汪革杀人造反，早早发兵剿捕。

再说汪革见城门闭了，便欲放火攻门。忽然一阵怪风，从城头上旋将下来。那风好不利害！吹得人毛骨俱悚，惊得那匹番婆子也直立嘶鸣，倒退几步。汪革在马上大叫一声，直跌下地来。正是：

未知性命如何，先见四肢不举。

刘青见汪革坠马，慌忙扶起看时，不言不语，好似中恶模样，不省人事。刘青只得抱上雕鞍，董三、董四左右防护，刘青控马而行。转到南门，却好汪世雄引着二三十人，带着火把接应，合为一处。又行二里，汪革方才苏醒。叫道："怪哉！分明见一神人，身长数丈，头如车轮，白袍金甲，身坐城堵上，脚垂至地，神兵簇拥，不计其数，旗上明写'福应侯'三字。那神人舒左脚踢我下马，想是神道怪我烧毁其庙，所以为祸也。明早引大队到来，白日里攻打，看他如何？"汪世雄道："父亲还不知道，钱四二恐防累及，已有异心，不知与众人如何商议了，他先洋洋而去，以后众人陆续走散，三停中已去了二停。父亲不如回到家中再作计较。"汪革听罢，懊恨不已。

行至屯兵之地，见龚四八，所言相同。郭择还锁押在彼，汪革一时性起，拔出佩刀，将郭择劈做两截。引众再回麻地坡来，一路上又跑散了许多人。到庄点点人数，止存六十余人。汪革叹道："吾素有忠义之志，忽为奸人所陷，无由自明。初意欲擒拿县尉，究问根由，报仇雪耻；因借府库之资，招徕豪杰，跌宕江淮，驱除这些贪官污吏，使威名盖世；然后就朝迁恩抚，为国家出力，建万世之功业。今吾志不就，命也。"对龚四八等道："感众兄弟相从不舍，吾何忍负累！今罪犯必死，此身已不足惜。众兄弟何不将我绑去送官，自脱其祸？"龚四八等齐声道："哥哥说那里话！我等平日受你看顾大恩，今日患难之际，生死相依，岂有更变！哥哥休将钱四二一例看待。"汪革道："虽然如此，这麻地坡是个死路，若官兵一到，没有退步。大抵朝廷之事，虎头蛇尾，且暂为逃难之计。倘或天天可怜，不绝尽汪门宗祀，此地还是我子孙故业。不然，我汪革魂魄，亦不复到此矣！"言讫，扑簌簌两行泪下。汪世雄放声大哭，龚四八等皆泣下，不能仰视。汪革道："天明恐有军马来到，事不宜迟矣。天荒湖有渔户可依，权且躲避。"乃尽出金珠，将一半付与董三、董四，教他变姓易名，往临安行都为贾，布散流言，说何县尉迫胁汪革，实无反情，只当公道不平，逢人分析。那一半付与龚四八，教他领了三岁的孙子，潜往吴郡藏匿。"官府只虑我北去通虏，决不疑在近地。事平之后，径到严州遂安县，寻我哥哥汪师中，必然收留。"乃将三匹名马分赠三人。

龚四八道："此马毛色非凡，恐被人识破，不可乘也。"

汪革道："若遗与他人，有损无益。"提起大刀，一刀一匹，三刀尽皆杀死。庄前庄后，放起一把无情火，必必剥剥，烧得烈焰腾天。汪革与龚、董三人，就火光中洒泪分别。世雄妻张氏，见三岁的孩儿去了，大哭一场，自投于火而死。若汪革早听其言，岂有今日？正是：良药苦口，忠言逆耳。有智妇人，赛过男子。汪革伤感不已，然无可奈何了。天色将明，分付庄客："不愿跟随的，听其自便。"引了妻儿老少，和刘青等心腹三十余人，径投望江县天荒湖来。取五只渔船，分载人口，摇向芦苇深处藏躲。

话分两头。却说安庆李太守见了宿松县申文，大惊！忙备文书各上司处申报；一面行文各县，招集民兵剿贼。江淮宣抚司刘光祖将事情装点大了，奏闻朝廷。旨意倒下枢密院："着本处统帅约会各郡军马，合力剿捕，毋致蔓延。"刘光祖各郡调兵，到者约有四五千之数。已知汪革烧毁房舍，逃入天荒湖内。又调各处船兵，水陆并进。又支会平江一路，用兵邀截，以防走逸。那领兵官无非是都监、提辖、县尉、巡检之类，素闻汪革骁勇，党与甚众，人有畏怯之心。陆军只屯住在望江城外，水军只屯在里湖港口，抢掳民财，消磨粮饷，那个敢下湖捕贼？

住了二十余日，湖中并无动静。有几个大胆的乘个小划船，哨探出去，望见芦苇中烟火不绝，远远的鼓声敲响，不敢近视，依旧划转。又过几日，烟火也没了，鼓声也不闻了。水哨禀知军官，移船出港，筛锣擂鼓，摇旗呐喊而前，荡入湖中。连打鱼的小船都四散躲过，并不见一只。向芦苇烟起处搜看时，鬼脚迹也没一个了。但见几只破船上堆却木屑和草根，煨得船板焦黑。浅渚上有两三面大鼓，鼓上缚着羊，连羊也饿得半死了。原来鼓声是羊蹄所击，烟火乃木屑。汪革从湖入江，已顺流东去，正不知几时了。军官惧罪，只得将船追去。

行出江口，只见五个渔船，一字儿泊在江边，船上立着个汉子。有人认得这船是天荒湖内的渔船，拢船去拿那汉子查问时，那汉子噙着眼泪，告诉道："小人姓樊，名速，川中人氏。因到此做些小商贩，买卖已毕，与一个乡亲同坐一只大船，三日前来此江口，撞着这五个渔船。船上许多好汉，自称汪十二爷，要借我大船安顿人口，将这五个小渔船相换。我不肯时，腰间拔出雪样的刀来便要杀害，只得让与他去了。你看这个小船，怎过得川江？累我重复觅船，好不苦也！"船上两个军官商量道："眼见得换船的汪十二爷，便是汪革了。他人众已散，只有两只大船，容易算计了，且放心赶去。"

行至采石矶边，见江面上摆列战舰无数，却是太平郡差出军官，领水军把截采石，盘诘行船，恐防反贼汪革走逸。打听的实，两处军官相会。安庆军官说起汪革在湖中逃走入江，劫上两只大客船，装载家小之事。"料他必从此过，小将跟寻下来，如何不见？"采石军官听说，大惊顿足道："我被这奸贼瞒过了也！前两日辰牌时分，果有两只大客船，船中满载家小，其人冠带来谒，自称姓王，名中一，为蜀中参军，任满赴行都升补。想来'汪'字半边是'王'字，'革'字下截是'中一'二字，此人正是汪革。今已过去，不知何往矣！"两处军官度道："失了汪革正贼，料瞒不过。"只得从实申报上司。上司见汪革踪迹神出鬼没，愈加疑虑，请枢密院悬下赏格，画影图形，各处张挂："有能擒捕汪革者，给赏一万贯，官升三级；获其嫡亲家属一口者，赏三千贯，官升一级。"

却说汪革乘着两只客船，径下太湖。过了数日，闻知官府挨捕紧急，料是藏躲不了，将客船凿沉湖底，将家小寄顿一个打鱼人家，多将金帛相赠，约定一年后来取。却教刘青跟随儿子汪世雄，间道往无为州漕司出首，说："父亲原无反情，特为县尉何能陷害，见今逃难行都，乞押去追寻，免致兴兵调饷。此乃保全家门之计，不可迟滞。"世雄被父亲所逼，只得去了。漕司看了汪世雄首词，问了备细，差官锁押到临安府，挨获汪革；一面禀知枢密等院衙门去讫。

却说汪革发脱家小，单单剩得一身，改换衣装，径望临安而走。在城外住了数日，不见儿子世雄消息，想起城北厢官白正，系向年相识，乃夜入北关，叩门求见。白正见是汪革，大惊，便欲走避。汪革扯住说道："兄长勿疑，某此来束手投罪，非相累也。"白正方才心稳，开言问道："官府捕足下甚急，何为来此？"汪革将冤情告诉了一遍："如今愿借兄长之力，得诣阙自明，死亦无恨。"白正留汪革住了一宿，次早报知枢密府，遂下于大理院狱中。狱官拷问他家属何在，及同党之人姓名。汪革道："妻小都死于火中，只有一子名世雄，一向在外做客，并不知情。庄丁俱是村民，各各逃命去讫，亦不记姓名。"狱官严刑拷讯，终不肯说。

却说白正不愿领赏，纪功升官，心下十分可怜汪革，一应狱中事体，替他周旋。临安府闻说反贼汪革投到，把做异事传播。董三、董四知道了，也来暗地与他使钱，大尹院上官吏都得了贿赂，汪革稍得宽展，遂于狱中上书。大略云：

臣汪革，于某年某月投匦献策，愿倡率两淮忠义，为国家前驱破虏，恢复中原。臣志在报国如此，岂有贰心？不知何人谤臣为反，又不知所指何事？愿得其人与臣面质，使臣心迹明白，虽死犹生矣。"天子见其书，乃诏九江府押送程彪、程虎二人，到行都并下大理鞠问。其时无为州漕司文书亦到，汪世雄也来了。

那会审一日，好不热闹！汪革父子相会，一段悲伤，自不必说，看见对头，却是二程兄弟，出自意外，到吃一惊！方晓得这场是非的来历。刑官审问时，二程并无他话，只指汪革所寄洪恭之书为据。汪革辨道："书中所约秋凉践约，原欲置买太湖县湖荡，并非另情。"刑官道："洪恭已在逃了，有何对证？"汪世雄道："闻得洪恭见在宣城居住，只拿他来审，便知端的。"刑官一时不能决，权将四人分头监候，行文宁国府去了。

不一日，本府将洪恭解到。刘青在外面已自买嘱解子，先将程彪、程虎根由备细与洪恭说了。洪恭料得没事，大着胆进院。遂将写书推荐二程，约汪革来看湖荡，及汪家赍发薄了，二人不悦，并赠绢不受之故，始末根由，说了一遍。"汪革回书，被程彪、程虎藏匿不付。两头怀恨，遂造此谋，诬陷平人，更无别故。"堂上官录了口词，向狱中取出汪家父子、二程兄弟面证。

程彪、程虎见洪恭说得的实了，无言可答。汪革又将何县尉停泊中途，诈称拒捕，以致上司激怒等因，说了一遍。

问官再四推鞫无异，又且得了贿赂，有心要周旋其事。当时判出审单，略云：

审得犯人一名汪革，颇有侠名，原无反状。始因二程之私怨，妄解书词；继因何尉之讹言，遂开兵衅。察其本谋，实非得已。但不合不行告辨，纠合凶徒，擅杀职官郭择及士兵数人。情虽可原，罪实难宥。思其束手自投，显非抗拒。但行凶非止一人，据革自供当时逃散，不记姓名；而郡县申文，已有刘青名字。合行文本处访拿治罪，不可终成漏网。革子世雄，知情与否，亦难悬断。然观无为州首词与同恶相济者不侔，似宜准自首例，姑从末减。汪革照律该凌迟处死，仍枭首示众，决不待时。汪世雄杖脊发配二千里外。程彪、程虎首事妄言，杖脊发配一千里外。俱俟凶党刘青等到后发遣。洪恭供明释放。县尉何能捕贼无才，罢官削籍。

狱具，覆奏天子。圣旨依拟。刘青一闻这个消息，预先漏与狱中，只劝汪革服毒自尽。

汪革这一死，正应着宿松城下小儿之歌。他说

"二六佳人姓汪"，汪革排行十二也；"偷个船儿过江"，是指劫船之事；"过江能几日？一杯热酒难当"，汪革今日将热酒服毒，果应其言矣。古来说，童谣乃天上荧惑星化成小儿，预言祸福。看起来汪革虽不曾成什么大事，却被官府大惊小怪，起兵调将，骚扰几处州郡，名动京师，忧及天子，便有童谣预兆，亦非偶然也。

闲话休题。再说汪革死后，大理院官验过，仍将死尸枭首，悬挂国门。刘青先将尸骸藏过，半夜里偷其头去藁葬于临安北门十里之外。次日私对董三说知其处，然后自投大理院，将一应杀人之事，独自承认。又自诉偷葬主人之情。大理院官用刑严讯，备诸毒苦，要他招出葬尸处，终不肯言。是夜，受苦不过，死于狱中。后人有诗赞云：

> 从容就狱申王法，慷慨捐生报主恩。

> 多少朝中食禄者，几人殉义似刘青？

大理院官见刘青死了，就算个完局，狱中取出汪世雄及程彪、程虎，决断发配。董三、董四在外，已自使了手脚，买嘱了行杖的，汪世雄皮肤也不曾伤损，程彪、程虎着实吃了大亏。又兼解子也受了买嘱，一路上将他两个难为，行至中途，程彪先病故了，只将程虎解去，不知下落。那解汪世雄的得了许多银两，刚行得

三四百里，将他纵放。汪世雄躲在江湖上，使枪棒卖药为生。不在话下。

再说董三、董四收拾了本钱，往姑苏寻着了龚四八，领了小孩子；又往太湖打鱼人家，寻了汪家老小。三个人扮作仆者模样，一路跟随，直送至严州遂安县汪师中处。汪孚问知详细，感伤不已，拨宅安顿。龚、董等都移家附近居住，却有汪孚卫护，地方上谁敢道个不字？

过了半载，事渐冷了。汪师中遣龚四八、董四二人，往麻地坡查理旧时产业。那边依旧有人造炭冶铁，问起缘故，却是钱四二为主，倡率乡民做事，就顶了汪革的故业。只有天荒湖渔户不肯从顺。董四大怒，骂道："这反覆不义之贼，恁般享用得好，心下何安？我拼着性命，与汪信之哥哥报仇。"提了朴刀，便要寻钱四二赌命。龚四八止住道："不可，不可。他既在此做事，乡民都帮助他的。寡不敌众，枉惹人笑。不如回复师中，再作道理。"

二人转至宿松，何期正在郭都监门首经过。有认得董四的，闲着口，对郭都监的家人郭兴说道："这来的矮胖汉，便是汪革的心腹帮手，叫做董学，排行第四。"郭兴听罢，心下想道："家主之仇，如何不报？"让一步过去，出其不意，从背心上狠的一拳，将董四抑倒，急叫道："拿得反贼汪革手下杀人的凶徒在此！"宅里奔出四五条汉子出来，街坊上人一拥都来，唬得龚四八不敢相救，一道烟走了。郭兴招引地方将董四背剪绑起，头发都揢得干干净净，一步一棍，解到宿松县来。此时新县官尚未到任，何县尉又坏官去了，却是典史掌印。不敢自专，转解到安庆李太守处。李太守因前番汪革反情不实，轻事重报，被上司埋怨了一场，不胜懊悔。今日又说起汪革，头也疼将起来，反怪地方多事，骂道："汪革杀人一事，奉圣旨处分了当。郭择性命已偿过了，如何又生事扰害？那典史与他起解，好不晓事！"嘱教将董四放了。郭兴和地方人等，一场没趣而散。董四被郭家打伤，负痛奔回遂安县去。

却说龚四八先回。将钱四二占了炭冶生业，及董四被郭家拿住之事，细说一遍。汪孚度道："必然解郡。"却待差人到安庆去替他用钱营干，忽见董四光着头奔回，诉说如此如此，"若非李太守好意，性命不保。"汪孚道："据官府口气，此事已撇过一边了。虽然董四哥吃了些亏，也得了个好消息。"又过几日，汪孚自引了家童二十余人，来到麻地坡，寻钱四二，与他说话。钱四二闻知汪孚自来，如何敢出头？带着妻子连夜逃走去了，到撇下房屋家计。汪孚道："这不义之物，不可用之。"赏与本地炭户等，尽他搬运，房屋也都拆去了。汪孚买起木料，烧砖造瓦，另盖起楼房一所。将汪革先前炭冶之业，一一查清，仍旧汪氏管业；又到天荒湖拘集渔户，每人赏赐布钞，以收其心。这七十里天荒湖，仍为汪氏之产。又央人向郡中上下使钱，做汪孚出名，批了执照。汪孚在麻地坡住了十个多月，百事做得停停当当，留下两个家人掌管，自己回遂安去。

不一日，哲宗皇帝晏驾。新天子即位，颁下诏书，大赦天下，汪世雄才敢回家，到遂安拜见了伯伯汪师中，抱头而哭。闻得一家骨肉无恙，母子重逢；小孩儿已长成了，是汪孚取名，叫做汪千一；汪世雄心中一悲一喜。过了数日，汪世雄禀过伯伯："同董三到临安走遭，要将父亲骸骨奔归埋葬。"汪孚道："此是大孝之事，我如何阻当？但须早去早回。此间武强山广有隙地，风水尽好，我先与你葺理葬事。"汪世雄和董三去了，一路无事。不一日，负骨而回，重备棺木殡殓，择日安葬。

事毕，汪孚向侄儿说道："麻地坡产业虽好，你父亲在彼，挫了威风。又地方多有仇家，龚四八和董三、董四多有人认得了，你去住不得了。我当初为一句闲话上，触了你父亲，别口气走向麻地坡去了，以致弄出许多事来。今日将我的产业尽数让你，一来是见成事业，二来你父亲坟茔在此，也好看管。也教你父亲在九泉之下，消了这口怨气。那麻地坡产业，我自移家往彼居住，不怕谁人奈何得我。"汪世雄拜谢了伯伯。当日汪孚将遂安房产帐目，尽数交付汪世雄明白，童仆也分下一半，自己领了家小，向麻地坡一路而去。从此遂安与宿松，分做二宗，往来不绝。汪世雄凭藉伯伯的财势，地方无不信服。只为妻张氏赴火身死，终身不娶，专以训儿为事。后来汪千一中了武举，直做到亲军指挥使之职。子孙繁盛无比。这段话本，叫做《汪信之一死救全家》。后人有诗赞云：

> 烈烈轰轰大丈夫，出门空手立家模。
>
> 情真义士多帮手，赏薄宵人起异图。
>
> 仗剑报仇因迫吏，挺身就狱为全孥。
>
> 汪孚让宅真高谊，千古传名事岂诬？

第三十六卷　沈小霞相会出师表

闲向书斋阅古今，偶逢奇事感人心。

忠臣翻受奸臣制，肮脏英雄泪满襟。

休解绶，慢投簪，从来日月岂常阴？

到头祸福终须应，天道还分贞与淫。

话说国朝嘉靖年间，圣人在位，风调雨顺，国泰民安。只为用错了一个奸臣，浊乱了朝政，险些儿不得太平。那奸臣是谁？姓严，名嵩，号介溪，江西分宜人氏。以柔媚得幸，交通宦官，先意迎合，精勤斋醮，供奉青词，由此骤致贵显。为人外装曲谨，内实猜刻。谗害了大学士夏言，自己代为首相，权尊势重，朝野侧目。儿子严世蕃，由官生直做得到工部侍郎。他为人更狠，但有些小人之才：博闻强记，能思善算。介溪公最听他的说话，凡疑难大事，必须与他商量，朝中有"大丞相""小丞相"之称。他父子济恶，招权纳贿，卖官鬻爵。官员求富贵者，以重赂献之，拜他门下做干儿子，即得超迁显位。由是不肖之人，奔走如市。科道衙门，皆其心腹牙爪。但有与他作对的，立见奇祸：轻则杖谪，重则杀戮，好不利害！除非不要性命的，才敢开口说句公道话儿；若不是真正关龙逢、比干，十二分忠君爱国的，宁可误了朝廷，岂敢得罪宰相？其时，有无名子感慨时事，将《神童诗》改成四句云：

少小休勤学，钱财可立身。

君看严宰相，必用有钱人。

又改四句，道是：

天子重权豪，开言惹祸苗。

万般皆下品，只有奉承高。

只为严嵩父子恃宠贪虐，罪恶如山，引出一个忠臣来，做出一段奇奇怪怪的事迹，留下一段轰轰烈烈的话柄，一时身死，万古名扬。正是：

家多孝子亲安乐，国有忠臣世泰平。

那人姓沈，名炼，别号青霞，浙江绍兴人氏。其人有文经武纬之才，济世安民之志。从幼慕诸葛孔明之为人，孔明文集上有《前出师表》《后出师表》，沈炼平日爱诵之，手自抄录数百遍，室中到处粘壁。每逢酒后，便高声背诵，念到"鞠躬尽瘁，死而后已"，往往长叹数声，大哭而罢。以此为常，人都叫他是狂生。嘉靖戊戌年，中了进士，除授知县之职。他共做了三处知县，那三处？溧阳、茌平、清丰。这三任官做得好，真个是：

> 吏肃惟遵法，官清不爱钱。
>
> 豪强皆敛手，百姓尽安眠。

因他生性伉直，不肯阿奉上官，左迁绵衣卫经历。一到京师，看见严家赃秽狼藉，心中甚怒。

忽一日值公宴，见严世蕃倨傲之状，已自九分不像意。饮至中间，只见严世蕃狂呼乱叫，旁若无人；索巨觥飞酒，饮不尽者罚之。这巨觥约容酒斗余，两坐客惧世蕃威势，没人敢不吃。只有一个马给事，天性绝饮，世蕃固意将巨觥飞到他面前。马给事再三告免，世蕃不依。马给事略沾唇，面便发赤，眉头打结，愁苦不胜。世蕃自去下席，亲手揪了他的耳朵，将巨觥灌之。那给事出于无奈，闷着气，一连几口吸尽。不吃也罢，才吃下时，觉得天在下，地在上，墙壁都团团转动，头重脚轻，站立不住。世蕃拍手呵呵大笑。沈炼一肚子不平之气，忽然揎袖而起，抢那只巨觥在手，斟得满满的，走到世蕃面前说道："马司谏承老先生赐酒，已沾醉不能为礼。下官代他酬老先生一杯。"世蕃愕然，方欲举手推辞，只见沈炼声色俱厉道："此杯别人吃得，你也吃得，别人怕着你，我沈炼不怕你！"也揪了世蕃的耳朵灌去，世蕃一饮而尽。沈炼掷杯于案，一般拍手呵呵大笑。唬得众官员面如土色，一个个低着头，不敢则声。世蕃假醉，先辞去了。沈炼也不送，坐在椅上叹道："咳！'汉贼不两立！''汉贼不两立！'"一连念了七八句。这句书也是《出师表》上的说话，他把严家比着曹操父子。众人只怕世蕃听见，到替他捏两把汗。沈炼全不为意，又取酒连饮几杯，尽醉方散。

睡到五更醒来，想道："严世蕃这厮，被我使气，逼他饮酒，他必然记恨，来暗算我。一不做，二不休，有心只是一怪，不如先下手为强。我想严嵩父子之恶，神人怨怒，只因朝廷宠信甚固。我官卑职小，言而无益；欲待觑个机会，方才下手。如今等不及了，只当做张子房在博浪沙中椎击秦始皇，虽然击他不中，也好与众人做个榜样。"就枕头上思想疏稿，想到天明有了。起来

焚香盥手，写就表章。表上备说严嵩父子招权纳贿，穷凶极恶，欺君误国十大罪，乞诛之以谢天下。圣旨下道："沈炼谤讪大臣，沽名钓誉，着锦衣卫重打一百，发出口外为民。"严世蕃差人分付锦衣卫官校，定要将沈炼打死。喜得堂上官是个有主意的人，那人姓陆，名炳，平时极敬重沈公的节气；况且又是属官，相处得好的。因此反加周全，好生打个出头棍儿，不甚利害。户部注籍保安州为民。沈炼带着棒疮，即时收拾行李，带领妻子，雇着一辆车儿，出了国门，望保安进发。

原来沈公夫人徐氏，所生四个儿子。长子沈襄，本府廪膳秀才，一向留家。次子沈衮、沈褒，随任读书。幼子沈裒，年方周岁。嫡亲五口儿上路，满朝文武，惧怕严家，没一个敢来送行。有诗为证：

> 一纸封章忤庙廊，萧然行李入遐荒。

> 相知不敢攀鞍送，恐触权奸惹祸殃。

一路上辛苦，自不必说，且喜到了保安州了。那保安州属宣府，是个边远地方，不比内地繁华。异乡风景，举目凄凉；况兼连日阴雨，天昏地黑，倍加惨戚。欲赁间民房居住，又无相识指引，不知何处安身是好。正在傍徨之际，只见一人打个小伞前来。看见路旁行李，又见沈炼一表非俗，立住了脚，相了一回，问道："官人尊姓？何处来的？"沈炼道："姓沈，从京师来。"那人道："小人闻得京中有个沈经历，上本要杀严嵩父子，莫非官人就是他么？"沈炼道："正是。"那人道："仰慕多时，幸得相会。此非说话之处，寒家离此不远，便请携宝眷同行，到寒家权下，再作区处。"沈炼见他十分殷勤，只得从命。行不多路，便到了。看那人家，虽不是个大大宅院，却也精致。那人揖沈炼至于中堂，纳头便拜。沈炼慌忙答礼，问道："足下是谁？何故如此相爱？"那人道："小人姓贾，名石，是宣府卫一个舍人。哥哥是本卫千户，先年身故，无子，小人应袭。为严贼当权，袭职者都要重赂，小人不愿为官，托赖祖荫，有数亩薄田，务农度日。数日前闻阁下弹劾严氏，此乃天下忠臣义士也。又闻编管在此，小人渴欲一见，不意天遣相遇，三生有幸！"说罢又拜下去。沈公再三扶起，便教沈衮、沈褒与贾石相见。贾石教老婆迎接沈奶奶到内宅安置。交卸了行李，打发车夫等去了。分付庄客宰猪买酒，管待沈公一家。贾石道："这等雨天，料阁下也无处去，只好在寒家安歇了。请安心多饮几杯，以宽劳顿。"沈炼谢道："萍水相逢，便承款宿，何以当此？”贾石道：“农庄粗粝，休嫌简慢。”当日宾主酬酢，无非说些感慨时事的说话。两边说得情投意合，只恨相见之晚。

过了一宿。次早，沈炼起身，向贾石说道：“我要寻所房子，安顿老小，有烦舍人指引。”贾石道：“要什么样的房子？”沈炼道：“只像宅上这一所，十分足意了，租价但凭尊教。”贾石道：“不妨事。”出去趄了一回，转来道：“赁房尽有，只是龌龊低洼，急切难得中意的。阁下不若就在草舍权住几时，小人领着家小自到外家去住。等阁下还朝，小人回来，可不稳便？”沈炼道：“虽承厚爱，岂敢占舍人之宅？此事决不可！”贾石道：“小人虽是村农，颇识好歹。慕阁下忠义之士，想要执鞭坠镫，尚且不能；今日天幸降临，权让这几间草房与阁下作寓，也表得我小人一点敬贤之心。不须推逊。”话毕，慌忙分付庄客，推个车儿，牵个马儿，带个驴儿，一伙子将细软家私搬去；其余家常动使家火，都留与沈公日用。沈炼见他慨爽，甚不过意，愿与他结义为兄弟。贾石道：“小人是一介村农，怎敢僭扳贵宦？”沈炼道：“大丈夫意气相许，那有贵贱？”贾石小沈炼五岁，就拜沈炼为兄。沈炼教两个儿子拜贾石为义叔，贾石也唤妻子

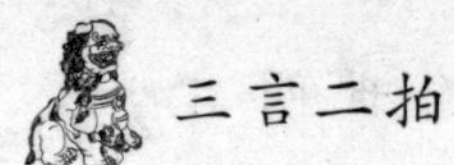

出来都相见了，做了一家儿亲戚。贾石陪过沈炼吃饭已毕，便引着妻子到外舅李家去讫。自此，沈炼只在贾石宅子内居住。时人有诗叹贾舍人借宅之事，诗曰：

倾盖相逢意气真，移家借宅表情亲。

世间多少亲和友，竞产争财愧死人！

却说保安州父老，闻知沈经历为上本参严阁老，贬斥到此，人人敬仰，都来拜望，争识其面。也有运柴运米相助的，也有携酒肴来请沈公吃的，又有遣子弟拜于门下听教的。沈炼每日间与地方人等，讲论忠孝大节及古来忠臣义士的故事。说到关心处，有时毛发倒竖，拍案大叫；有时悲歌长叹，涕泪交流。地方若老若小，无不耸听欢喜。或时唾骂严贼，地方人等齐声附和；其中若有不开口的，众人就骂他是不忠不义。一时高兴，以后率以为常。又闻得沈经历文武全材，都来合他去射箭。沈炼教把稻草扎成三个偶人，用布包裹，一写"唐奸相李林甫"，一写"宋奸相秦桧"，一写"明奸相严嵩"，把那三个偶人做个射鹄。假如要射李林甫的，便高声骂道："李贼看箭！"秦贼、严贼，都是如此。北方人性直，被沈经历唗得热闹了，全不虑及严家知道。

自古道：若要人不知，除非己莫为。世间只有权

势之家报新闻的极多，早有人将此事报知严嵩父子。严嵩父子深以为恨，商议要寻个事头杀却沈炼，方免其患。适值宣大总督员缺，严阁老分付吏部，教把这缺与他门下干儿子杨顺做去。吏部依言，就将杨侍郎杨顺差往宣大总督。杨顺往严府拜辞，严世蕃置酒送行。席间屏人而语，托他要查沈炼过失。杨顺领命，唯唯而去。正是：

> 合成毒药惟需酒，铸就钢刀待举手。
>
> 可怜忠义沈经历，还向偶人夸大口！

却说杨顺到任不多时，适遇大同鞑虏俺答引众入寇应州地方，连破了四十余堡，掳去男妇无算。杨顺不敢出兵救援，直待鞑虏去后，方才遣兵调将，为追袭之计。一般筛锣击鼓，扬旗放炮，都是鬼弄，那曾看见半个鞑子的影儿？杨顺情知失机惧罪，密谕将士："搜获避兵的平民，将他剃头斩首，充做鞑虏首级，解往兵部报功。"那一时，不知杀死了多少无辜的百姓！沈炼闻知其事，心中大怒！写书一封，教中军官送与杨顺。中军官晓得沈经历是个揽祸的太岁，书中不知写甚么说话，那里肯与他送。沈炼就穿了青衣小帽，在军门伺候杨顺出来，亲自投递。杨顺接来看时，书中大略说道：一人功名事极小，百姓性命事极大。杀平民以冒功，于心何忍？况且遇鞑贼，止于掳掠；遇我兵，反加杀戮，是将帅之恶，更甚于鞑虏矣！书后又附诗一首，诗云：

杀生报主意何如？解道"功成万骨枯"。

试听沙场风雨夜，冤魂相唤觅头颅。

杨顺见书大怒，扯得粉碎。

却说沈炼又做了一篇祭文，率领门下子弟，备了祭礼，望空祭奠那些冤死之鬼。又作《塞下吟》云：

云中一片虏烽高，出塞将军已著劳。

不斩单于诛百姓，可怜冤血染霜刀。

又诗云：

本为求生来避虏，谁知避虏反戕生！

早知虏首将民假，悔不当时随虏行。

杨总督标下有个心腹指挥，姓罗，名铠，抄得此诗并祭文，密献于杨顺。杨顺看了，愈加怨恨，遂将第一首诗改窜数字，诗曰：

云中一片虏烽高，出塞将军枉著劳。

何似借他除佞贼，不须奏请上方刀。

写就密书，连改诗封固，就差罗铠送与严世蕃。书中说："沈炼怨恨相国父子，阴结死士剑客，要乘机报仇。前番鞑虏入寇，他吟诗四句，诗中有借虏除佞之语，意在不轨。"世蕃见书大惊！即请心腹御史路楷商议。路楷曰："不才若往按彼处，当为相国了当这件大事。"世蕃大喜！即分付都察院："便差路楷巡按宣大。"临行，世蕃治酒款别，说道："烦寄语杨公，同心协力，若能除却这心腹之患，当以侯伯世爵相酬，决不失信于二公也。"路楷领诺。不一日，奉了钦差敕命，来到宣府到任，与杨总督相见了。路楷遂将世蕃所托之语，一一对杨顺说知。杨顺道："学生为此事，朝思暮想，废寝忘餐。恨无良策，以置此人于死地。"路楷道："彼此留心。一来休负了严公父子的付托，二来自家富贵的机会，不可错过。"杨顺道："说得是！倘有可下手处，彼此相报。"当日相别去了。

杨顺思想路楷之言，一夜不睡。次早坐堂，只见中军官报道："今有蔚州卫拿获妖贼二名，解到辕门外，伏听钧旨。"杨顺道："唤进来。"解官磕了头，递上文书。杨顺拆开看了，呵呵大笑。这二名妖贼，叫做阎浩、杨胤夔，系妖人萧芹之党。

原来萧芹是白莲教的头儿，向来出入虏地，惯以烧香惑众，哄骗虏酋俺答，说自家有奇术，能咒人使人立死，喝城使城立颓。虏酋愚甚，被他哄动，尊为国师。其党数百人，自为一营。俺答几次入寇，都是萧芹等为之向导，中国屡受其害。先前史侍郎做总督时，遣通事重赂虏中头目脱脱，对他说道："天朝情愿与你通好，将俺家布粟换你家马，名为'马市'。两下息兵罢战，各享安乐，此是美事。只怕萧芹等在内作梗，和好不终。那萧芹原是中国一个无赖小人，全无术法，只是狡伪，哄诱你家抢掠地方，他于中取事。郎主若不信，可要萧芹试其术法。委的喝得城颓，咒得人死，那时合当重用；若咒人人不死，喝城城不颓，显是欺诳，何不缚送天朝？天朝感郎主之德，必有重赏。'马市'一成，岁岁享无穷之利，煞强如抢掠的勾当。"脱脱点头道："是。"对郎主俺答说了。俺答大喜！约会萧芹，要将千骑随之，从右卫而入，试其喝城之技。萧芹自知必败，改换服色，连夜脱身逃走，被居庸关守将盘诘，并其党乔源、张攀隆等拿住，解到史侍郎处。招称妖党甚众，山陕畿南，处处俱有，一向分头缉捕。

今日阎浩、杨胤夔亦是数内有名妖犯。杨总督看见获解到来，一者也算他上任一功，二者要借这个题目，牵害沈炼，如何不喜？当晚就请路御史来后堂商议，道：

"别个题目摆布沈炼不了，只有白莲教通虏一事，圣上所最怒。如今将妖贼阎浩、杨胤夔招中窜入沈炼名字，只说浩等平日师事沈炼，沈炼因失职怨望，教浩等煽妖作幻，勾虏谋逆。天幸今日被擒，乞赐天诛，以绝后患。先用密禀禀知严家，教他叮嘱刑部作速覆本。料这番沈炼之命，必无逃矣。"路楷拍手道："妙哉，妙哉！"

两个当时就商量了本稿，约齐了同时发本。严嵩先见了本稿及禀贴，便教严世蕃传语刑部。那刑部尚书许论，是个罢软没用的老儿，听见严府分付，不敢怠慢，连忙覆本，一依杨、路二人之议。圣旨倒下：妖犯着本处巡按御史即时斩决。杨顺荫一子锦衣卫千户；路楷纪功，升迁三级，俟京堂缺推用。

话分两头。却说杨顺自发本之后，便差人密地里拿沈炼下于狱中。慌得徐夫人和沈衮、沈褒没做理会，急寻义叔贾石商议。贾石道："此必杨、路二贼为严家报仇之意。既然下狱，必然诬陷以重罪。两位公子及今逃窜远方，待等严家势败，方可出头。若住在此处，杨、路二贼，决不干休。"沈衮道："未曾看得父亲下落，如何好去？"贾石道："尊大人犯了对头，决无保全之理。公子以宗祀为重，岂可拘于小孝，自取灭绝之祸？可劝令堂老夫人，早为远害全身之计。尊大人处，贾某自当央人看觑，不烦悬念。"二沈便将贾石之言，对徐夫人说知。徐夫人道："你父亲无罪陷狱，何忍弃之而去？贾叔叔虽然相厚，终是个外人。我料杨、路二贼奉承严氏，亦不过与你爹爹作对，终不然累及妻子？你若畏罪而逃，父亲倘然身死，骸骨无收，万世骂你做不孝之子，何颜在世为人乎？"说罢，大哭不止。沈衮、沈褒齐声恸哭。贾石闻知徐夫人不允，叹惜而去。

过了数日，贾石打听的实，果然扭入白莲教之党，问成死罪。沈炼在狱中大骂不止。杨顺自知理亏，只恐临时处决，怕他在众人面前毒骂，不好看相，预先问狱官责取病状，将沈炼结果了性命。贾石将此话报与徐夫人知道，母子痛哭，自不必说。又亏贾石多有识熟人情，买出尸首，嘱付狱卒："若官府要枭示时，把个假的答应。"却瞒着沈衮兄弟，私下备棺盛殓，埋于隙地。事毕，方才向沈衮说道："尊大人遗体已得保全，直待事平之后，方好指点与你知道，今犹未可泄漏。"沈衮兄弟感谢不已。贾石又苦口劝他弟兄二人逃走，沈衮道："极知久占叔叔高居，心上不安。奈家母之意，欲待是非稍定，搬回灵柩，以此迟延不决。"贾石怒道："我贾某生平，为人谋而尽忠。今日之言，全是为你家门户，岂因久占住房，说发你们起身之理？既嫂嫂老夫人之意已定，我亦不敢相强。但我有一小事，即欲远出，有一年半载不回，你母子自小心安住便了。"觑着壁上贴得有前、后《出师表》各一张，乃是沈炼亲笔楷书，贾石道："这两幅字可揭来送我，一路上做个纪念。他日相逢，以此为信。"沈衮就揭下二纸，双手折迭，递与贾石。贾石藏于袖中，流泪而别。原来贾石算定杨、路二贼设心不善，虽然杀了沈炼，未肯干休。自己与沈炼相厚，必然累及，所以预先逃走，在河南地方宗族家权时居住。不在话下。

却说路楷见刑部覆本，有了圣旨，便于狱中取出阎浩、杨胤夔斩讫；并要割沈炼之首，一同枭示。谁知沈炼真尸已被贾石买去了，官府也那里辨验得出？不在话下。

再说杨顺看见止于荫子，心中不满，便向路楷说道："当初严东楼话我事成之日，以侯伯爵相酬。今日失言，不知何故？"路楷沉思半晌，答道："沈炼是严家紧对头，今止诛其身，不曾波及其子，斩草不除根，萌芽再发。相国不足我们之意，想在于此。"杨顺道："若如此，何难之有？如今复上个本，说沈炼虽诛，其子亦宜知情，还该坐罪，抄没家私。庶国法可伸，人心知惧。再访他同射草人的几个狂徒，并借屋与他住的，一齐拿来治罪。出了严家父子之气，那时却将前言取赏，看他有何推托？"路楷道："此计大妙！事不宜迟，乘他家属在此，一网而尽，岂不快哉！只怕他儿子知风逃避，却又费力。"杨顺道："高见甚明。"一面写表申奏朝廷，再写禀帖到严府知会，自述孝顺之意；一面预先行牌保安州知州，着用心看守犯属，勿容逃逸，只等旨意批下，便去行事。诗曰：

> 破巢完卵从来少，削草除根势或然。
>
> 可惜忠良遭屈死，又将家属媚当权。

再过数日，圣旨下了。州里奉着宪牌，差人来拿沈炼家属；并查平素往来诸人姓名，一一挨拿。只有贾石名字，先经出外，只得将在逃开报。此见贾石见机之明也。时人有诗赞云：

> 义气能如贾石稀，全身远避更知几。
>
> 任他罗网空中布，争奈仙禽天外飞。

却说杨顺见拿到沈衮、沈褒，亲自鞫问，要他招承通房实迹。二沈高声叫屈，那里肯招？被杨总督严刑拷

打，打得体无完肤。沈衮、沈褒熬炼不过，双双死于杖下。可怜少年公子，都入枉死城中。其同时拿到犯人，都坐个同谋之罪，累死者何止数十人！幼子沈褒尚在襁褓，免罪，随着母徐氏，另徙在云州极边，不许在保安居住。

路楷又与杨顺商议道："沈炼长子沈襄，是绍兴有名秀才；他时得地，必然衔恨于我辈。不若一并除之，永绝后患。亦要相国知我用心。"杨顺依言，便行文书到浙江，把做钦犯，严提沈襄来问罪。又会付心腹经历金绍，择取有才干的差人，赍文前去；嘱他中途伺便，便行谋害，就所在地方，讨个病状回缴。事成之日，差人重赏；金绍许他荐本超迁。金绍领了台旨，汲汲而回，着意的选两名积年干事的公差，无过是张千、李万。金绍唤他到私衙，赏了他酒饭，取出私财二十两相赠。张千、李万道："小人安敢无功受赐？"金绍道："这银两不是我送你的，是总督杨爷赏你的，教你赍文到绍兴去拿沈襄。一路不要放松他，须要如此如此，这般这般，回来还有重赏。若是怠慢，总督老爷衙门不是取笑的，你两个自去回话。"张千、李万道："莫说总督老爷钧旨，就是老爷分付，小人怎敢有违？"收了银两，谢了金经历，在本府领下公文，疾忙上路，往南进发。

　　却说沈襄号小霞，是绍兴府学廪膳秀才。他在家久闻得父亲以言事获罪，发出口外为民，甚是挂怀。欲亲到保安州一看，因家中无人主管，行止两难。忽一日，本府差人到来，不由分说，将沈襄锁缚，解到府堂。知府教把文书与沈襄看了备细，就将回文和犯人交付原差，嘱他一路小心。沈襄此时方知父亲及二弟，俱已死于非命；母亲又远徙极边，放声大哭。哭出府门，只见一家老小，都在那里搅做一团的啼哭。原来文书上有"奉旨抄没"的话，本府已差县尉封锁了家私，将人口尽皆逐出。沈小霞听说，真是苦上加苦，哭得咽喉无气。霎时间，亲戚都来与小霞话别。明知此去多凶少吉，少不得说几句劝解的言语。小霞的丈人孟春元取出一包银子，送与二位公差，求他路上看顾女婿。公差嫌少不受。孟氏娘子又添上金簪子一对，方才收了。沈小霞带着哭，会付孟氏道："我此去死多生少，你休为我忧念，只当我已死一般，在爷娘家过活。你是书礼之家，谅无再醮之事，我也放心得下。"指着小妻闻淑女，说道："只这女子，年纪幼小，又无处着落，合该教他改嫁。奈我三十无子，他却有两个半月的身孕，他日倘生得一男，也不绝了沈氏香烟。娘子，你看我平日夫妻面上，一发带他到丈家去住几时。等待十月满足，生下或男或女，那时凭你发遣他去便了。"话声未绝，只见闻氏淑女说道："官人说那里话！你去数千里之外，没个亲人朝夕看觑，怎生放下？大娘自到孟家去，奴家情愿蓬首垢面，一路伏侍官人前行。一来官人免致寂寞，二来也替大娘分得些忧念。"沈小霞道："得个亲人做伴，我非不欲；但此去多分不幸，累你同死他乡，何益？"闻氏道："老爷在朝为官，官人一向在家，谁人不知？便诬陷老爷有些不是的勾当，家乡隔绝，岂是同谋？妾帮着官人到官申辩，决然罪不至死。就使官人下狱，还留贱妾在外，尚好照管。"孟氏也放丈夫不下，听得闻氏说得有理，极力撺掇丈夫带淑女同去。沈小霞平日素爱淑女有才有智，又见孟氏苦劝，只得依允。

当夜，众人齐到孟春元家，歇了一夜。次早，张千、李万催趱上路。闻氏换了一身布衣，将青布裹头，别了孟氏，背着行李，跟着沈小霞便走。那时分别之苦，自不必说。一路行来，闻氏与沈小霞寸步不离；茶汤饭食，都亲自搬取。张千、李万初时还好言好语，过了扬子江，到徐州起早，料得家乡已远，就做出嘴脸来，呼幺喝六，渐渐难为他夫妻两个来了。闻氏看在眼里，私对丈夫说道："看那两泼差人，不怀好意。奴家女流之辈，不识路径，若前途有荒僻旷野的所在，须是用心提防。"沈小霞虽然点头，心中还只是半疑不信。

又行了几日，看见两个差人不住的交头接耳，私下商量说话；又见他包裹中有倭刀一口，其白如霜，忽然心动，害怕起来。对闻氏说道："你说这泼差人其心不善，我也觉得有七八分了。明日是济宁府界上，过了府去，便是大行山、梁山泺，一路荒野，都是响马出入之所。倘到彼处，他们行凶起来，你也救不得我，我也救不得你，如何是好？"闻氏道："既然如此，官人有何脱身之计，请自方便。留奴家在此，不怕那两个泼差人生吞了我！"沈小霞道："济宁府东门内，有个冯主事，丁忧在家。此人最有侠气，是我父亲极相厚的同年。我明日去投奔他，他必然相纳。只怕你妇人家，没志量打发这两个泼差人，累你受苦，于心何安？你若有力量支持他，我去也放胆；不然，与你同生同死，也是天命当然，死而无怨。"闻氏道："官人有路尽走，奴家自会摆布，不劳挂念。"这里夫妻暗地商量，那张千、李万辛苦了一日，吃了一肚酒，齁齁的熟睡，全然不觉。

次日，早起上路。沈小霞问张千道："前去济宁还有多少路？"张千道："只四十里，半日就到了。"沈小霞道："前去济宁东门内冯主事，是我年伯。他先前在京师时，借过我父亲二百两银子，有文契在此。他管过北新关，正有银子在家。我若去取讨前欠，他见我是落难之人，必然慨付。取得这项银两，一路上盘缠也得宽裕，免致吃苦。"张千意思有些作难，李万随口应承了，向张千耳边说道："我看这沈公子是忠厚之人，况爱妾、行李都在此处，料无他故。放他去走一遭，取得银两，都是你我二人的造化，有何不可？"张千道："虽然如此，到饭店安歇行李，我守住小娘子在店上，你紧跟着同去，万无一失。"

话休絮烦。看看巳牌时分，早到济宁城外。拣个洁净店儿，安放了行李。沈小霞便道："你二位同我到东门走遭，转来吃饭未迟。"李万道："我同你去。或者他家留酒饭，也不见得。"闻氏故意对丈夫道："常言道：人面逐高低，世情看冷暖。冯主事虽然欠下老爷银两，见老爷死了，你又在难中，谁肯唾手交还？枉自讨个厌贱，不如吃了饭赶路为上。"沈小霞道："这里进城到东门不多路，好歹去走一遭，不折了什么便宜。"李万贪了这二百两银子，一力撺掇该去。沈小霞分付闻氏道：“耐心坐坐，若转得快时，便是没想头了；他若好意留款，必然有些赍发，明日雇个轿儿抬你去。这几日在牲口上坐，看你好生不惯。”闻氏觑个空，向丈夫丢个眼色。又道：“官人早回，休教奴久待则个。”李万笑道：“去多少时，有许多说话，好不老气！”闻氏见丈夫去了，故意招李万转来，嘱付道：“若冯家留饭，坐得久时，千万劳你催促一声。”李万答应道：“不消分付。”比及李万下阶时，沈小霞已走了一段路了。李万托着大意，又且济宁是他惯走的熟路，东门冯主事家，他也认得，全不疑惑。走了几步，又里急起来，觑个毛坑上，自在方便了，慢慢的望东门而去。

却说沈小霞回头看时，不见了李万，做一口气急急的跑到冯主事家。也是小霞合当有救，正值冯主事独自在厅。两人京中旧时识熟，此时相见，吃了一惊！沈襄也不作揖，扯住冯主事衣袂道：“借一步说话。”冯主事已会意，便引到书房里面。沈小霞放声大哭，冯主事道：“年侄，有话快说，休得悲伤，误其大事。”沈小霞哭诉道：“父亲被严贼屈陷，已不必说了；两个舍弟随任的，都被杨顺、路楷杀害；只有小侄在家，又行文本府，提去问罪。一家宗祀，眼见灭绝。又两个差人，心怀不善，只怕他受了杨、路二贼之嘱，到前途大行、梁山等处暗算了性命。寻思一计，脱身来投老年伯。老年伯若有计相庇，我亡父在天之灵，必然感激。若老年伯不能遮护小侄，便就此触阶而死，死在老年伯面前，强似死于奸贼之手。"冯主事道："贤侄，不妨。我家卧室之后，有一层复壁，尽可藏身，他人搜检不到之处。今送你在内权住数日，我自有道理。"沈襄拜谢道："老年伯便是重生父母。"冯主事亲执沈襄之手，引入卧房之后，揭开地板一块，有个地道。从此钻下，约走五六十步，便有亮光，有小小廊屋三间，四面皆楼墙围裹，果是人迹不到之处。每日茶饭，都是冯主事亲自送入。他家法极严，谁人敢泄漏半个字？正是：

> 深山堪隐豹，柳密可藏鸦。
>
> 不须愁汉吏，自有鲁朱家。

且说这一日，李万上了毛坑，望东门冯家而来。到于门首，问老门公道："主事老爷在家么？"老门公道："在家里。"又问道："有个穿白的官人，来见你老爷，曾相见否？"老门公道："正在书房里吃饭哩。"李万听说，一发放心。看看等到未牌，果然厅上走一个穿白的官人出来。

李万急上前看时，不是沈襄。那官人径自出门去了。李万等得不耐烦，肚里又饥，不免问老门公道："你说老爷留饭的官人，如何只管坐了去，不见出来？"老门公道："方才出去的不是？"李万道："老爷书房中还有客没有？"老门公道："这到不知。"李万道："方才那穿白的是甚人？"老门公道："是老爷的小舅，常常来的。"李万道："老爷如今在那里？"老门公道："老爷每常饭后，定要睡一觉，此时正好睡哩。"李万听得话不投机，心下早有二分慌了。便道："不瞒大伯说，在下是宣大总督老爷差来的。今有绍兴沈公子名唤沈襄，号沈小霞，系钦提人犯。小人提押到于贵府，他说与你老爷有同年叔侄之谊，要来拜望。在下同他到宅，他进宅去了，在下等候多时，不见出来，想必还在书房中。大伯，你还不知道？烦你去催促一声，教他快快出来，要赶路走。"老门公故意道："你说的是甚么说话？我一些不懂。"李万耐了气，又细细的说一遍。老门公当面的一啐，骂道："见鬼！何常有什么沈公子到来？老爷在丧中，一概不接外客。这门上是我的干纪，出入都是我通禀。你却说这等鬼话！你莫非是白日撞么？强装么公差名色，掏摸东西的。快快请退，休缠你爷的帐！"李万听说，愈加着急，便发作起来道："这沈襄是朝廷要紧的人犯，不是当耍的！请你老爷出来，我自有话说。"老门公道："老爷正瞌睡，没甚事，谁敢去禀！你这獠子，好不达时务！"说罢，洋洋的自去了。

李万道："这个门上老儿好不知事，央他传一句话甚作难？想沈襄定然在内，我奉军门钧帖，不是私事，便闯进去怕怎的？"李万一时粗莽，直撞入厅来，将照壁拍了又拍，大叫道："沈公子好走动了。"不见答应。一连叫唤了数声，只见里头走出一个年少的家童，出来问道："管门的在那里？放谁在厅上喧嚷？"李万正要叫住他说话，那家童在照壁后张了张儿，向西边走去了。李万道："莫非书房在那西边？我且自去看看，怕怎的！"从厅后转西走去，原来是一带长廊。李万看见无人，只顾望前而行。只见屋宇深邃，门户错杂，颇有妇人走动。李万不敢纵步，依旧退回厅上，听得外面乱嚷，李万到门首看时，却是张千来寻李万不见，正和门公在那里斗口。张千一见了李万，不由分说，便骂道："好伙计！只贪图酒食，不干正事！巳牌时分进城，如今申牌将尽，还在此闲荡！不催趱犯人出城去，待怎么？"李万道："呸！那有什么酒食？连人也不见个影儿！"张千道：“是你同他进城的。”李万道：“我只登了个东，被蛮子上前了几步，跟他不上。一直赶到这里，门上说有个穿白的官人在书房中留饭，我说定是他了。等到如今不见出来，门上人又不肯通报，清水也讨不得一杯吃。老哥，烦你在此等候等候，替我到下处医了肚皮再来。”张千道：“有你这样不干事的人！是甚么样犯人，却放他独自行走！就是书房中，少不得也随他进去。如今知他在里头不在里头？还亏你放慢线儿讲话。这是你的干纪，不关我事！”说罢便走。李万赶上扯住道：“人是在里头，料没处去。大家在此帮说句话儿，催他出来，也是个道理。你是吃饱的人，如何去得这等要紧？”张千道：“他的小老婆在下处，方才虽然嘱付店主人看守，只是放心不下。这是沈襄穿鼻的索儿，有他在，不怕沈襄不来。”李万道：“老哥说得是。”当下张千先去了。

李万忍着肚饥守到晚，并无消息。看看日没黄昏，李万腹中饿极了，看见间壁有个点心店儿，不免脱下布衫，抵当几文钱的火烧来吃。去不多时，只听得扛门声响；急跑来看，冯家大门已闭上了。李万道：“我做了一世的公人，不曾受这般呕气。主事是多大的官儿！门上直恁作威作势？也有那沈公子好笑，老婆、行李都在下

处，既然这里留宿，信也该寄一个出来。事已如此，只得在房檐下胡乱过一夜，天明等个知事的管家出来，与他说话。"此时十月天气，虽不甚冷，半夜里起一阵风，簌簌的下几点微雨，衣服都沾湿了，好生凄楚！

捱到天明雨止，只见张千又来了，却是闻氏再三再四催逼他来的。张千身边带了公文解批，和李万商议，只等开门，一拥而入，在厅上大惊小怪，高声发话。老门公拦阻不住，一时间家中大小都聚集来，七嘴八张，好不热闹！街上人听得宅里闹炒，也聚拢来，围住大门外闲看。惊动了那有仁有义、守孝在家的冯主事，从里面踱将出来。且说冯主事怎生模样：头带栀子花匾摺孝头巾，身穿反摺缝稀眼粗麻衫，腰系麻绳，足着草履。众家人听得咳嗽响，道一声："老爷来了。"都分立在两边。主事出厅问道："为甚事在此喧嚷？"张千、李万上前施礼道："冯爷在上，小的是奉宣大总督爷公文来的，到绍兴拿得钦犯沈襄，经由贵府。他说是冯爷的年侄，要来拜望，小的不敢阻挡，容他进见。自昨日上午到宅，至今不见出来，有误程限，管家们又不肯代禀。伏乞老爷天恩，快些打发上路。"张千便在胸前取出解批和官文呈上。冯主事看了，问道："那沈襄可是沈经历沈

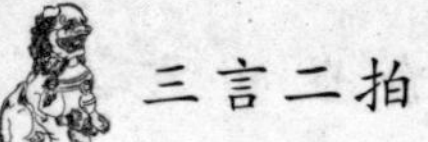

炼的儿子么？"李万道："正是。"冯主事掩着两耳，把舌头一伸，说道："你这班配军，好不知利害！那沈襄是朝廷钦犯，尚犹自可；他是严相国的仇人，那个敢容纳他在家？他昨日何曾到我家来？你却乱话。官府闻知，传说到严府去，我是当得起他怪的？你两个配军，自不小心，不知得了多少钱财，买放了要紧人犯，却来图赖我！"叫家童与他乱打那配军出去，把大门闭了，不要惹这闲是非，严府知道不是当耍！冯主事一头骂，一头走进宅去了。大小家人，奉了主人之命，推的推，扰的扰，霎时间被众人拥出大门之外。闭了门，兀自听得嘈嘈的乱骂。

张千、李万面面相觑，开了口，合不得；伸了舌，缩不进。张千埋怨李万道："昨日是你一力撺掇，教放他进城，如今你自去寻他。"李万道："且不要埋怨，和你去问他老婆，或者晓得他的路数，再来抓寻便了。"张千道："说得是，他是恩爱的夫妻。昨夜汉子不回，那婆娘暗地流泪，巴巴的独坐了两三个更次。他汉子的行藏，老婆岂有不知？"两个一头说话，飞奔出城，复到饭店中来。

却说闻氏在店房里听得差人声音，慌忙移步出来，

问道："我官人如何不来？"张千指李万道："你只问他就是。"李万将昨日往毛厕出恭，走慢了一步，到冯主事家起先如此如此，以后这般这般，备细说了。张千道："今早空肚皮进城，就吃了这一肚寡气。你丈夫想是真个不在他家了。必然还有个去处，难道不对小娘子说的？小娘子趁早说来，我们好去抓寻。"说犹未了，只见闻氏噙着眼泪，一双手扯住两个公人叫道："好，好！还我丈夫来！"张千、李万道："你丈夫自要去拜什么年伯，我们好意容他去走走，不知走向那里去了，连累我们在此着急，没处抓寻。你到问我要丈夫，难道我们藏过了他？说得好笑！"将衣袂掣开，气忿忿地对虎一般坐下。闻氏到走在外面，拦住出路，双足顿地，放声大哭，叫起屈来。

老店主听得，忙来解劝。闻氏道："公公有所不知：我丈夫三十无子，娶奴为妾。奴家跟了他二年了，幸有三个多月身孕。我丈夫割舍不下，因此奴家千里相从，一路上寸步不离。昨日为盘缠缺少，要去见那年伯，是李牌头同去的。昨晚一夜不回，奴家已自疑心。今早他两个自回，一定将我丈夫谋害了。你老人家替我做主，还我丈夫便罢休！"老店主道："小娘休得急性。那排长与你丈夫前日无怨，往日无仇，着甚来由要坏他性命？"闻氏哭声转哀道："公公，你不知道。我丈夫是严阁老的仇人，他两个必定受了严府的嘱托来的，或是他要去严府请功。公公，你详情他千乡万里，带着奴家到此，岂有没半句说话，突然去了？就是他要走时，那同去的李牌头，怎肯放他？你要奉承严府，害了我丈夫不打紧，教奴家孤身妇女，看着何人？公公，这两个杀人的贼徒，烦公公带着奴家同他去官府处叫冤。"张千、李万被这妇人一哭一诉，就要分析几句，没处插嘴。老店主听见闻氏说得有理，也不免有些疑心，到可怜那妇人起来，只得劝道："小娘子说便是这般说，你丈夫未曾死也不见得，好歹再等候他一日。"闻氏道："依公公等候一日不打紧，那两个杀人的凶身，乘机走脱了，这干系却是谁当？"张千道："若果然谋害了你丈夫，要走脱时，我弟兄两个又到这里则甚？"闻氏道："你欺负我妇人家没张智，又要指望奸骗我。好好的说，我丈夫的尸首在那里？少不得当官也要还我个明白。"老店官见妇人口嘴利害，再不敢言语。

店中闲看的，一时间聚了四五十人。闻说妇人如此苦切，人人恼恨那两个差人，都道："小娘子要去叫冤，

我们引你到兵备道去。"闻氏向着众人深深拜福，哭道："多承列位路见不平，可怜我落难孤身，指引则个。这两个凶徒，相烦列位替奴家拿他同去，莫放他走了。"众人道："不妨事，在我们身上。"张千、李万欲向众人分剖时，未说得一言半字，众人便道："两个排长不消辨得，虚则虚，实则实；若是没有此情，随着小娘子到官，怕他则甚！"妇人一头哭，一头走。众人拥着张千、李万，搅做一阵的，都到兵备道前。道里尚未开门。

那一日，正是放告日期。闻氏束了一条白布裙，径抢进栅门，看见大门上架着那大鼓，鼓架上悬着个槌儿，闻氏抢槌在手，向鼓上乱挝，挝得那鼓振天的响。唬得中军官失了三魂，把门吏丧了长魄，一齐跑来，将绳缚住，喝道："这妇人好大胆！"闻氏哭倒在地，口称："泼天冤枉！"只见门内幺喝之声，开了大门，王兵备坐堂，问："击鼓者何人？"中军官将妇人带进。闻氏且哭且诉，将家门不幸遭变，一家父子三口死于非命，只剩得丈夫沈襄，昨日又被公差中途谋害，有枝有叶的细说了一遍。王兵备唤张千、李万上来，问其缘故。张千、李万说一句，妇人就剪一句；妇人说得句句有理，张千、李万抵搪不过。王兵备思想到："那严府势大，私谋杀人之事，往往有之，此情难保其无。"便差中军官押了三人，发去本州勘审。

那知州姓贺，奉了这项公事，不敢怠慢。即时扣了店主人到来，听四人的口词。妇人一口咬定：二人谋害他丈夫。李万招称："为出恭慢了一步，因而相失。"张千、店主人都据实说了一遍。知州委决不下，那妇人又十分哀切，像个真情；张千、李万又不肯招认。想了一回，将四人闭于空房，打轿去拜冯主事，看他口气若何。

冯主事见知州来拜，急忙迎接归厅。茶罢，贺知州提起沈襄之事，才说得"沈襄"二字，冯主事便掩着双耳道："此乃严相公仇家，学生虽有年谊，平素实无交情。老公祖休得下问，恐严府知道，有累学生。"说罢，站起身来道："老公祖既有公事，不敢留坐了。"贺知州一场没趣，只得作别。在轿上想道："据冯公如此惧怕严府，沈襄必然不在他家。或者被公人所害也不见得；或者去投冯公，见拒不纳，别走个相识人家去了，亦未可知。"

回到州中，又取出四人来。问闻氏道："你丈夫除了冯主事，州中还认得有何人？"闻氏道："此地并无相识。”知州道：“你丈夫是甚么时候去的？那张千、李万几时来回复你的说话？”闻氏道：“丈夫是昨日未吃午饭前就去的，却是李万同出店门，到申牌时分，张千假说催趱上路，也到城中去了，天晚方回来。张千兀自向小妇人说道：‘我李家兄弟跟着你丈夫冯主事家歇了，明日我早去催他出城。’今早张千去了一个早晨，两人双双而回，单不见了丈夫，不是他谋害了是谁？若是我丈夫不在冯家，昨日李万就该追寻了，张千也该着忙，如何将好言语稳住小妇人？其情可知，一定张千、李万两个在路上预先约定，却教李万乘夜下手；今早张千进城，两个乘早将尸首埋藏停当，却来回复我小妇人。望青天爷爷明鉴！”贺知州道：“说得是。”张千、李万正要分辨，知州相公喝道：“你做公差，所干何事？若非用计谋死，必然得财买放，有何理说？”喝教手下将那张、李重责三十，打得皮开肉绽，鲜血迸流。张千、李万只是不招。妇人在旁，只顾哀哀的痛哭。知州相公不忍，便讨夹棍将两个公差夹起。那公差其实不曾谋死，虽然负痛，怎生招得？一连上了两夹，只是不招。知州相公再要夹时，张、李受苦不过，再三哀求道：“沈襄实未曾死，乞爷爷立个限期，差人押小的捱寻沈襄，还那闻氏便了。"知州也没有定见，只得勉从其言。闻氏且发尼姑庵住下；差四名民壮，锁押张千、李万二人，追寻沈襄，五日一比；店主释放宁家。将情由具申详兵备道，道里依缴了。

张千、李万一条铁链锁着，四名民壮，轮番监押。带得几两盘缠，都被民壮搜去为酒食之费；一把倭刀，也当酒吃了。那临清去处又大，茫茫荡荡，来千去万，那里去寻沈公子？也不过一时脱身之法。闻氏在尼姑庵住下，刚到五日，准准的又到州里去啼哭，要生要死。州守相公没奈何，只苦得批较差人张千、李万。一连比了十数限，不知打了多少竹批，打得爬走不动。张千得病身死，单单剩得李万，只得到尼姑庵来拜求闻氏道："小的情急，不得不说了。其实奉差来时，有经历金绍，口传杨总督钧旨，教我中途害你丈夫，就所在地方，讨个结状回报。我等口虽应承，怎肯行此不仁之事？不知你丈夫何故，忽然逃走，与我们实实无涉。青天在上，若半字虚情，全家祸灭！如今官府五日一比，兄弟张千已自打死，小的又累死，也是冤枉！你丈夫的确未死，小娘子他日夫妻相逢有日。只求小娘子休去州里啼啼哭哭，宽小的比限，完全狗命，便是阴德。"闻氏道："据你说不曾谋害我丈夫，也难准信。既然如此说，奴家且不去禀官，容你从容查访。只是你们自家要上紧用心，休得怠慢。"李万喏喏连声而去。有诗为证：

白金廿两酿凶谋，谁料中途已失囚。

锁打禁持熬不得，尼庵苦向妇人求。

官府立限缉获沈襄，一来为他是总督衙门的紧犯，二来为妇人日日哀求，所以上紧严比。今日也是那李万不该命绝，恰好有个机会。却说总督杨顺，御史路楷，两个日夜商量，奉承严府，指望旦夕封侯拜爵。谁知朝中有个兵科给事中吴时来，风闻杨顺横杀平民冒功之事，把他尽情劾奏一本，并劾路楷朋奸助恶。嘉靖爷正当设醮祝厘，见说杀害平民，大伤和气，龙颜大怒，着锦衣卫扭解来京问罪。严嵩见圣怒不测，一时不及救护，到底亏他于中调停，止于削爵为民。可笑杨顺、路楷杀人媚人，至此徒为人笑，有何益哉？再说贺知州听得杨总督去任，已自把这公事看得冷了；又闻氏连次不来哭禀，两个差人又死了一个，只剩得李万，又苦苦哀求不已。贺知州分付打开铁链，与他个广捕文书，只教他用心缉访，明是放松之意。李万得了广捕文书，犹如捧了一道赦书，连连磕了几个头，出得府门，一道烟走了。身边又无盘缠，只得求乞而归。不在话下。

却说沈小霞在冯主事家复壁之中，住了数月，外边消息无有不知，都是冯主事打听将来，说与小霞知道。晓得闻氏在尼姑庵寄居，暗暗欢喜。过了年余，已知张千、李万都逃了，这公事渐渐懒散。冯主事特地收拾内书房三间，安放沈襄在内读书，只不许出外，外人亦无有知者。冯主事三年孝满，为有沈公子在家，也不去起复做官。

光阴似箭，一住八年。值严嵩一品夫人欧阳氏卒，严世蕃不肯扶柩还乡，唆父亲上本留已待养，却于丧中簇拥姬妾，日夜饮酒作乐。嘉靖爷天性至孝，访知其事，心中甚是不悦。时有方士蓝道行，善扶鸾之术。天子召见，教他请仙，问以辅臣贤否。蓝道行奏道："臣所召乃是上界真仙，正直无阿。万一箕下判断有忤圣心，乞恕微臣之罪。"嘉靖爷道："朕正愿闻。天心正论，与卿何涉？岂有罪卿之理？"蓝道行书符念咒，神箕自动，写出十六个字来。道是：

　　高山番草，父子阁老。

　　日月无光，天地颠倒。

嘉靖爷爷看了，问蓝道行道："卿可解之？"蓝道行

奏道："微臣愚昧未解。"嘉靖爷道："朕知其说。'高山'者，'山'字连'高'，乃是'嵩'字；'番草'者，'番'字'草'头，乃是'蕃'字。此指严嵩、严世蕃父子二人也。朕久闻其专权误国，今仙机示朕，朕当即为处分，卿不可泄于外人。"蓝道行叩头，口称："不敢！"受赐而出。从此嘉靖爷渐渐疏了严嵩。

有御史邹应龙，看见机会可乘，遂劾奏："严世蕃凭借父势，卖官鬻爵，许多恶迹，宜加显戮。其父严嵩溺爱恶子，植党蔽贤，宜亟赐休退，以清政本。"嘉靖爷见疏大喜！即升应龙为通政右参议。严世蕃下法司，拟成充军之罪；严嵩回籍。未几，又有江西巡按御史林润，复奏严世蕃不赴军伍，居家愈加暴横，强占民间田产，畜养奸人，私通倭虏，谋为不轨。得旨，三法司提问，问官勘实覆奏。严世蕃即时处斩，抄没家财；严嵩发养济院终老。被害诸臣，尽行昭雪。

冯主事得此喜信，慌忙报与沈襄知道，放他出来，到尼姑庵访问那闻淑女。夫妇相见，抱头而哭。闻氏离家时，怀孕三月，今在庵中生下一孩子，已十岁了。闻氏亲自教他念书，五经皆已成诵，沈襄欢喜无限！冯主事方上京补官，教沈襄同去讼理父冤，闻氏暂迎归本家园上居住。沈襄从其言。

到了北京，冯主事先去拜了通政司邹参议，将沈炼父子冤情说了，然后将沈襄讼冤本稿送与他看。邹应龙一力担当。次日，沈襄将奏本往通政司挂号投递。圣旨下：沈炼忠而获罪，准复原官，仍进一级，以旌其直；妻子召还原籍；所没入财产，府县官照数给还；沈襄食廪年久，准贡，敕授知县之职。沈襄复上疏谢恩，疏中奏道："臣父炼向在保安，因目击宣大总督杨顺杀戮平民冒功，吟诗感叹。适值御史路楷阴受严世蕃之嘱，巡按宣大，与杨顺合谋，陷臣父于极刑，并杀臣弟二人，臣亦几于不免。冤尸未葬，危宗几绝，受祸之惨，莫如臣家！今严世蕃正法，而杨顺、路楷安然保首领于乡，使边廷万家之怨骨，衔恨无伸；臣家三命之冤魂，含悲莫控。恐非所以肃刑典而慰人心也。"圣旨准奏，复提杨顺、路楷到京，问成死罪，监刑部牢中待决。

沈襄来别冯主事，要亲到云州，迎接母亲和兄弟沈褒到京，依傍冯主事寓所相近居住；然后往保安州访求父亲骸骨，负归埋葬。冯主事道："老年嫂处，适才已打听个消息，在云州康健无恙。令弟沈褒，已在彼游庠了。下官当遣人迎之。尊公遗体要紧，贤侄速往访问，到此相会令堂可也。”

沈襄领命，径往保安。一连寻访两日，并无踪迹。第三日，因倦，借坐人家门首。有老者从内而出，延进草堂吃茶。见堂中挂一轴子，乃楷书诸葛孔明两次《出师表》也。表后但写年月，不着姓名。沈小霞看了又看，目不转睛。老者道：“客官为何看之？”沈襄道：“动问老丈，此字是何人所书？”老者道：“此乃吾亡友沈青霞之笔也。”沈小霞道：“为何留在老丈处？”老者道：“老夫姓贾，名石，当初沈青霞编管此地，就在舍下作寓。老夫与他八拜之交，最相契厚。不料后遭奇祸，老夫惧怕连累，也往河南逃避。带得这二幅《出师表》，裱成一幅，时常展视，如见吾兄之面。杨总督去任后，老夫方敢还乡。嫂嫂徐夫人和幼子沈襄，徙居云州，老夫时常去看他。近日闻得严家势败，吾兄必当昭雪，已曾遣人去云州报信。恐沈小官人要来移取父亲灵柩，老夫将此轴悬挂在中堂，好教他认认父亲遗笔。”沈小霞听罢，连忙拜倒在地，口称“恩叔”。

贾石慌忙扶起道：“足下果是何人？”沈小霞道：“小侄沈襄，此轴乃亡父之笔也。”贾石道：“闻得杨顺这厮，差人到贵府来提贤侄，要行一网打尽之计。老夫只道也遭其毒手，不知贤侄何以得全？”沈小霞将临清事情，备细说了一遍。贾石口称"难得"，便分付家童治饭款待。沈小霞问道："父亲灵柩，恩叔必知，乞烦指引一拜。"贾石道："你父亲屈死狱中，是老夫偷尸埋葬，一向不敢对人说知。今日贤侄来此，搬回故土，也不枉老夫一片用心。"说罢，刚欲出门，只见外面一位小官人骑马而来。贾石指道："遇巧！遇巧！恰好令弟来也。"那小官便是沈褒。下马相见，贾石指沈小霞道："此位乃大令兄，讳襄的便是。"此日弟兄方才识面，恍如梦中相会，抱头而哭。

贾石领路，三人同到沈青霞墓所。但见乱草迷离，土堆隐起。贾石引二沈拜了，二沈俱哭倒在地。贾石劝了一回道："正要商议大事，休得过伤。"二沈方才收泪。贾石道："二哥、三哥当时死于非命，也亏了狱卒毛公存仁义之心，可怜他无辜被害，将他尸藁葬于城西三里之外。毛公虽然已故，老夫亦知其处。若扶令先尊灵柩回去，一起带回，使他父子魂魄相依，二位意下何如？"二沈道："恩叔所言，正合愚弟兄之意。"当日又同贾石到城西看了，不胜悲感。次日，另备棺木，择吉破土，重新殡殓。三人面色如生，毫不朽败，此乃忠义之气所致也。二沈悲哭，自不必说。当时备下车仗，抬了三个灵柩，别了贾石起身。临别，沈襄对贾石道："这一轴《出师表》，小侄欲问恩叔取去，供养祠堂，幸勿见拒。"贾石慨然许了，取下挂轴相赠。二沈就草堂拜谢，垂泪而别。沈襄先奉灵柩到张家湾，觅船装载。

沈襄复身又到北京，见了母亲徐夫人，回复了说话；拜谢了冯主事，起身。此时，京中官员无不追念沈青霞忠义，怜小霞母子扶柩远归，也有送勘合的，也有赠赆金的，也有馈赆仪的。沈小霞只受勘合一张，余俱不受。到了张家湾，另换了官座船。驿递起人夫一百名牵缆，走得好不快。不一日，来到临清。沈襄分付座船："暂泊河下。"单身入城，到冯主事家，投了主事平安书信，园上领了闻氏淑女并十岁儿子下船。先参了灵柩，后见了徐夫人。那徐氏见了孙儿如此长大，喜不可言。当初只道灭门绝户，如今依旧有子有孙；昔日冤家，皆恶死见报。天理昭然，可见做恶人的到底吃亏，做好人的到底便宜。

闲话休题。到了浙江绍兴府，孟春元领了女儿孟氏，在二十里外迎接。一家骨肉重逢，悲喜交集。将丧船停泊马头，府县官员都在吊孝。旧时家产，已自清查给还。二沈扶柩葬于祖茔，重守三年之制，无人不称大孝。抚按又替沈炼建造表忠祠堂，春秋祭祀。亲笔《出师表》一轴，至今供奉在祠堂之中。

服满之日，沈襄到京受职，做了知县，为官清正，直升到黄堂知府。闻氏所生之子，少年登科，与叔叔沈襄同年进士。子孙世世书香不绝。

冯主事为救沈襄一事，京中重其义气，累官至吏部尚书。忽一日，梦见沈青霞来拜说道："上帝怜某忠直，已授北京城隍之职。屈年兄为南京城隍，明日午时上任。"冯主事觉来，甚以为疑。至日午，忽见轿马来迎，无疾而逝。二公俱已为神矣！有诗为证，诗曰：

生前忠义骨犹香，魂魄为神万古扬。

料得奸魂沉地狱，皇天果报自昭彰。

警世通言

叙

野史尽真乎？曰：不必也。尽赝乎？曰：不必也。然则去其赝而存其真乎？曰：不必也。《六经》《语》《孟》，谭者纷如，归于令人为忠臣，为孝子，为贤牧，为良友，为义夫，为节妇，为树德之士，为积善之家，如是而已矣。经书著其理，史传述其事，其揆一也。理著而世不皆切磋之彦，事述而世不皆博雅之儒。于是乎村夫稚子、里妇估儿，以甲是乙非为喜怒，以前因后果为劝惩，以道听途说为学问。而通俗演义一种遂足以佐经书史传之穷。而或者曰："村醪市脯，不入宾筵，乌用是齐东娓娓者为？"呜呼！大人子虚，曲终奏雅，顾其旨何如耳？人不必有其事，事不必丽其人。其真者可以补金匮石室之遗，而赝者亦必有一番激扬劝诱、悲歌感慨之意。事真而理不赝，即事赝而理亦真，不害于风化，不谬于圣贤，不戾于诗书经史。若此者，其可废乎？里中儿代庖而创其指，不呼痛，或怪之，曰："吾顷从玄妙观听说《三国志》来，关云长刮骨疗毒，且谈笑自若，我何痛为？"夫能使里中儿顿有刮骨疗毒之勇，推此说孝而孝，说忠而忠，说节义而节义，触性性通，导情情出。视彼切磋之彦，貌而不情；博雅之儒，文而丧质。所得竟未知孰赝而孰真也。

陇西君，海内畸士，与余相遇于栖霞山房。倾盖莫逆，各叙旅况。因出其新刻数卷佐酒，且曰："尚未成书，子盍先为我命名？"余阅之，大抵如僧家因果说法度世之语，譬如村醪市脯，所济者众。遂名之曰《警世通言》而从臾其成时。

天启甲子腊月，豫章无碍居士题

第一卷　俞伯牙摔琴谢知音

浪说曾分鲍叔金，谁人辨得伯牙琴？

于今交道奸如鬼，湖海空悬一片心。

古来论交情至厚莫如管鲍。管是管夷吾，鲍是鲍叔牙。他两个同为商贾，得利均分；时管夷吾多取其利，叔牙不以为贪，知其贫也。后来管夷吾被囚，叔牙脱之，荐为齐相。这样朋友，才是个真正相知。这相知有几样名色：恩德相结者，谓之知己；腹心相照者，谓之知心；声气相求者，谓之知音，总来叫做相知。今日听在下说一桩俞伯牙的故事。列位看官们，要听者，洗耳而听；不要听者，各随尊便。正是：

知音说与知音听，不是知音不与谈。

话说春秋战国时，有一名公，姓俞名瑞字伯牙，楚国郢都人氏，即今湖广荆州府之地也。那俞伯牙身虽楚人，官星却落于晋国，仕至上大夫之位。因奉晋主之命，来楚国修聘。伯牙讨这个差使，一来是个大才，不辱君命；二来就便省视乡里，一举两得。当时从陆路至于郢都，朝见了楚王，致了晋主之命。楚王设宴款待，十分相敬。那郢都乃是桑梓之地，少不得去看一看坟墓，会一会亲友。然虽如此，各事其主，君命在身，不敢迟留，公事已毕，拜辞楚王。楚王赠以黄金采缎，高车驷马。伯牙离楚一十二年，思想故国江山之胜，欲得恣情观览，要打从水路大宽转而回。乃假奏楚王道："臣不幸有犬马之疾，不胜车马驰骤，乞假臣舟楫，以便医药。"楚王准奏，命水师拨大船二只，一正一副，正船单坐晋国来使，副船安顿仆从行李，都是兰桡画桨，锦帐高帆，甚是齐整。群臣直送到江头而别。

只因览胜探奇，不顾山遥水远。

伯牙是个风流才子，那江山之胜，正投其怀。张一片风帆，凌千层碧浪，看不尽遥山叠翠，远水澄清。不一日，行至汉阳江口。时当八月十五日中秋之夜，偶然风狂浪涌，大雨如注，舟楫不能前进，泊于山崖之下。不多时，风恬浪静，雨止云开，现出一轮明月。那雨后之月，其光倍常。伯牙在船舱中，独坐无聊，命童子："焚香炉内，待我抚琴一操，以遣情怀。"童子焚香罢，捧琴囊置于案间。伯牙开囊取琴，调弦转轸，弹出一曲。曲犹未终，指下"刮剌"的一声响，琴弦断了一根。伯牙大惊，叫童子去问船头："这住船所在是甚么去处？"船头答道："偶因风雨，停泊于山脚之下，虽然有些草树，并无人家。"伯牙惊讶，想道："是荒山了。若是城郭村庄，或有聪明好学之人，盗听吾琴，所以琴声忽变，有弦断之异。这荒山下，那得有听琴之人？哦，我知道了，想是有仇家差来刺客；不然，或是贼盗伺候更深，登舟劫我财物。"叫左右："与我上崖搜检一番。不在柳阴深处，定在芦苇丛中！"

左右领命，唤齐众人，正欲搭跳上崖，忽听岸上有人答应道："舟中大人，不必见疑；小子并非奸盗之流，乃樵夫也。因打柴归晚，值骤雨狂风，雨具不能遮蔽，潜身岩畔。闻君雅操，少住听琴。"伯牙大笑道："山中打柴之人，也敢称'听琴'二字！此言未知真伪，我也不计较了。左右的，叫他去罢。"那人不去，在崖上高声说道："大人出言谬矣！岂不闻'十室之邑，必有忠信。''门内有君子，门外君子至。'大人若欺负山野中没有听琴之人，这夜静更深，荒崖下也不该有抚琴之客了。"伯牙见他出言不俗，或者真是个听琴的，亦未

774

可知。止住左右不要罗唣，走近舱门，回嗔作喜的问道："崖上那位君子，既是听琴，站立多时，可知道我适才所弹何曲？"那人道："小子若不知，却也不来听琴了。方才大人所弹，乃孔仲尼叹颜回，谱入琴声。其词云：'可惜颜回命蚤亡，教人思想鬓如霜。只因陋巷箪瓢乐，'到这一句，就绝了琴弦，不曾抚出第四句来，小子也还记得：'留得贤名万古扬。'"

伯牙闻言，大喜道："先生果非俗士，隔崖窎远，难以问答。"命左右："掌跳，看扶手，请那位先生登舟细讲。"左右掌跳，此人上船，果然是个樵夫：头戴箬笠，身披草衣，手持尖担，腰插板斧。脚踏芒鞋。手下人那知言谈好歹，见是樵夫，下眼相看："咄，那樵夫！下舱去，见我老爷叩头。问你甚么言语，小心答应，官尊着哩！"樵夫却是个有意思的，道："列位不须粗鲁，待我解衣相见。"除了斗笠，头上是青布包巾；脱了蓑衣，身上是蓝布衫儿；搭膊拴腰，露出布裙下截。那时不慌不忙，将蓑衣、斗笠、尖担、板斧，俱安放舱门之外，脱下芒鞋，甩去泥水，重复穿上，步入舱来。

官舱内公座上灯烛辉煌，樵夫长揖而不跪，道："大人施礼了。"俞伯牙是晋国大臣，眼界中那有两接的布衣，下来还礼，恐失了官体，既请下船，又不好叱他回去。伯牙没奈何，微微举手道："贤友免礼罢。"叫童子看坐的。童子取一张机坐儿置于下席。伯牙全无客礼，把嘴向樵夫一努道："你且坐了。"你我之称，怠慢可知。那樵夫亦不谦让，俨然坐下。

伯牙见他不告而坐，微有嗔怪之意，因此不问姓名，亦不呼手下人看茶。默坐多时，怪而问之："适才崖上听琴的，就是你么？"樵夫答言："不敢。"伯牙道："我且问你，既来听琴，必知琴之出处。此琴何人所造？抚他有甚好处？"正问之时，船头来禀话："风色顺了，月明如昼，可以开船。"伯牙分付："且慢些！"樵夫道："承大人下问，小子若讲话絮烦，恐担误顺风行舟。"伯牙笑道："惟恐你不知琴理。若讲得有理，就不做官，亦非大事，何况行路之迟速乎！"樵夫道："既如此，小子方敢僭谈。此琴乃伏羲氏所琢，见五星之精，飞坠梧桐，凤皇来仪。凤乃百鸟之王，非竹实不食，非梧桐不栖，非醴泉不饮。伏羲氏知梧桐乃树中之良材，夺造化之精气，堪为雅乐，令人伐之。其树高三丈三尺，按三十三天之数，截为三段，分天、地、人三才。取上一段叩之，其声太清，以其过轻而废之；取下一段叩之，其声太浊，以其过重而废之；取中一段叩之，其声清浊相济，轻重相兼。送长流水中，浸七十二日，按七十二候之数，取起阴干，选良时吉日，用高手匠人刘子奇斫成乐器。此乃瑶池之乐，故名瑶琴。长三尺六寸一分，按周天三百六十一度；前阔八寸，按八节；后阔四寸，按四时；厚二寸，按两仪。有金童头、玉女腰、仙人背、龙池、凤沼、玉轸、金徽。那徽有十二，按十二月；又有一中徽，按闰月。先是五条弦在上，外按五行：金、木、水、火、土；内按五音：宫、商、角、徵、羽。尧舜时操五弦琴，歌'南风'诗，天下大治。后因周文王被囚于羑里，吊子伯邑考，添弦一根，清幽哀怨，谓之文弦。后武王伐纣，前歌后舞，添弦一根，激烈发扬，谓之武弦。先是宫、商、角、徵、羽五弦，后加二弦，称为文武七弦琴。此琴有六忌、七不弹、八绝。何为六忌：

一忌大寒，二忌大暑，三忌大风，四忌大雨，五忌迅雷，六忌大雪。

何为七不弹？

闻丧者不弹，奏乐不弹，事冗不弹，不净身不弹，衣冠不整不弹，不焚香不弹，不遇知音者不弹。

何为八绝？总之，清奇幽雅，悲壮悠长。此琴抚到尽美尽善之处，啸虎闻而不吼，哀猿听而不啼。乃雅乐之好处也。"

伯牙听见他对答如流，犹恐是记问之学。又想道："就是记问之学，也亏他了。我再试他一试。"此时已不似在先你我之称了，又问道："足下既知乐理，当时孔仲尼鼓琴于室中，颜回自外入，闻琴中有幽沉之声，疑有贪杀之意，怪而问之。仲尼曰：'吾适鼓琴，见猫方捕鼠，欲其得之，又恐其失之。此贪杀之意，遂露于丝桐。'始知圣门音乐之理，入于微妙。假如下官抚琴，心中有所思念，足下能闻而知之否？"樵夫道："《毛诗》云：'他人有心，予忖度之。'大人试抚弄一过，小子任心猜度。若猜不着时，大人休得见罪。"伯牙将断弦重整，沉思半晌，其意在于高山，抚琴一弄。樵夫赞道："美哉洋洋乎，大人之意，在高山也！"伯牙不答。又凝神一会，将琴再鼓，其意在于流水。樵夫又赞道："美哉汤汤乎，志在流水！"只两句，道着了伯牙的心事。

伯牙大惊，推琴而起，与子期施宾主之礼，连呼："失敬！失敬！石中有美玉之藏，若以衣貌取人，岂不误了天下贤士！先生高名雅姓？"樵夫欠身而答："小子姓钟，名徽，贱字子期。"伯牙拱手道："是钟子期先生。"子期转问："大人高姓？荣任何所？"伯牙道："下官俞瑞，仕于晋朝，因修聘上国而来。"子期道："原来是伯牙大人。"伯牙推子期坐于客位，自己主席相陪，命童子点茶。茶罢，又命童子取酒共酌。伯牙道："借此攀话，休嫌简亵。"子期称："不敢。"童子取过瑶琴，二人入席饮酒。伯牙开言又问："先生声口是楚人了，但不知尊居何处？"子期道："离此不远，地名马安山集贤村，便是荒居。"伯牙点头道："好个集贤村。"又问："道艺何为？"子期道："也就是打柴为生。"伯牙微笑道："子期先生，下官也不该僭言。似先生这等抱负，何不求取功名，立身于廊庙，垂名于竹帛；却乃赍志林泉，混迹樵牧，与草木同朽？窃为先生不取也。"子期道："实不相瞒，舍间上有年迈二亲，下无手足相辅，采樵度日，以尽父母之余年。虽位为三公之尊，不忍易我一日之养也。"伯牙道："如此大孝，一发难得。"二人杯酒酬酢了一会。子期宠辱无惊，伯牙愈加爱重。又问子期："青春多少？"子期道："虚度二十有七。"伯牙道："下官年长一旬。子期若不见弃，结为兄弟相称，不负知音契友。"子期笑道："大人差矣！大人乃上国名公，钟徽乃穷乡贱子，怎敢仰扳，有辱俯就。"伯牙道："相识满天下，知心能几人？下官碌碌风尘，得与高贤结契，实乃生平之万幸。若以富贵贫贱为嫌，觑俞瑞为何等人乎？"遂命童子重添炉火，再蒸名香，就船舱中与子期顶礼八拜。伯牙年长为兄，子期为弟，今后兄弟相称，生死不负。拜罢，复命取暖酒再酌。子期让伯牙上坐，伯牙从其言。换了杯箸，子期下席，兄弟相称，彼此谈心叙话。正是：

> 合意客来心不厌，知音人听话偏长。

谈论正浓，不觉月淡星稀，东方发白。船上水手都起身收拾篷索，整备开船。子期起身告辞，伯牙捧一杯酒递与子期，把子期之手，叹道："贤弟，我与你相见何太迟，相别何太早！"子期闻言，不觉泪珠滴于杯中。子期一饮而尽，斟酒回敬伯牙。二人各有眷恋不舍之意。伯牙道："愚兄余情不尽，意欲曲延贤弟同行数日，未知可否？"子期道："小人非不欲相从，怎奈二亲年老，'父母在，不远游。'"伯牙道："既是二位尊人在堂，回去告过二亲，到晋阳来看愚兄一看，这就是'游必有方'了。"子期道："小弟不敢轻诺而寡信，许了贤兄，就当践约。万一禀命于二亲，二亲不允，使仁兄悬望于数千里之外，小弟之罪更大矣。"伯牙道："贤弟真所谓至诚君子。也罢，明年还是我来看贤弟。"子期道："仁兄明岁何时到此？小弟好伺候尊驾。"伯牙屈指道："昨夜是中秋节，今日天明，是八月十六日了。贤弟，我来仍在仲秋中五六日奉访。若过了中旬，迟到季秋月分，就是爽信，不为君子。"叫童子分付记室："将钟贤弟所居地名及相会的日期，登写在日记簿上。"子期道："既如此，小弟来年仲秋中五六日，准在江边侍立拱候，不敢有误。天色已明，小弟告辞了。"伯牙道："贤弟且住。"命童子取黄金二笏，不用封帖，双手捧定道："贤弟，些须薄礼，权为二位尊人甘旨之费。斯文骨肉，勿得嫌轻。"子期不敢谦让，即时收下。再拜告别，含泪出舱，取尖担挑了蓑衣、斗笠，插板斧于腰间，掌跳搭扶手上崖。伯牙直送至船头，各各洒泪而别。

不题子期回家之事。再说俞伯牙点鼓开船，一路江山之胜，无心观览，心心念念，只想着知音之人。又行几日，舍舟登岸。经过之地，知是晋国上大夫，不敢轻慢，安排车马相送。直至晋阳，回复了晋主，不在话下。

光阴迅速，过了秋冬，不觉春去夏来。伯牙心怀子期，无日忘之。想着中秋节近，奏过晋主，给假还乡。晋主依允。伯牙收拾行装，仍打大宽转，从水路而行。下船之后，分付水手，但是湾泊所在，就来通报地名。事有偶然，刚刚八月十五夜，水手禀复，此去马安山不远。伯牙依稀还认得去年泊船相会子期之处，分付水手，将船湾泊，水底抛锚，崖边钉橛。其夜晴明，船舱内一线月光，射进朱帘。伯牙命童子将帘卷起，步出舱门，立于船头之上，仰观斗柄。水底天心，万顷茫然，照如白昼。思想去岁与知己相逢，雨止月明；今夜重来，又值良夜。他约定江边相候，如何全无踪影，莫非爽信？又等了一会，想道："我理会得了。江边来往船只颇多，我今日所驾的，不是去年之船了，吾弟急切如何认得？去岁我原为抚琴惊动知音，今夜仍将瑶琴抚弄一曲。吾弟闻之，必来相见。"命童子取琴桌安放船头，焚香设座。伯牙开囊，调弦转轸，才泛音律，商弦中有哀怨之声。伯牙停琴不操："呀！商弦哀声凄切，吾弟必遭忧在家。去岁曾言父母年高，若非父丧，必是母亡。他为人至孝，事有轻重，宁失信于我，不肯失信于亲，所以不来也。来日天明，我亲上崖探望。"叫童子收拾琴桌，下舱就寝。伯牙一夜不睡，真个巴明不明，盼晓不晓。看看月移帘影，日出山头，伯牙起来梳洗整衣，命童子携琴相随，又取黄金十镒带去："倘吾弟居丧，可为赙礼。"踹跳登崖，行于樵径，约莫十数里，出一谷口，伯牙站住。童子禀道："老爷为何不行？"伯牙道："山分南北，路列东西。从山谷出来，两头都是大路，都去得，知道那一路往集贤村去？等个识路之人，问明了他，方才可行。"伯牙就石上少憩，童儿退立于后。不多时，左手官路上有一老叟，鬓垂玉线，发挽银丝，箬冠野服，左手举藤杖，右手携竹篮，徐步而来。伯牙起身整衣，向前施礼。那老者不慌不忙，将右手竹篮轻轻放下，双手举藤杖还礼，道："先生有何见教？"伯牙道："请问两头路，那一条路，往集贤村去的？"老者道："那两头路，就是两个集贤村。左手是上集贤村，右手是下集贤村，通衢三十里官道。先生从谷出来，正当其半，东去十五里，西去也是十五里。不知先生要往那一个集贤村？"伯牙默默无言，暗想道："吾弟是个聪明人，怎么说话这等糊涂！相会之日，你知道此间有两个集贤村，或上或下，就该说个明白了。"

伯牙却才沉吟，那老者道："先生这等吟想，一定那说路的，不曾分上下，总说了个集贤村，教先生没处抓寻了。"伯牙道："便是。"老者道："两个集贤村中，有一二十家庄户，大抵都是隐遁避世之辈。老夫在这山里，多住了几年，正是：土居三十载，无有不亲人。这些庄户，不是舍亲，就是敝友。先生到集贤村必是访友，只说先生所访之友，姓甚名谁，老夫就知他住处了。"伯牙道："学生要往钟家庄去。"老者闻"钟家庄"三字，一双昏花眼内，扑簌簌掉下泪来，道："先生别家可去，若说钟家庄，不必去了。"伯牙惊问："却是为何？"老者道："先生到钟家庄，要访何人？"伯牙道："要访子期。"老者闻言，放声大哭道："子期钟徽，乃吾儿也。去年八月十五采樵归晚，遇晋国上大夫俞伯牙先生。讲论之间，意气相投。临行赠黄金二笏，吾儿买书攻读，老拙无才，不曾禁止。旦则采樵负重，暮则诵读辛勤，心力耗废，染成怯疾，数月之间，已亡故了。"伯牙闻言，五内崩裂，泪如涌泉，大叫一声，傍山崖跌倒，昏绝于地。钟公用手搀扶，回顾小童道："此位先生是谁？"小童低低附耳道："就是俞伯牙老爷。"钟公道："元来是吾儿好友。"扶起伯牙苏醒。伯牙坐于地下，口吐痰涎，双手捶胸，恸哭不已，道："贤弟呵，我昨夜泊舟，还说你爽信，岂知已为泉下之鬼！你有才无寿了！"

钟公拭泪相劝。伯牙哭罢起来，重与钟公施礼。不敢呼老丈，称为老伯，以见通家兄弟之音。伯牙道："老伯，令郎还是停枢在家，还是出瘗郊外了？"钟公道："一言难尽！亡儿临终，老夫与拙荆坐于卧榻之前。亡儿遗语嘱付道："修短由天，儿生前不能尽人子事亲之道，死后乞葬于马安山江边。与晋大夫俞伯牙有约，欲践前言耳。'老夫不负亡儿临终之言。适才先生来的小路之右，一丘新土，即吾儿钟徽之冢。今日是百日之忌，老夫提一陌纸钱，往坟前烧化，何期与先生相遇！"伯牙道："既如此，奉陪老伯，坟前一拜。"命小童代太公提了竹篮。钟公策杖引路，伯牙随后，小童跟定，复进谷口。果见一丘新土，在于路左。伯牙整衣下拜："贤弟在世为人聪明，死后为神灵应。愚兄此一拜，诚永别矣！"拜罢，放声又哭。惊动山前山后、山左山右黎民百姓，不问行的住的，远的近的，闻得朝中大臣来祭钟子期，回绕坟前，争先观看。伯牙却不曾摆得祭礼，无以为情，命童子把瑶琴取出囊来，放于祭石台上，盘膝坐于坟前，挥泪两行，抚琴一操。那些看者，闻琴韵铿锵，鼓掌大笑而散。伯牙问："老伯，下官抚琴，吊令郎贤弟，悲不能已，众人为何而笑？"钟公道："乡野之人，不知音律，闻琴声以为取乐之具，故此长笑。"伯牙道："原来如此。老伯可知所奏何曲？"钟公道："老夫幼年也颇习。如今年迈，五官半废，模糊不懂久矣。"伯牙道："这就是下官随心应手一曲短歌，以吊令郎者，口诵于老伯听之。"钟公道："老夫愿闻。"伯牙诵云："忆昔去年春，江边曾会君。今日重来访，不见知音人。但见一抔土，惨然伤我心！伤心伤心复伤心，不忍泪珠纷。来欢去何苦，江畔起愁云。子期子期兮，你我千金义，历尽天涯无足语，此曲终兮不复弹，三尺瑶琴为君死！"

伯牙于衣夹间取出解手刀，割断琴弦，双手举琴，向祭石台上，用力一摔，摔得玉轸抛残，金徽零乱。钟公大惊，问道："先生为何摔碎此琴？"伯牙道：

摔碎瑶琴凤尾寒，子期不在对谁弹！

春风满面皆朋友，欲觅知音难上难。

钟公道："原来如此，可怜！可怜！"

伯牙道："老伯高居，端的在上集贤村，还是下集贤村？"钟公道："荒居在上集贤村第八家就是。先生如今又问他怎的？"伯牙道："下官伤感在心，不敢随老伯登堂了。随身带得有黄金二镒，一半代令郎甘旨之奉，一半买几亩祭田，为令郎春秋扫墓之费。待下官回本朝时，上表告归林下。那时却到上集贤村，迎接老伯与老伯母，同到寒家，以尽天年。吾即子期，子期即吾也，老伯勿以下官为外人相嫌。"说罢，命小僮取出黄金，亲手递与钟公，哭拜于地。钟公答拜，盘桓半晌而别。

这回书，题作《俞伯牙摔琴谢知音》。后人有诗赞云：

> 势利交怀势利心，斯文谁复念知音！
>
> 伯牙不作锺期逝，千古令人说破琴。

第二卷　庄子休鼓盆成大道

富贵五更春梦，功名一片浮云。眼前骨肉亦非真，恩爱翻成仇恨。　　莫把金枷套颈，休将玉锁缠身。清心寡欲脱凡尘，快乐风光本分。

这首《西江月》词，是个劝世之言，要人割断迷情，逍遥自在。且如父子天性，兄弟手足，这是一本连枝，割不断的。儒、释、道三教虽殊，总抹不得"孝""弟"二字。至于生子生孙，就是下一辈事，十分周全不得了。常言道得好：

儿孙自有儿孙福，莫与儿孙作马牛。

若论到夫妇，虽说是红线缠腰，赤绳系足，到底是剜肉粘肤，可离可合。常言又说得好：

夫妻本是同林鸟，巴到天明各自飞。

　　近世人情恶薄，父子兄弟到也平常，儿孙虽是疼痛，总比不得夫妇之情。他溺的是闺中之爱，听的是枕上之言。多少人被妇人迷惑，做出不孝不弟的事来。这断不是高明之辈。

　　如今说这庄生鼓盆的故事，不是唆人夫妻不睦，只要人辨出贤愚，参破真假，从第一着迷处，把这念头放淡下来，渐渐六根清净，道念滋生，自有受用。昔人看田夫插秧，咏诗四句，大有见解。诗曰：

　　　　手把青秧插野田，低头便见水中天。

　　　　六根清净方为稻，退步原来是向前。

　　话说周末时，有一高贤，姓庄，名周，字子休，宋国蒙邑人也。曾仕周为漆园吏。师事一个大圣人，是道教之祖，姓李，名耳，字伯阳。伯阳生而白发，人都呼为老子。庄生常昼寝，梦为蝴蝶，栩栩然于园林花草之间，其意甚适。醒来时，尚觉臂膊如两翅飞动，心甚异之。以后不时有此梦。庄生一日在老子座间讲《易》之暇，将此梦诉之于师。却是个大圣人，晓得三生来历，向庄生指夙世因由。那庄生原是混沌初分时一个白蝴蝶，天一生水，二生木，木荣花茂，那白蝴蝶采百花之精，夺日月之秀，得了气候，长生不死，翅如车轮。后游于瑶池，偷采蟠桃花蕊，被王母娘娘位下守花的青鸾啄死。其神不散，托生于世，做了庄周。因他根器不凡，道心坚固，师事老子，学清净无为之教。今日被老子点破了前生，如梦初醒，自觉两腋风生，有栩栩然蝴蝶之意，把世情荣枯得丧，看做行云流水，一丝不挂。老子知他心下大悟，把《道德》五千字的秘诀，倾囊而授。庄生嘿嘿诵习修炼，遂能分身隐形，出神变化。从此弃了漆园吏的前程，辞别老子，周游访道。

他虽宗清净之教，原不绝夫妇之伦，一连娶过三遍妻房。第一妻，得疾夭亡；第二妻，有过被出；如今说的是第三妻，姓田，乃田齐族中之女。庄生游于齐国，田宗重其人品，以女妻之。那田氏比先前二妻，更有姿色，肌肤若冰雪，绰约似神仙。庄生不是好色之徒，却也十分相敬，真个如鱼似水。楚威王闻庄生之贤，遣使持黄金百镒，文锦千端，安车驷马，聘为上相。庄生叹道："牺牛身被文绣，口食刍菽，见耕牛力作辛苦，自夸其荣。及其迎入太庙，刀俎在前，欲为耕牛而不可得也。"遂却之不受。挈妻归宋，隐于曹州之南华山。

一日，庄生出游山下，见荒冢累累，叹道："老少俱无辨，贤愚同所归。人归冢中，冢中岂能复为人乎？"嗟咨了一回。再行几步，忽见一新坟，封土未干。一年少妇人，浑身缟素，坐于此冢之傍，手运齐纨素扇，向冢连扇不已。庄生怪而问之："娘子，冢中所葬何人？为何举扇扇土？必有其故。"那妇人并不起身，运扇如故，口中莺啼燕语，说出几句不通道理的话来。正是：

> 听时笑破千人口，说出加添一段羞。

那妇人道："冢中乃妾之拙夫，不幸身亡，埋骨于此。生时与妾相爱，死不能舍，遗言教妾如要改适他人，直待葬事毕后，坟土干了，方才可嫁。妾思新筑之土，如何得就干，因此举扇扇之。"庄生含笑，想道："这妇人好性急！亏他还说生前相爱。若不相爱的，还要怎么？"乃问道："娘子，要这新土干燥极易。因娘子手腕娇软，举扇无力，不才愿替娘子代一臂之劳。"那妇人方才起身，深深道个万福："多谢官人！"双手将素白纨扇，递与庄生。庄生行起道法，举手照冢顶连扇数扇，水气都尽，其土顿干。妇人笑容可掬，谢道："有劳官人用力。"将纤手向鬓傍拔下一股银钗，连那纨扇送庄生，权为相谢。庄生却其银钗，受其纨扇。妇人欣然而去。

庄子心下不平，回到家中，坐于草堂，看了纨扇，口中叹出四句：

> 不是冤家不聚头，冤家相聚几时休？
>
> 早知死后无情义，索把生前恩爱勾。

田氏在背后，闻得庄生嗟叹之语，上前相问。那庄生是个有道之士，夫妻之间亦称为先生。田氏道："先生有何事感叹？此扇从何而得？"庄生将妇人扇冢，要土干改嫁之言述了一遍。"此扇即扇土之物。因我助力，以此相赠。"田氏听罢，忽发忿然之色，向空中把那妇人千不贤、万不贤骂了一顿，对庄生道："如此薄情之妇，世间少有！"庄生又道出四句：

生前个个说恩深，死后人人欲扇坟。

画龙画虎难画骨，知人知面不知心。

田氏闻言大怒。自古道：怨废亲，怒废礼。那田氏怒中之言，不顾体面，向庄生面上一啐，说道："人类虽同，贤愚不等。你何得轻出此语，将天下妇道家看作一例？却不道歉人带累好人。你却也不怕罪过！"庄生道："莫要弹空说嘴。假如不幸，我庄周死后，你这般如花似玉的年纪，难道捱得过三年五载？"田氏道："忠臣不事二君，烈女不更二夫。那见好人家妇女吃两家茶，睡两家床？若不幸轮到我身上，这样没廉耻的事，莫说三年五载，就是一世也成不得，梦儿里也还有三分的志气！"庄生道："难说！难说！"田氏口出詈语道："有志妇人胜如男子。似你这般没仁没义的，死了一个，又讨一个，出了一个，又纳一个，只道别人也是一般见识。我们妇道家一鞍一马，到是站得脚头定的，怎么肯把话与他人说，惹后世耻笑！你如今又不死，直恁枉杀了人！"就庄生手中夺过纨扇，扯得粉碎。庄生道："不必发怒，只愿得如此争气甚好！"自此无话。

过了几日，庄生忽然得病，日加沉重。田氏在床头，哭哭啼啼。庄生道："我病势如此，永别只在早晚。可惜前日纨扇扯碎了，留得在此，好把与你扇坟！"田氏道："先生休要多心！妾读书知礼，从一而终，誓无二志。先生若不见信，妾愿死于先生之前，以明心迹。"庄生道："足见娘子高志，我庄某死亦瞑目。"说罢，气就绝了。田氏抚尸大哭。少不得央及东邻西舍，制备衣衾棺椁殡殓。田氏穿了一身素缟，真个朝朝忧闷，夜夜悲啼。每想着庄生生前恩爱，如痴如醉，寝食俱废。山前山后庄户，也有晓得庄生是个逃名的隐士，来吊孝的，到底不比城市热闹。

到了第七日，忽有一少年秀士，生得面如傅粉，唇若涂朱，俊俏无双，风流第一。穿扮的紫衣玄冠，绣带朱履，带着一个老苍头，自称楚国王孙，向年曾与庄子休先生有约，欲拜在门下，今日特来相访。见庄生已死，口称："可惜！"慌忙脱下色衣，叫苍头于行囊内取出素服穿了，向灵前四拜道："庄先生，弟子无缘，不得面会侍教。愿为先生执百日之丧，以尽私淑之情。"说罢，又拜四拜，洒泪而起，便请田氏相见。田氏初次推辞。王孙道："古礼，通家朋友，妻妾都不相避，何况小子与庄先生有师弟之约。"田氏只得步出孝堂，与楚王孙相见，叙了寒温。田氏一见楚王孙人才标致，就动了怜爱之心，只恨无由厮近。楚王孙道："先生虽死，弟子难忘思慕。欲借尊居，暂住百日，一来守先师之丧，二者先师留下有什么著述，小子告借一观，以领遗训。"田氏道："通家之谊，久住何妨。"当下治饭相款。饭罢，田氏将庄子所著《南华真经》及《老子道德》五千言，和盘托出，献与王孙。王孙殷勤感谢。草堂中间占了灵位，楚王孙在左边厢安顿。田氏每日假以哭灵为由，就左边厢，与王孙攀话。日渐情熟，眉来眼去，情不能已，楚王孙只有五分，那田氏到有十分。所喜者深山隐僻，就做差了些事，没人传说；所恨者新丧未久，况且女求于男，难以启齿。

又捱了几日，约莫有半月了。那婆娘心猿意马，按捺不住，悄地唤老苍头进房，赏以美酒，将好言抚慰。

从容问："你家主人曾婚配否？"老苍头道："未曾婚配。"
婆娘又问道："你家主人要拣什么样人物才肯婚配？"老
苍头带醉道："我家王孙曾有言，若得像娘子一般丰韵
的，他就心满意足。"婆娘道："果有此话？莫非你说
谎？"老苍头道："老汉一把年纪，怎么说谎？"婆娘道：
"我央你老人家为媒说合，若不弃嫌，奴家情愿服事你
主人。"老苍头道："我家主人也曾与老汉说来，道一段
好姻缘，只碍师弟二字，恐惹人议论。"婆娘道："你主
人与先夫原是生前空约，没有北面听教的事，算不得师
弟。又且山僻荒居，邻舍罕有，谁人议论？老人家是必
委曲成就，教你吃杯喜酒。"老苍头应允。临去时，婆
娘又唤转来嘱付道："若是说得允时，不论早晚，便来房
中回复奴家一声，奴家在此专等。"老苍头去后，婆娘
悬悬而望。孝堂边张了数十遍，恨不能一条细绳缚了那
俏后生俊脚，扯将入来，搂做一处。将及黄昏，那婆娘
等得个不耐烦，黑暗里走入孝堂，听左边厢声息。忽然
灵座上作响，婆娘吓了一跳，只道亡灵出现，急急走转
内室，取灯火来照，原来是老苍头吃醉了，直挺挺的卧
于灵座桌上。婆娘又不敢嗔责他，又不敢声唤他，只得
回房，捱更捱点，又过了一夜。

　　次日，见老苍头行来步去，并不来回复那话儿。婆娘心下发痒，再唤他进房，问其前事。老苍头道："不成！不成！"婆娘道："为何不成？莫非不曾将昨夜这些话剖豁明白？"老苍头道："老汉都说了。我家王孙也说得有理，他道：'娘子容貌，自不必言。未拜师徒，亦可不论。但有三件事未妥，不好回复得娘子。'"婆娘道："那三件事？"老苍头道："我家王孙道：'堂中见摆着个凶器，我却与娘子行吉礼，心中何忍，且不雅相。二来庄先生与娘子是恩爱夫妻，况且他是个有道德的名贤，我的才学万分不及，恐被娘子轻薄。三来我家行李尚在后边未到，空手来此，聘礼筵席之费，一无所措。为此三件，所以不成。'"婆娘道："这三件都不必虑。凶器不是生根的，屋后还有一间破空房，唤几个庄客抬他出去就是，这是一件了。第二件，我先夫那里就是个有道德的名贤？当初不能正家，致有出妻之事，人称其薄德。楚威王慕其虚名，以厚礼聘他为相，他自知才力不胜，逃走在此。前月独行山下，遇一寡妇，将扇扇坟，待坟土干燥，方才嫁人。拙夫就与他调戏，夺他纨扇，替他扇土，将那把纨扇带回，是我扯碎了。临死时几日还为他淘了一场气，又什么恩爱！你家主人青年好学，进不可量。况他乃是王孙之贵，奴家亦是田宗之女，门地相当。今日到此，姻缘天合。第三件，聘礼筵席之费，奴家做主，谁人要得聘礼？筵席也是小事。奴家更积得私房白金二十两，赠与你主人，做一套新衣服。你再去道达，若成就时，今夜是合婚吉日，便要成亲。"老苍头收了二十两银子，回复楚王孙。楚王孙只得顺从。老苍头回复了婆娘。

那婆娘当时欢天喜地，把孝服除下，重勾粉面，再点朱唇，穿了一套新鲜色衣。叫苍头顾唤近山庄客，扛抬庄生尸柩，停于后面破屋之内，打扫草堂，准备做合婚筵席。有诗为证：

俊俏孤孀别样娇，王孙有意更相挑。

一鞍一马谁人语？今夜思将快婿招。

是夜，那婆娘收拾香房，草堂内摆得灯烛辉煌，楚王孙簪缨袍服，田氏锦袄绣裙，双双立于花烛之下，一对男女，如玉琢金装，美不可说。交拜已毕，千恩万爱的，携手入于洞房，吃了合杯。正欲上床解衣就寝，忽然楚王孙眉头双皱，寸步难移，登时倒于地下，双手磨胸，只叫心疼难忍。田氏心爱王孙，顾不得新婚廉耻，近前抱住，替他抚摩，问其所以。王孙痛极不语，口吐涎沫，奄奄欲绝。老苍头慌做一堆。田氏道："王孙平日曾有此症候否？"老苍头代言："此症平日常有。或一二年发一次，无药可治，只有一物，用之立效。"田氏急问："所用何物？"老苍头道："太医传一奇方，必得生人脑髓热酒吞之，其痛立止。平日此病举发，老殿下奏过楚王，拨一名死囚来，缚而杀之，取其脑髓。今山中如何可得？其命合休矣！"田氏道："生人脑髓，必不可致。第不知死人的可用得么？"老苍头道："太医说，凡死未满四十九日者，其脑尚未干枯，亦可取用。"田氏道："吾夫死方二十余日，何不斫棺而取之？"老苍头道："只怕娘子不肯。"田氏道："我与王孙成其夫妇，妇人以身事夫，自身尚且不惜，何有于将朽之骨乎？"

即命老苍头伏侍王孙，自己寻了砍柴板斧，右手提斧，左手携灯，往后边破屋中，将灯檠放于棺盖之上，觑定棺头，双手举斧，用力劈去。妇人家气力单微，如何劈得棺开？有个缘故，那庄周是达生之人，不肯厚殓，桐棺三寸，一斧就劈去了一块木头，再一斧去，棺盖便裂开了。只见庄生从棺内叹口气，推开棺盖，挺身坐起。田氏虽然心狠，终是女流，吓得腿软筋麻，心头乱跳，斧头不觉坠地。庄生叫："娘子扶起我来。"那婆娘不得已，只得扶庄生出棺。庄生携灯，婆娘随后同进房来。婆娘心知房中有楚王孙主仆二人，捏两把汗，行一步，反退两步。比及到房中看时，铺设依然灿烂，那主仆二人，阒然不见。婆娘心下虽然暗暗惊疑，却也放下了胆，巧言抵饰，向庄生道："奴家自你死后，日夕思念。方才听得棺中有声响，想古人中多有还魂之事，望你复活，所以用斧开棺。谢天谢地，果然重生！实乃奴家之万幸也！"庄生道："多谢娘子厚意。只是一件，娘子守孝未久，为何锦袄绣裙？"婆娘又解释道："开棺见喜，不敢将凶服冲动，权用锦绣，以取吉兆。"庄生道："罢了！还有一节，棺木何不放在正寝，却撇在破屋之内，难道也是吉兆？"婆娘无言可答。庄生又见杯盘罗列，也不问其故，教暖酒来饮。

庄生放开大量，满饮数觥。那婆娘不达时务，指望煨热老公，重做夫妻，紧挨着酒壶，撒娇撒痴，甜言美语，要哄庄生上床同寝。庄生饮得酒大醉，索纸笔写出四句：

从前了却冤家债，你爱之时我不爱。

若重与你做夫妻，怕你巨斧劈开天灵盖。

那婆娘看了这四句诗，羞惭满面，顿口无言。庄生又写出四句：

> 夫妻百夜有何恩？见了新人忘旧人。
>
> 甫得盖棺遭斧劈，如何等待扇干坟！

庄生又道："我则教你看两个人。"庄生用手将外面一指，婆娘回头而看，只见楚王孙和老苍头踱将进来，婆娘吃了一惊。转身不见了庄生；再回头时，连楚王孙主仆都不见了。

那里有什么楚王孙、老苍头，此皆庄生分身隐形之法也。那婆娘精神恍惚，自觉无颜，解腰间绣带，悬梁自缢，呜呼哀哉！这到是真死了。庄生见田氏已死，解将下来，就将劈破棺木盛放了他，把瓦盆为乐器，鼓之成韵，倚棺而作歌。歌曰：

> 大块无心兮，生我与伊。我非伊夫兮，伊非我妻。偶然邂逅兮，一室同居。大限既终兮，有合有离。人之无良兮，生死情移。真情既见兮，不死何为！伊生兮拣择去取，伊死兮还返空虚。伊吊我兮，赠我以巨斧；我吊伊兮，慰伊以歌词。斧声起兮我复活，歌声发兮伊可知！噫嘻，敲碎瓦盆不再鼓，伊是何人我是谁？

庄生歌罢，又吟诗四句：

你死我必埋，我死你必嫁。

我若真个死，一场大笑话！

庄生大笑一声，将瓦盆打碎，取火从草堂放起，屋宇俱焚，连棺木化为灰烬。只有《道德经》《南华经》不毁，山中有人检取，传流至今。

庄生遨游四方，终身不娶。或云遇老子于函谷关，相随而去，已得大道成仙矣。诗云：

杀妻吴起太无知，荀令伤神亦可嗤。

请看庄生鼓盆事，逍遥无碍是吾师。

第三卷　王安石三难苏学士

海鳌曾欺井内蛙，大鹏张翅绕天涯。

强中更有强中手，莫向人前满自夸。

这四句诗，奉劝世人虚己下人，勿得自满。古人说得好，道是："满招损，谦受益。"俗谚又有四不可尽的话。那"四不可尽"？

势不可使尽，福不可享尽。

便宜不可占尽，聪明不可用尽。

你看如今有势力的，不做好事，往往任性使气，损人害人，如毒蛇猛兽，人不敢近。他见别人惧怕，没奈他何，意气扬扬，自以为得计。却不知八月潮头，也有平下来的时节。危滩急浪中，趁着这刻儿顺风，扯了满篷，望前只顾使去，好不畅快。不思去时容易，转时甚难。当时夏桀、商纣，贵为天子，不免甯身于南巢，悬头于太白。那桀、纣有何罪过？也无非倚贵欺贱，恃强凌弱，总来不过是使势而已。假如桀、纣是个平民百姓，还造得许多恶业否？所以说势不可使尽。

怎么说福不可享尽？常言道：惜衣有衣，惜食有食。又道：人无寿夭，禄尽则亡。晋时石崇太尉，与皇亲王恺斗富，以酒沃釜，以蜡代薪；锦步障大至五十里；坑厕间皆用绫罗供帐，香气袭人；跟随家僮，都穿火浣布衫，一衫价值千金；买一妾，费珍珠十斛。后来死于赵王伦之手，身首异处。此乃享福太过之报。

怎么说便宜不可占尽？假如做买卖的错了分文入己，满脸堆笑。却不想小经纪若折了分文，一家不得吃饱饭，我贪此些须小便宜，亦有何益？昔人有占便宜诗云：

我被盖你被，你毡盖我毡。你若有钱我共使，我若无钱用你钱。上山时你扶我脚，下山时我靠你肩。我有子时做你婿，你有女时伴我眠。你依此誓时，我死在你后；我违此誓时，你死在我前。

若依得这诗时，人人都要如此，谁是呆子，肯束手相让？就是一时得利，暗中损福折寿，自己不知。所以佛家劝化世人，吃一分亏，受无量福。有诗为证：

得便宜处欣欣乐，不遂心时闷闷忧。

不讨便宜不折本，也无欢乐也无愁。

说话的，这三句都是了。则那聪明二字，求之不得，如何说聪明不可用尽？见不尽者，天下之事；读不尽者，天下之书；参不尽者，天下之理。宁可懵懂而聪明，不可聪明而懵懂。如今且说一个人，古来第一聪明的。他聪明了一世，懵懂在一时，留下花锦般一段话文，传与后生小子恃才夸己的看样。那第一聪明的是谁：

吟诗作赋般般会，打诨猜谜件件精。

不是仲尼重出世，定知颜子再投生。

话说宋神宗皇帝在位时，在一名儒，姓苏名轼，字子瞻，别号东坡，乃四川眉州眉山人氏。一举成名，官拜翰林学士。此人天资高妙，过目成诵，出口成章，有李太白之风流，胜曹子建之敏捷。在宰相荆公王安石先生门下，荆公甚重其才。东坡自恃聪明，颇多讥诮。荆公因作《字说》，一字解作一义，偶论东坡的坡字，从土从皮，谓坡乃土之皮。东坡笑道："如相公所言，滑字乃水之骨也。"一日，荆公又论及鲵字，从鱼从儿，合是鱼子；四马曰驷，天虫为蚕，古人制字，定非无义。东坡拱手进言："鸠字九鸟，可知有故？"荆公认以为真，欣然请教。东坡笑道："《毛诗》云：'鸣鸠在桑，其子七兮。'连娘带爷，共是九个。"荆公默然，恶其轻薄，左迁为湖州刺史。正是：

> 是非只为多开口，烦恼皆因巧弄唇。

东坡在湖州做官，三年任满朝京，作寓于大相国寺内。想当时因得罪于荆公，自取其咎，常言道："未去朝天子，先来谒相公。"分付左右备脚色手本，骑马投王丞相府来。离府一箭之地，东坡下马步行而前。见府门首许多听事官吏，纷纷站立，东坡举手问道："列位，老太师在堂上否？"守门官上前答道："老爷昼寝未醒，且请门房少坐。"从人取交床在门房中，东坡坐下，将门半掩。不多时，相府中有一少年人，年方弱冠，戴缠鬃大帽，穿青绢直摆，�7手洋洋，出府下阶。众官吏皆躬身揖让，此人从东向西而去。东坡命从人去问相府中适才出来者何人，从人打听明白回复，是丞相老爷府中掌书房的，姓徐。东坡记得荆公书房中宠用的有个徐伦，三年前还未冠，今虽冠了，面貌依然。叫从人："既是徐掌家，与我赶上一步，快请他转来。"从人飞奔去了，赶上徐伦，不敢于背后呼唤，从傍边抢上前去，垂手侍立于街傍，道："小的是湖州府苏爷的长班。苏爷在门房中，请徐老爹相见，有句话说。"徐伦问："可是长胡子的苏爷？"从人道："正是。"东坡是个风流才子，见人一团和气，平昔与徐伦相爱，时常写扇送他。徐伦听说是苏学士，微微而笑，转身便回。从人先到门房，回复徐掌家到了。徐伦进门房来见苏爷，意思要跪下去，东坡用手搀住。这徐伦立身相府，掌内书房，外府州县首领官员到京参谒丞相，知会徐伦，俱有礼物、单帖通名，今日见苏爷怎么就要下跪？因苏爷久在丞相门下往来，徐伦自小书房答应，职任烹茶，就如旧主人一般，一时大不起来。苏爷却全他的体面，用手搀住道："徐掌家，不要行此礼。"徐伦道："这门房中不是苏爷坐处，且请进府到东书房待茶。"

这东书房，便是王丞相的外书房了，凡门生知友往来，都到此处。徐伦引苏爷到东书房，看了坐，命童儿烹好茶伺候。"禀苏爷，小的奉老爷遣差往太医院取药，不得在此伏侍，怎么好？"东坡道："且请治事。"徐伦去后，东坡见四壁书橱关闭有锁，文几上只有笔砚，更无余物。东坡开砚匣，看了砚池，是一方绿色端砚，甚有神采，砚上余墨未干。方欲掩盖，忽见砚匣下露出些纸角儿。东坡扶起砚匣，乃是一方素笺，叠做两摺。取而观之，原来是两句未完的诗稿，认得荆公笔迹，题是《咏菊》。东坡笑道："士别三日，换眼相待。昔年我曾在京为官时，此老下笔数千言，不由思索。三年后也就不同了，正是江淹才尽，两句诗不曾终韵。"念了一遍，"呀，原来连这两句诗都是乱道。"这两句诗怎么样写：

> 西风昨夜过园林，吹落黄花满地金。

东坡为何说这两句诗是乱道？一年四季，风各有名：春天为和风，夏天为薰风，秋天为金风，冬天为朔风，和、薰、金、朔四样风配着四时。这诗首句说西风，西方属金，金风乃秋令也，那金风一起，梧叶飘黄，群芳零落。第二句说："吹落黄花满地金。"黄花即菊花。此花开于深秋，其性属火，敢与秋霜鏖战，最能耐久，随你老来焦干枯烂，并不落瓣。说个"吹落黄花满地金"，岂不是错误了？兴之所发，不能自已，举笔舐墨，依韵续诗二句：

> 秋花不比春花落，说与诗人仔细吟。

写便写了，东坡愧心复萌："倘此老出书房相待，见了此诗，当面抢白，不像晚辈体面。"欲待袖去以灭其迹，又恐荆公寻诗不见，带累徐伦。思算不妥，只得仍将诗稿折叠，压于砚匣之下，盖上砚匣，步出书房。到大门首，取脚色手本，付与守门官吏嘱付道："老太师出堂，通禀一声，说苏某在此伺候多时。因初到京中，文表不曾收拾，明日早朝赍过表章，再来谒见。"说罢，骑马回下处去了。

　　不多时，荆公出堂。守门官吏虽蒙苏爷嘱付，没有纸包相送，那个与他禀话，只将脚色手本和门簿缴纳。荆公也只当常规，未用观看，心下记着菊花诗二句未完韵。恰好徐伦从太医院取药回来，荆公唤徐伦送置东书房，荆公也随后入来。坐定，揭起砚匣，取出诗稿一看，问徐伦道："适才何人到此？"徐伦跪下，禀道："湖州府苏爷伺候老爷，曾到。"荆公看其字迹，也认得是苏学士之笔，口中不语，心下踌躇："苏轼这个小畜生，虽遭挫折，轻薄之性不改！不道自己学疏才浅，敢来讥讪老夫！明日早朝，奏过官里，将他削职为民。"又想道："且住，他也不晓得黄州菊花落瓣，也怪他不得。"叫徐伦取湖广缺官册籍来看，单看黄州府，余官俱在，只缺少个团练副使，荆公暗记在心，命徐伦将诗稿贴于书房柱上。

　　明日早朝，密奏天子，言苏轼才力不及，左迁黄州团练副使。天下官员到京上表章，升降勾除，各自安命。惟有东坡心中不服，心下明知荆公为改诗触犯，公报私仇，没奈何，也只得谢恩。朝房中才卸朝服，长班禀道："丞相爷出朝。"东坡露堂一恭。荆公肩舆中举手道："午后老夫有一饭。"东坡领命。回下处修书，打发湖州跟官人役，兼本衙管家，往旧任接取家眷黄州相会。

午牌过后，东坡素服角带，写下新任黄州团练副使脚色手本，乘马来见丞相领饭。门吏通报，荆公分付请进到大堂拜见。荆公待以师生之礼，手下点茶。荆公开言道："子瞻左迁黄州，乃圣上主意，老夫爱莫能助，子瞻莫错怪老夫否？"东坡道："晚学生自知才力不及，岂敢怨老太师！"荆公笑道："子瞻大才，岂有不及！只是到黄州为官，闲暇无事，还要读书博学。"东坡目穷万卷，才压千人，今日劝他读书博学，还读什么样书？口中称谢道："承老太师指教。"心下愈加不服。荆公为人至俭，肴不过四器，酒不过三杯，饭不过一箸。东坡告辞，荆公送下滴水檐前，携东坡手道："老夫幼年灯窗十载，染成一症，老年举发，太医院看是痰火之症，虽然服药，难以除根，必得阳羡茶，方可治。有荆溪进贡阳羡茶，圣上就赐与老夫。老夫问太医院官如何烹服，太医院官说须用瞿塘中峡水。瞿塘在蜀，老夫几欲差人往取，未得其便，兼恐所差之人未必用心。子瞻桑梓之邦，倘尊眷往来之便，将瞿塘中峡水，携一瓮寄与老夫，则老夫衰老之年，皆子瞻所延也。"东坡领命，回相国寺。次日辞朝出京，星夜奔黄州道上。

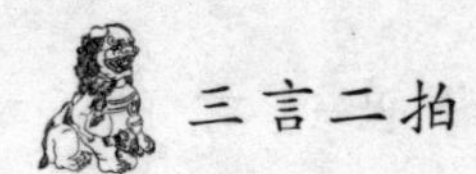

　　黄州合府官员知东坡天下有名才子，又是翰林谪官，出郭远迎。选良时吉日公堂上任。过月之后，家眷方到。东坡在黄州与蜀客陈季常为友，不过登山玩水，饮酒赋诗，军务民情，秋毫无涉。

　　光阴迅速，将及一载。时当重九之后，连日大风。一日风息，东坡兀坐书斋，忽想："定惠院长老曾送我黄菊数种，栽于后园，今日何不去赏玩一番？"足犹未动，恰好陈季常相访。东坡大喜，便拉陈慥同往后园看菊。到得菊花棚下，只见满地铺金，枝上全无一朵，唬得东坡目瞪口呆，半晌无语。陈慥问道："子瞻见菊花落瓣，缘何如此惊诧？"东坡道："季常有所不知。平常见此花只是焦干枯烂，并不落瓣。去岁在王荆公府中，见他《咏菊》诗二句道：'西风昨夜过园林，吹落黄花满地金。'小弟只道此老错误了，续诗二句道：'秋花不比春花落，说与诗人仔细吟。'却不知黄州菊花果然落瓣！此老左迁小弟到黄州，原来使我看菊花也。"陈慥笑道："古人说得好：

广知世事休开口，纵会人前只点头。

假若连头俱不点，一生无恼亦无愁。

　　东坡道："小弟初然被谪，只道荆公恨我摘其短处，公报私仇，谁知他到不错，我到错了。真知灼见者，尚且有误，何况其他！吾辈切记，不可轻易说人笑人，正所谓经一失长一智耳。"东坡命家人取酒，与陈季常就落花之下，席地而坐。正饮酒间，门上报道："本府马太爷拜访，将到。"东坡分付："辞了他罢。"是日，两人对酌闲谈，至晚而散。

次日，东坡写了名帖，答拜马太守，马公出堂迎接。彼时没有迎宾馆，就在后堂分宾而坐。茶罢，东坡因叙出去年相府错题了菊花诗，得罪荆公之事。马太守微笑道："学生初到此间，也不知黄州菊花落瓣。亲见一次，此时方信。可见老太师学问渊博，有包罗天地之抱负。学士大人一时忽略，陷于不知，何不到京中太师门下赔罪一番，必然回嗔作喜。"东坡道："学生也要去，恨无其由。"太守道："将来有一事方便，只是不敢轻劳。"东坡问何事。太守道："常规，冬至节必有贺表到京，例差地方官一员。学士大人若不嫌琐屑，假进表为由，到京也好。"东坡道："承堂尊大人用情，学生愿往。"太守道："这道表章，只得借重学士大笔。"东坡应允。

别了马太守回衙，想起荆公嘱付要取瞿塘中峡水的话来。初时心中不服，连这取水一节，置之度外，如今却要替他出力做这件事，以赎妄言之罪。但此事不可轻托他人。现今夫人有恙，思想家乡，既承贤守公美意，不若告假亲送家眷还乡，取得瞿塘中峡水，庶为两便。黄州至眉州，一水之地，路正从瞿塘三峡过。那三峡？西陵峡、巫峡、归峡。西陵峡为上峡，巫峡为中峡，归峡为下峡。那西陵峡又唤做瞿塘峡，在夔州府城之东，两崖对峙，中贯一江，滟滪堆当其口，乃三峡之门，所以总唤做瞿塘三峡。此三峡共长七百余里，两崖连山无阙，重峦叠嶂，隐天蔽日，风无南北，惟有上下。自黄州到眉州，总有四千余里之程，夔州适当其半。东坡心下计较："若送家眷直到眉州，往回将及万里，把贺冬表又担误了。我如今有个道理，叫做公私两尽。从陆路送家眷至夔州，却令家眷自回，我在夔州换船下峡，取了中峡之水，转回黄州，方往东京。可不是公私两尽？"算计已定，对夫人说知，收拾行李，辞别了马太守。衙门上悬一个告假的牌面，择了吉日，准备车马，唤集人夫，合家起程。一路无事，自不必说。

才过夷陵州，早是高唐县。

驿卒报好音，夔州在前面。

东坡到了夔州，与夫人分手，嘱付得力管家，一路小心伏侍夫人回去。东坡讨个江船，自夔州开发，顺流而下。原来这滟滪堆，是江口一块孤石，亭亭独立，夏

即浸没，冬即露出。因水满石没之时，舟人取途不定，
故又名犹豫堆。俗谚云：

犹豫大如象，瞿塘不可上；

犹豫大如马，瞿塘不可下。

东坡在重阳后起身，此时尚在秋后冬前。又其年是
闰八月，迟了一个月的节气，所以水势还大。上水时，
舟行甚迟，下水时却甚快。东坡来时正怕迟慢，所以舍
舟从陆。回时乘着水势，一泻千里，好不顺溜。东坡看
见那峭壁千寻，沸波一线，想要做一篇《三峡赋》，结
构不就。因连日鞍马困倦，凭几构思，不觉睡去，不曾
分付得水手打水。及至醒来问时，已是下峡，过了中峡
了。东坡分付："我要取中峡之水，快与我拨转船头。"
水手禀道："老爷，三峡相连，水如瀑布，船如箭发。若
回船便是逆水，日行数里，用力甚难。"东坡沉吟半晌，
问："此地可以泊船，有居民否？"水手禀道："上二峡
悬崖峭壁，船不能停。到归峡，山水之势渐平，崖上不
多路，就有市井街。"东坡叫泊了船，分付苍头："你上
崖去看有年长知事的居民，唤一个上来，不要声张惊动
了他。"苍头领命，登崖不多时，带一个老人上船，口
称居民叩头。东坡以美言抚慰："我是过往客官，与你居
民没有统属，要问你一句话。那瞿塘三峡，那一峡的水

好？”老者道：“三峡相连，并无阻隔，上峡流于中峡，中峡流于下峡，昼夜不断。一般样水，难分好歹。”东坡暗想道：“荆公胶柱鼓瑟。三峡相连，一般样水，何必定要中峡？”叫手下给官价与百姓买个干净磁瓮，自己立于船头，看水手将下峡水满满的汲一瓮，用柔皮纸封固，亲手金押，即刻开船，直至黄州。拜了马太守，夜间草成贺冬表，送去府中。马太守读了表文，深赞苏君大才。赍表官就金了苏轼名讳，择了吉日，与东坡饯行。

东坡赍了表文，带了一瓮蜀水，星夜来到东京，仍投大相国寺内。天色还早，命手下抬了水瓮，乘马到相府来见荆公。荆公正当闲坐，闻门上通报：“黄州团练使苏爷求见。”荆公笑道：“已经一载矣！”分付守门官：“缓着些出去，引他东书房相见。”守门官领命。荆公先到书房，见柱上所贴诗稿，经年尘埃迷目，亲手于鹊尾瓶中，取拂尘将尘拂去，俨然如旧。荆公端坐于书房。却说守门官延捱了半晌，方请苏爷。东坡听说东书房相见，想起改诗的去处，面上赧然，勉强进府，到书房见了荆公下拜。荆公用手相扶道：“不在大堂相见，惟思远路风霜，休得过礼。”命童儿看坐。东坡坐下，偷看诗稿贴于对面。荆公用拂尘往左一指道：“子瞻，可见光阴迅速，去岁作此诗，又经一载矣！"东坡起身拜伏于地，荆公用手扶住道："子瞻为何？"东坡道："晚学生甘罪了！"荆公道："你见了黄州菊花落瓣么？"东坡道："是。"荆公道："目中未见此一种，也怪不得子瞻。"东坡道："晚学生才疏识浅，全仗老太师海涵。"茶罢，荆公问道："老夫烦足下带瞿塘中峡水，可有么？"东坡道："见携府外。"

荆公命堂候官两员，将水瓮抬进书房，荆公亲以衣袖拂拭。纸封打开，命童儿茶灶中煨火，用银铫汲水烹之。先取白定碗一只，投阳羡茶一撮于内，候汤如蟹眼，急取起倾入，其茶色半晌方见。荆公问："此水何处取来？"东坡道："巫峡。"荆公道："是中峡了。"东坡道："正是。"荆公笑道："又来欺老夫了！此乃下峡之水，如何假名中峡？"东坡大惊，述土人之言"三峡相连，一般样水""晚学生误听了，实是取下峡之水。老太师何以辨之？"荆公道："读书人不可轻举妄动，须是细心察理。老夫若非亲到黄州，看过菊花，怎么诗中敢乱道黄花落瓣？这瞿塘水性，出于《水经补注》：上峡水性太急，下峡太缓，惟中峡缓急相半。太医院官乃明医，知老夫乃中脘变症，故用中峡水引经。此水烹阳羡茶，上峡味浓，下峡味淡，中峡浓淡之间。今见茶色半响方见，故知是下峡。”东坡离席谢罪。

荆公道：“何罪之有！皆因子瞻过于聪明，以致疏略如此。老夫今日偶然无事，幸子瞻光顾。一向相处，尚不知子瞻学问真正如何，老夫不自揣量，要考子瞻一考。”东坡欣然答道：“晚学生请题。”荆公道：“且住！老夫若遽然考你，只说老夫恃了一日之长。子瞻到先考老夫一考，然后老夫请教。”东坡鞠躬道：“晚学生怎么敢？”荆公道：“子瞻既不肯考老夫，老夫却不好僭妄。也罢，叫徐伦把书房中书橱尽数与我开了。左右二十四橱，书皆积满。但凭于左右橱内上中下三层，取书一册，不拘前后，念上文一句，老夫答下句不来，就算老夫无学。”东坡暗想道：“这老甚迂阔，难道这些书都记在腹内？虽然如此，不好去考他。”答应道：“这个晚学生不敢！”荆公道：“咳！道不得个‘恭敬不如从命’了！”东坡使乖，只拣尘灰多处，料久不看，也忘记了，任意抽书一本，未见签题，揭开居中，随口念一句道：“如意君安乐否？”荆公接口道：“‘窃已啖之矣。’可是？”东坡道：“正是。”荆公取过书来，问道：“这句书怎么讲？”东坡不曾看得书上详细，暗想：“唐人讥则天后，曾称薛敖曹为如意君，或者差人问候，曾有此言。只是下文说‘窃已啖之矣’，文理却接上面不来。”沉吟

了一会，又想道："不要惹这老头儿，千虚不如一实。"答应道："晚学生不知。"荆公道："这也不是什么秘书，如何就不晓得？这是一桩小故事。汉末灵帝时，长沙郡武岗山后有一狐穴，深入数丈。内有九尾狐狸二头，日久年深，皆能变化，时常化作美妇人，遇着男子往来，诱入穴中行乐。小不如意，分而食之。后有一人姓刘名玺，善于采战之术，入山采药，被二妖所掳。夜晚求欢，刘玺用抽添火候工夫，枕席之间，二狐快乐，称为如意君。大狐出山打食，则小狐看守。小狐出山，则大狐亦如之。日就月将，并无忌惮，酒后，露其本形。刘玺有恐怖之心，精力衰倦。一日，大狐出山打食，小狐在穴，求其云雨，不果其欲。小狐大怒，生啖刘玺于腹内。大狐回穴，心记刘生，问道：'如意君安乐否？'小狐答道：'窃已啖之矣。'二狐相争追逐，满山喊叫。樵人窃听，遂得其详，记于《汉末全书》。子瞻想未涉猎？"东坡道："老太师学问渊深，非晚辈浅学可及！"

荆公微笑道："这也算考过老夫了。老夫还席，也要考子瞻一考，子瞻休得吝教！"东坡道："求老太师命题平易。"荆公道："考别件事，又道老夫作难。久闻子瞻善于作对，今年闰了个八月，正月立春，十二月又是立春，是个两头春。老夫就将此为题，出句求对，以观子瞻妙才。"命童儿取纸笔过来，荆公写出一对道："一岁二春双八月，人间两度春秋。"东坡虽是妙才，这对出得蹊跷，一时寻对不出，羞颜可掬，面皮通红了。荆公问道："子瞻从湖州至黄州，可从苏州润州经过么？"东坡道："此是便道。"荆公："苏州金阊门外，至于虎丘，这一带路，叫做山塘，约有七里之遥，其半路名为半塘。润州古名铁瓮城，临于大江，有金山、银山、玉山，这叫做三山。俱有佛殿僧房，想子瞻都曾游览？"东坡答应道："是。"荆公道："老夫再将苏润二州，各出一对，求子瞻对之。苏州对云：

> 七里山塘，行到半塘三里半。

润州对云：

> 铁瓮城西，金、玉、银山三宝地。

东坡思想多时，不能成对，只得谢罪而出。荆公晓得东坡受了些腌臜，终惜其才，明日奏过神宗天子，复了他翰林学士之职。

后人评这篇话道：以东坡天才，尚然三被荆公所屈，何况才不如东坡者！因作诗戒世云：

> 项托曾为孔子师，荆公反把子瞻嗤。

> 为人第一谦虚好，学问茫茫无尽期。

第四卷　吕大郎还金完骨肉

毛宝放龟悬大印，宋郊渡蚁占高魁。

世人尽说天高远，谁识阴功暗里来。

话说浙江嘉兴府长水塘地方，有一富翁，姓金名钟，家财万贯，世代都称员外，性至悭吝。平生常有五恨，那五恨？

一恨天，二恨地，三恨自家，四恨爹娘，五恨皇帝。

恨天者，恨他不常常六月，又多了秋风冬雪，使人怕冷，不免费钱买衣服来穿。恨地者，恨他树木生得不凑趣，若是凑趣，生得齐整如意，树本就好做屋柱，枝条大者，就好做梁，细者就好做椽，却不省了匠人工作。恨自家者，恨肚皮不会作家，一日不吃饭，就饿将起来。恨爹娘者，恨他遗下许多亲眷朋友，来时未免费茶费水。恨皇帝者，我的祖宗分授的田地，却要他来收钱粮。不止五恨，还有四愿，愿得四般物事。那四般物事？

一愿得邓家铜山，二愿得郭家金穴，三愿得石崇的聚宝盆，四愿得吕纯阳祖师点石为金这个手指头。

因有这四愿、五恨，心常不足，积财聚谷，日不暇给，真个是数米而炊，称柴而爨。因此乡里起他一个异名，叫做金冷水，又叫金剥皮。尤不喜者是僧人。世间只有僧人讨便宜，他单会布施俗家的东西，再没有反布施与俗家之理。所以金冷水见了僧人，就是眼中之钉，舌中之刺。

他住居相近处，有个福善庵。金员外生年五十，从不晓得在庵中破费一文的香钱。所喜浑家单氏，与员外同年同月同日，只不同时，他偏吃斋好善。金员外喜他的是吃斋，恼他的是好善。因四十岁上，尚无子息，单氏瞒过了丈夫，将自己钗梳二十余金，布施与福善庵老僧，教他妆佛诵经，祈求子嗣。佛门有应，果然连生二子，且是俊秀。因是福善庵祈求来的，大的小名福儿，小的小名善儿。单氏自得了二子之后，时常瞒了丈夫，偷柴偷米，送与福善庵，供养那老僧。金员外偶然察听了些风声，便去咒天骂地，夫妻反目，直聒得一个不耐烦方休。如此也非止一次，只为浑家也是个硬性，闹过了，依旧不理。

其年夫妻齐寿，皆当五旬。福儿年九岁，善儿年八岁，踏肩生下来的，都已上学读书，十全之美。到生辰之日，金员外恐有亲朋来贺寿，预先躲出。单氏又凑些私房银两，送与庵中打一坛斋醮，一来为老夫妇齐寿，二来为儿子长大，了还愿心。日前也曾与丈夫说过来，丈夫不肯，所以只得私房做事。其夜，和尚们要铺设长生佛灯，叫香火道人至金家，问金阿妈要几斗糙米，单氏偷开了仓门，将米三斗，付与道人去了。随后金员外回来，单氏还在仓门口封锁，被丈夫窥见了，又见地下狼藉些米粒，知是私房做事。欲要争嚷，心下想道："今日生辰好日，况且东西去了，也讨不转来，干拌去了涎沫。"只推不知，忍住这口气。一夜不睡，左思右想道："叵耐这贼秃常时来蒿恼我家，到是我看家的一个耗鬼。除非那秃驴死了，方绝其患。"恨无计策。

到天明时，老僧携着一个徒弟来回覆醮事，原来那和尚也怕见金冷水，且站在门外张望。金老早已瞧见，眉头一皱，计上心来。取了几文钱，从侧门走出市心，到山药铺里赎些砒霜。转到卖点心的王三郎店里，王三郎正蒸着一笼熟粉，摆一碗糖馅，要做饼子。金冷水袖里摸出八文钱撒在柜台上道："三郎收了钱，大些的饼子与我做四个，馅却不要下少了。你只捏着窝儿，等我自家下馅则个。"王三郎口虽不言，心下想道："有名的金冷水，金剥皮，自从开这几年点心铺子，从不见他家半文之面。今日好利市，也撰他八个钱。他是好便宜的，便等他多下些馅去，扳他下次主顾。"王三郎向笼中取出雪团样的熟粉，真个捏做窝儿，递与金冷水说道："员外请尊便。"金冷水却将砒霜末悄悄的撒在饼内，然后加馅，做成饼子。如此一连做了四个，热烘烘的放在袖里，离了王三郎店，望自家门首踱将进来。那两个和尚，正在厅中吃茶，金老欣然相揖。揖罢，入内对浑家道："两个师父侵早到来，恐怕肚里饥饿。适才邻舍家邀我吃点心，我见饼子热得好，袖了他四个来，何不就请了两个师父？"单氏深喜丈夫回心向善，取个朱红楪子，把四个饼子装做一楪，叫丫鬟托将出去。那和尚见了员外回家，不敢久坐，已无心吃饼了。见丫鬟送出来，知是阿妈美意，也不好虚得，将四个饼子装做一袖，叫声聒噪，出门回庵而去。金老暗暗欢喜，不在话下。

　　却说金家两个学生，在社学中读书，放了学时，常到庵中顽耍。这一晚，又到庵中。老和尚想道："金家两位小官人，时常到此，没有什么请得他。今早金阿妈送我四个饼子还不曾动，放在橱柜里，何不将来煨热了，请他吃一杯茶？"当下分付徒弟在橱柜里，取出四个饼子，厨房下煨得焦黄，热了两杯浓茶，摆在房里，请两位小官人吃茶。两个学生顽耍了半晌，正在肚饥，见了热腾腾的饼子，一人两个，都吃了。不吃时犹可，吃了呵，分明是一块火烧着心肝，万杆枪攒却腹肚，两个一时齐叫肚疼。跟随的学童慌了，要扶他回去，奈两个疼做一堆，跑走不动。老和尚也着了忙，正不知什么意故，只得叫徒弟一人背了一个，学童随着，送回金员外家，二僧自去了。金家夫妇这一惊非小，慌忙叫学童问其缘故。学童道："方才到福善庵吃了四个饼子，便叫肚疼起来。那老师父说，这饼子原是我家今早把与他吃的。他不舍得吃，将来恭敬两位小官人。"金员外情知跷蹊了，只得将砒霜实情对阿妈说知。单氏心下越慌了，便把凉水灌他，如何灌得醒！须臾七窍流血，呜呼哀哉，做了一对殇鬼。

单氏千难万难，祈求下两个孩儿，却被丈夫不仁，自家毒死了。待要厮骂一场，也是枉然。气又忍不过，苦又熬不过，走进内房，解下束腰罗帕，悬梁自缢。金员外哭了儿子一场，方才收泪，到房中与阿妈商议说话，见梁上这件打秋千的东西，唬得半死，登时就得病上床，不勾七日，也死了。金氏族家，平昔恨那金冷水、金剥皮悭吝，此时天赐其便，大大小小，都蜂拥而来，将家私抢个罄尽。此乃万贯家财、有名的金员外一个终身结果，不好善而行恶之报也。有诗为证：

饼内砒霜那得知？害人番害自家儿。

举心动念天知道，果报昭彰岂有私！

方才说金员外只为行恶上，拆散了一家骨肉。如今再说一个人，单为行善上，周全了一家骨肉。正是：

善恶相形，祸福自见；

戒人作恶，劝人为善。

话说江南常州府无锡县东门外，有个小户人家，兄弟三人，大的叫做吕玉，第二的叫做吕宝，第三的叫做吕珍。吕玉娶妻王氏，吕宝娶妻杨氏，俱有姿色。吕珍年幼未娶。王氏生下一个孩子，小名喜儿，方才六岁，跟邻舍家儿童出去看神会，夜晚不回。夫妻两个烦恼，出了一张招子，街坊上叫了数日，全无影响。吕玉气闷，在家里坐不过，向大户家借了几两本钱，往太仓嘉定一路，收些棉花布匹，各处贩卖，就便访问儿子消息。每年正二月出门，到八九月回家，又收新货。走了

四个年头，虽然趁些利息，眼见得儿子没有寻处了，日久心慢，也不在话下。到第五个年头，吕玉别了王氏，又去做经纪。何期中途遇了个大本钱的布商，谈论之间，知道吕玉买卖中通透，拉他同往山西脱货，就带绒货转来发卖，于中有些用钱相谢。吕玉贪了蝇头微利，随着去了。及至到了山西，发货之后，遇着连岁荒歉，讨赊帐不起，不得脱身。吕玉少年久旷，也不免行户中走了一两遍，走出一身风流疮，服药调治，无面回家，挨到三年，疮才痊好，讨清了帐目。那布商因为稽迟了吕玉的归期，加倍酬谢。吕玉得了些利物，等不得布商收货完备，自己贩了些粗细绒褐，相别先回。

一日早晨，行至陈留地方，偶然去坑厕出恭，见坑板上遗下个青布搭膊。检在手中，觉得沉重。取回下处打开看时，都是白物，约有二百金之数。吕玉想道："这不意之财，虽则取之无碍，倘或失主追寻不见，好大一场气闷。古人见金不取，拾带重还。我今年过三旬，尚无子嗣，要这横财何用？！"忙到坑厕左近伺候，只等有人来抓寻，就将原物还他。等了一日，不见人来。次日只得起身。又行三五百余里，到南宿州地方。其日天晚，下一个客店，遇着一个同下的客人，闲论起江湖生意之事。那客人说起自不小心，五日前侵晨到陈留县解下搭膊登东，偶然官府在街上过，心慌起身，却忘记了那搭膊，里面有二百两银子。直到夜里脱衣要睡，方才省得。想着过了一日，自然有人拾去了，转去寻觅，也是无益，只得自认悔气罢了。吕玉便问："老客尊姓？高居何处？"客人道："在下姓陈，祖贯徽州，今在扬州闸上开个粮食铺子。敢问老兄高姓？"吕玉道："小弟姓吕，是常州无锡县人，扬州也是顺路，相送尊兄到彼奉拜。"客人也不知详细，答应道："若肯下顾最好。"次早，二人作伴同行。

不一日，来到扬州闸口。吕玉也到陈家铺子，登堂作揖，陈朝奉看坐献茶。吕玉先提起陈留县失银子之事，盘问他搭膊模样，是个深蓝青布的，一头有白线缉一个陈字。吕玉心下晓然，便道："小弟前在陈留拾得一个搭膊，到也相像，把来与尊兄认看。"陈朝奉见了搭膊，道："正是。"搭膊里面银两，原封不动。吕玉双手递还陈朝奉。陈朝奉过意不去，要与吕玉均分，吕玉不肯。陈朝奉道："便不均分，也受我几两谢礼，等在下心安。"吕玉那里肯受。陈朝奉感激不尽，慌忙摆饭相款，思想："难得吕玉这般好人，还金之恩，无门可报。自家有十二岁一个女儿，要与吕君扳一脉亲往来，第不知他有儿子否？"饮酒中间，陈朝奉问道："恩兄，令郎几岁了？"吕玉不觉掉下泪来，答道："小弟只有一儿，七年前为看神会，失去了，至今并无下落。荆妻亦别无生育。如今回去，意欲寻个螟蛉之子，出去帮扶生理，只是难得这般凑巧的。"陈朝奉道："舍下数年之间，将三两银子，买得一个小厮，貌颇清秀，又且乖巧，也是下路人带来的。如今一十三岁了，伴着小儿在学堂中上学。恩兄若看得中意时，就送与恩兄伏侍，也当我一点薄敬。"吕玉道："若肯相借，当奉还身价。"陈朝奉道："说那里话来！只恐恩兄不用时，小弟无以为情。"当下便教掌店的，去学堂中唤喜儿到来。吕玉听得名字与他儿子相同，心中疑惑。须臾，小厮唤到，穿一领芜湖青布的道袍，生得果然清秀，习惯了学堂中规矩，见了吕玉，朝上深深唱个喏。吕玉心下便觉得欢喜，仔细认出儿子面貌来，四岁时，因跌损左边眉角，结一个小疤儿。有这点可认，吕玉便问道："几时到陈家的？"那小厮想一想道："有六七年了。"又问他："你原是那里人？谁卖你在此？"那小厮道："不十分详细。只记得爹叫做吕大，还有两个叔叔在家。娘姓王，家在无锡城外。小时被人骗出，卖在此间。"吕玉听罢，便抱那小厮在怀，叫声："亲儿！我正是无锡吕大！是你的亲爹了。失了你七年，何期在此相遇！"正是：

　　水底捞针针已得，掌中失宝宝重逢。

　　筵前相抱殷勤认，犹恐今朝是梦中。

　　小厮眼中流下泪来。吕玉伤感，自不必说。

　　吕玉起身拜谢陈朝奉："小儿若非府上收留，今日安得父子重会？"陈朝奉道："恩兄有还金之盛德，天遣尊驾到寒舍，父子团圆。小弟一向不知是令郎，甚愧怠慢。"吕玉又叫喜儿拜谢了陈朝奉。陈朝奉定要还拜，吕玉不肯，再三扶住，受了两礼，便请喜儿坐于吕玉之傍。陈朝奉开言："承恩兄相爱，学生一女年方十二岁，欲与令郎结丝萝之好。"吕玉见他情意真恳，谦让不得，只得依允。是夜父子同榻而宿，说了一夜的说话。

　　次日，吕玉辞别要行，陈朝奉留住，另设个大席面，管待新亲家、新女婿，就当送行。酒行数巡，陈朝奉取出白金二十两，向吕玉说道："贤婿一向在舍有慢，今奉些须薄礼相赎，权表亲情，万勿固辞。"吕玉道："过承高门俯就，舍下就该行聘定之礼，因在客途，不好苟且，如何反费亲家厚赐？决不敢当！"陈朝奉道："这是学生自送与贤婿的，不干亲翁之事。亲翁若见却，就是不允这头亲事了。"吕玉没得说，只得受了，叫儿子出席拜谢。陈朝奉扶起道："些微薄礼，何谢之有。"喜儿又进去谢了丈母。当日开怀畅饮，至晚而散。吕玉想道："我因这还金之便，父子相逢，诚乃天意。又攀了这头好亲事，似锦上添花。无处报答天地，有陈亲家送这二十两银子，也是不意之财，何不择个洁净僧院，籴米斋僧，以种福田？"主意定了。

次早，陈朝奉又备早饭。吕玉父子吃罢，收拾行囊，作谢而别，唤了一只小船，摇出闸外。约有数里，只听得江边鼎沸，原来坏了一只人载船，落水的号呼求救，崖上人招呼小船打捞，小船索要赏犒，在那里争嚷。吕玉想道："救人一命，胜造七级浮屠。比如我要去斋僧，何不舍这二十两银子做赏钱，教他捞救，见在功德。"当下对众人说："我出赏钱，快捞救。若救起一船人性命，把二十两银子与你们。"众人听得有二十两银子赏钱，小船如蚁而来。连崖上人，也有几个会水性的，赴水去救。须臾之间，把一船人都救起。吕玉将银子付与众人分散。水中得命的，都千恩万谢。只见内中一人，看了吕玉叫道："哥哥那里来？"吕玉看他，不是别人，正是第三个亲弟吕珍。吕玉合掌道："惭愧，惭愧！天遣我捞救兄弟一命。"忙扶上船，将干衣服与他换了。吕珍纳头便拜，吕玉答礼，就叫侄儿见了叔叔，把还金遇子之事，述了一遍，吕珍惊讶不已。吕玉问道："你却为何到此？"吕珍道："一言难尽。自从哥哥出门之后，一去三年。有人传说哥哥在山西害了疮毒身故。二哥察访得实，嫂嫂已是成服戴孝，兄弟只是不信。二哥近日又要逼嫂嫂嫁人，嫂嫂不从，因此教兄弟亲到山西访问哥哥消息，不期于此相会。又遭覆溺，得哥哥捞救，天与之幸！哥哥不可怠缓，急急回家，以安嫂嫂之心，迟则怕有变了。"吕玉闻说惊慌，急叫家长开船，星夜赶路。正是：

心忙似箭惟嫌缓，船走如梭尚道迟！

再说王氏闻丈夫凶信，初时也疑惑，被吕宝说得活龙活现，也信了，少不得换了些素服。吕宝心怀不善，想着哥哥已故，嫂嫂又无所出，况且年纪后生，要劝他改嫁，自己得些财礼。教浑家杨氏与阿姆说，王氏坚意不从。又得吕珍朝夕谏阻，所以其计不成。王氏想道："千闻不如一见。虽说丈夫已死，在几千里之外，不知端的。"央小叔吕珍是必亲到山西，问个备细。如果然不幸，骨殖也带一块回来。吕珍去后，吕宝愈无忌惮，又连日赌钱输了，没处设法。偶有江西客人丧偶，要讨一个娘子，吕宝就将嫂嫂与他说合。那客人也访得吕大的浑家有几分颜色，情愿出三十两银子。吕宝得了银子，向客人道："家嫂有些妆乔，好好里请他出门，定然不肯。今夜黄昏时分，唤了人轿，悄地到我家来，只看戴孝髻的，便是家嫂，更不须言语，扶他上轿，连夜开船去便了。"客人依计而行。

却说吕宝回家，恐怕嫂嫂不从，在他跟前不露一字，却私下对浑家做个手势道："那两脚货，今夜要出脱与江西客人去了。我生怕他哭哭啼啼，先躲出去。黄昏时候，你劝他上轿，日里且莫对他说。"吕宝自去了，却不曾说明孝髻的事。原来杨氏与王氏妯娌最睦，心中不忍，一时丈夫做言，没奈他何。欲言不言，直挨到酉牌时分，只得与王氏透个消息："我丈夫已将姆姆嫁与江西客人，少停，客人就来取亲，教我莫说。我与姆姆情厚，不好瞒得。你房中有甚细软家私，须先收拾，打个包裹，省得一时忙乱。"王氏啼哭起来，叫天叫地起来。杨氏道："不是奴苦劝姆姆，后生家孤孀，终久不了。吊桶已落在井里，也是一缘一会，哭也没用。"王氏道："婶婶说那里话！我丈夫虽说已死，不曾亲见。且待三叔回来，定有个真信。如今逼得我好苦！"说罢又哭。杨氏左劝右劝，王氏住了哭，说道："婶婶，既要我嫁人，罢了，怎好戴孝髻出门？婶婶寻一顶黑髻与奴换了。"杨氏又要忠丈夫之托，又要姆姆面上讨好，连忙去寻黑髻来换。也是天数当然，旧髻儿也寻不出一顶。王氏道："你是在家的，暂时换你头上的髻儿与我。明早你教叔叔铺里取一顶来换了就是。"杨氏道："使得。"便除下髻来递与姆姆。王氏将自己孝髻除下，换与杨氏戴了。王氏又换了一身色服。黄昏过后，江西客人引着灯笼火把，抬着一顶花花轿，吹手虽有一副，不敢吹打，如风似雨，飞奔吕家来。吕宝已自与了他暗号，众人推开大门，只认戴孝髻的就抢。杨氏嚷道："不是！"众人那里管三七二十一，抢上轿时，鼓手吹打，轿夫飞也似抬去了。

> 一派笙歌上客船，错疑孝髻是姻缘。
>
> 新人若向新郎诉，只怨亲夫不怨天。

王氏暗暗叫谢天谢地，关了大门，自去安歇。

次日天明，吕宝意气扬扬，敲门进来。看见是嫂嫂开门，吃了一惊。房中不见了浑家，见嫂子头上戴的是黑髻，心中大疑，问道："嫂嫂，你婶子那里去了？"王氏暗暗好笑，答道："昨夜被江西蛮子抢去了。"吕宝道："那有这话？且问嫂嫂如何不戴孝髻？"王氏将换髻的缘故，述了一遍。吕宝捶胸只是叫苦，指望卖嫂子，谁知到卖了老婆！江西客人已是开船去了，三十两银子，昨晚一夜就赌输了一大半，再要娶这房媳妇子，今生休想。复又思量，一不做，二不休，有心是这等，再寻个主顾把嫂子卖了，还有讨老婆的本钱。

　　方欲出门，只见门外四五个人，一拥进来，不是别人，却是哥哥吕玉，兄弟吕珍，侄子喜儿，与两个脚家，驮了行李货物进门。吕宝自觉无颜，后门逃出，不知去向。王氏接了丈夫，又见儿子长大回家，问其缘故。吕玉从头至尾，叙了一遍。王氏也把江西人抢去婶婶，吕宝无颜，后门走了一段情节叙出。吕玉道："我若贪了这二百两非意之财，怎勾父子相见？若惜了那二十两银子，不去捞救覆舟之人，怎能勾兄弟相逢？若不遇兄弟时，怎知家中信息？今日夫妻重会，一家骨肉团圆，皆天使之然也。逆弟卖妻，也是自作自受，皇天报应，的然不爽！"自此益修善行，家道日隆。后来喜儿与陈员外之女做亲，子孙繁衍，多有出仕贵显者。

诗云：

> 本意还金兼得子，立心卖嫂反输妻。
> 世间惟有天工巧，善恶分明不可欺。

第五卷　李谪仙醉草吓蛮书

堪羡当年李谪仙，吟诗斗酒有连篇。

蟠胸锦绣欺时彦，落笔风云迈古贤。

书草和番威远塞，词歌倾国媚新弦。

莫言才子风流尽，明月长悬采石边。

话说唐玄宗皇帝朝，有个才子，姓李，名白，字太白，乃西梁武昭兴圣皇帝李暠九世孙，西川锦州人也。其母梦长庚入怀而生，那长庚星又名太白星，所以名字俱用之。那李白生得姿容美秀，骨格清奇，有飘然出世之表。十岁时，便精通书史，出口成章，人都夸他锦心绣口，又说他是神仙降生，以此又呼为李谪仙。有杜工部赠诗为证：

昔年有狂客，号尔谪仙人。

笔落惊风雨，诗成泣鬼神。

声名从此大，汩没一朝伸。

文采承殊渥，流传必绝伦。

李白又自称青莲居士。一生好酒，不求仕进，志欲遨游四海，看尽天下名山，尝遍天下美酒。先登峨眉，次居云梦，复隐于徂徕山竹溪，与孔巢父等六人，日夕酣饮，号为竹溪六逸。有人说湖州乌程酒甚佳，白不远千里而往，到酒肆中，开怀畅饮，旁若无人。时有迦叶司马经过，闻白狂歌之声，遣从者问其何人。白随口答诗四句：

青莲居士谪仙人，酒肆逃名三十春。

湖州司马何须问，金粟如来是后身。

迦叶司马大惊，问道："莫非蜀中李谪仙么？闻名久矣！"遂请相见，留饮十日，厚有所赠，临别，问道："以青莲高才，取青紫如拾芥，何不游长安应举？"李白道："目今朝政紊乱，公道全无，请托者登高第，纳贿者获科名。非此二者，虽有孔孟之贤，晁董之才，无由自达。白所以流连诗酒，免受盲试官之气耳。"迦叶司马道："虽则如此，足下谁人不知？一到长安，必有人荐拔。"

李白从其言，乃游长安。一日到紫极宫游玩，遇了翰林学士贺知章，通姓道名，彼此相慕。知章遂邀李白于酒肆中，解下金貂，当酒同饮。至夜不舍，遂留李白于家中下榻，结为兄弟。次日，李白将行李搬至贺内翰宅，每日谈诗饮酒，宾主甚是相得。

时光荏苒，不觉试期已迫。贺内翰道："今春南省试官，正是杨贵妃兄杨国忠太师，监视官乃太尉高力士，二人都是爱财之人。贤弟却无金银买嘱他，便有冲天学问，见不得圣天子。此二人与下官皆有相识，下官写一封札子去，预先嘱托，或者看薄面一二。"李白虽则才大气高，遇了这等时势，况且内翰高情，不好违阻。贺内翰写了柬帖，投与杨太师、高力士。二人接开看了，冷笑道："贺内翰受了李白金银，却写封空书在我这里讨白人情。到那日专记，如有李白名字卷子，不问好歹，即时批落。"时值三月三日，大开南省，会天下才人，尽呈卷子。李白才思有余，一笔挥就，第一个交卷。杨国忠见卷子上有李白名字，也不看文字，乱笔涂抹道："这样书生，只好与我磨墨。"高力士道："磨墨也不中，只好与我着袜脱靴。"喝令将李白推抢出去。正是：

不愿文章中天下，只愿文章中试官！

李白被试官屈批卷子，怨气冲天，回至内翰宅中，立誓："久后吾若得志，定教杨国忠磨墨，高力士与我脱靴，方才满愿。"贺内翰劝白："且休烦恼，权在舍下安歇。待三年，再开试场，别换试官，必然登第。"终日共李白饮酒赋诗。

日往月来，不觉一载。忽一日，有番使赍国书到。朝廷差使命急宣贺内翰陪接番使，在馆驿安下。次日，阁门舍人接得番使国书一道。玄宗敕宣翰林学士，拆开番书，全然不识一字，拜伏金阶启奏："此书皆是鸟兽之迹，臣等学识浅短，不识一字。"天子闻奏，将与南省试官杨国忠开读。杨国忠开看，双目如盲，亦不晓得。天子宣问满朝文武，并无一人晓得，不知书上有何吉凶言语。龙颜大怒，喝骂朝臣："枉有许多文武，并无一个饱学之士与朕分忧。此书识不得，将何回答发落番使？却被番邦笑耻，欺侮南朝，必动干戈，来侵边界，如之奈何！敕限三日，若无人识此番书，一概停俸；六日无人，一概停职；九日无人，一概问罪。别选贤良，共扶社稷。"圣旨一出，诸官默默无言，再无一人敢奏。天子转添烦恼。

贺内翰朝散回家，将此事述于李白。白微微冷笑："可惜我李某去年不曾及第为官，不得与天子分忧。"贺内翰大惊道："想必贤弟博学多能，辨识番书，下官当于驾前保奏。"次日，贺知章入朝，越班奏道："臣启陛下，臣家有一秀才，姓李名白，博学多能，要辨番书，非此人不可。"天子准奏，即遣使命，赍诏前去内翰宅中，宣取李白。李白告天使道："臣乃远方布衣，无才无识，今朝中有许多官僚，都是饱学之儒，何必问及草莽？臣不敢奉诏，恐得罪于朝贵。"说这句"恐得罪于朝贵"，隐隐刺着杨、高二人，使命回奏。天子初问贺知章："李白不肯奉诏，其意云何？"知章奏道："臣知李白文章盖世，学问惊人。只为去年试场中，被试官屈批了卷子，羞抢出门，今日教他白衣入朝，有愧于心。乞陛下赐以恩典，遣一位大臣再往，必然奉诏。"玄宗道："依卿所奏。钦赐李白进士及第，着紫袍金带、纱帽象简见驾。就烦卿自往迎取，卿不可辞！"

贺知章领旨回家，请李白开读，备述天子惓惓求贤之意。李白穿了御赐袍服，望阙拜谢，遂骑马随贺内翰入朝。玄宗于御座专待李白，李白至金阶拜舞，山呼谢恩，躬身而立。天子一见李白，如贫得宝，如暗得灯，如饥得食，如旱得云，开金口，动玉音，道："今有番国赍书，无人能晓，特宣卿至，为朕分忧。"白躬身奏道："臣因学浅，被太师批卷不中，高太尉将臣推抢出门。今有番书，何不令试官回答，却乃久滞番官在此？臣是批黜秀才，不能称试官之意，怎能称皇上之意？"天子道：“朕自知卿，卿其勿辞！”遂命侍臣捧番书赐李白观看。李白看了一遍，微微冷笑，对御座前将唐音译出，宣读如流。番书云：

> 渤海国大可毒书达唐朝官家。自你占了高丽，与俺国逼近，边兵屡屡侵犯吾界，想出自官家之意。俺如今不可耐者，差官来讲和，可将高丽一百七十六城，让与俺国，俺有好物事相送。太白山之菟，南海之昆布，栅城之鼓，扶馀之鹿，郏颉之豕，率宾之马，沃州之绵，湄沱河之鲫，九都之李，乐游之梨，你官家都有分。若还不肯，俺起兵来厮杀，且看那家胜败！

众官听得读罢番书，不觉失惊，面面相觑，尽称“难得”。天子听了番书，龙情不悦，沉吟良久，方问两班文武：“今被番家要兴兵抢占高丽，有何策可以应敌？”两班文武，如泥塑木雕，无人敢应。贺知章启奏道：“自太宗皇帝三征高丽，不知杀了多少生灵，不能取胜，府库为之虚耗。天幸盖苏文死了，其子男生兄弟争权，为我乡导。高宗皇帝遣老将李勣、薛仁贵统百万雄兵，大小百战，方才殄灭。今承平日久，无将无兵，倘干戈复动，难保必胜。兵边祸结，不知何时而止？愿吾皇圣鉴！”天子道：“似此如何回答他？”知章道：“陛下试问李白，必然善于辞命。"天子乃召白问之。李白奏道："臣启陛下，此事不劳圣虑，来日宣番使入朝，臣当面回答番书，与他一般字迹，书中言语，羞辱番家，须要番国可毒拱手来降。"天子问："可毒何人也？"李白奏道："渤海风俗，称其王曰可毒，犹回纥称可汗，吐番称赞普，六诏称诏，诃陵称悉莫威，各从其俗。"天子见其应对不穷，圣心大悦，即日拜为翰林学士。遂设宴于金鸾殿，宫商迭奏，琴瑟喧阗，嫔妃进酒，彩女传杯。御音传示："李卿，可开怀畅饮，休拘礼法。"李白尽量而饮，不觉酒浓身软。天子令内官扶于殿侧安寝。次日五鼓，天子升殿。

> 净鞭三下响，文武两班齐。

李白宿酲犹未醒，内官催促进朝。百官朝见已毕，天子召李白上殿，见其面尚带酒容，两眼兀自有朦胧之意。天子分付内侍，教御厨中造三分醒酒酸鱼羹来。须臾，内侍将金盘捧到鱼羹一碗。天子见羹气太热，御手取牙箸调之良久，赐与李学士。李白跪而食之，顿觉爽快。是时百官见天子恩幸李白，且惊且喜，惊者怪其破格，喜者喜其得人。惟杨国忠、高力士愀然有不乐之色。圣旨宣番使入朝，番使山呼见圣已毕。李白紫衣纱帽，飘飘然有神仙凌云之态，手捧番书立于左侧柱下，朗声而读，一字无差，番使大骇。李白道："小邦失礼，圣上洪度如天，置而不较，有诏批答，汝宜静听！"番官战战兢兢，跪于阶下。天子命设七宝床于御座之傍，取于阗白玉砚，象管兔毫笔，独草龙香墨，五色金花笺，排列停当，赐李白近御榻前，坐锦墩草诏。李白奏道："臣靴不净，有污前席，望皇上宽恩，赐臣脱靴结袜而登。"天子准奏，命一小内侍："与李学士脱靴。"李白又奏道："臣有一言，乞陛下赦臣狂妄，臣方敢奏。"天子道："任卿失言，朕亦不罪。"李白奏道："臣前入试春闱，被杨太师批落，高太尉赶逐，今日见二人押班，臣之神气不旺。乞玉音分付杨国忠与臣捧砚磨墨，高力士与臣脱靴结袜，臣意气始得自豪。举笔草诏，口代天言，方可不辱君命。"天子用人之际，恐拂其意，只得传旨，教杨国忠捧砚，高力士脱靴。二人心里暗暗自揣，前日科场中轻薄了他，"这样书生，只好与我磨墨脱靴。"今日恃了天子一时宠幸，就来还话，报复前仇。出于无奈，不敢违背圣旨，正是敢怒而不敢言。常言道：

> 冤家不可结，结了无休歇。

> 侮人还自侮，说人还自说。

李白此时昂昂得意，蹦袜登褥，坐于锦墩。杨国忠磨得墨浓，捧砚侍立。论来爵位不同，怎么李学士坐了，杨太师到侍立？因李白口代天言，天子宠以殊礼；杨太师奉旨磨墨，不曾赐坐，只得侍立。李白左手将须一拂，右手举起中山兔颖，向五花笺上，手不停挥，须臾，草就吓蛮书。字画齐整，并无差落，献于龙案之上。天子看了大惊，都是照样番书，一字不识。传与百官看了，各各骇然。天子命李白诵之。李白就御座前朗诵一遍：

> 大唐开元皇帝诏谕渤海可毒：自昔石卵不敌，蛇龙不斗。本朝应运开天，抚有四海，将勇卒精，甲坚兵锐。颉利背盟而被擒，弄赞铸鹅而纳誓；新罗奏织锦之颂，天竺致能言之鸟，波斯献捕鼠之蛇，拂菻进曳马之狗；白鹦鹉来自诃陵，夜光珠贡于林邑；骨利干有名马之纳，泥婆罗有良酢之献。无非畏威怀德，买静求安。高丽拒命，天讨再加，传世九百，一朝殄灭，岂非逆天之咎徵，衡大之明鉴与！况尔海外小邦，高丽附国，比之中国，不过一郡，士马刍粮，万分不及。若螳怒是逞，鹅骄不逊，天兵一下，千里流血，君同颉利之俘，国为高丽之续。方今圣度汪洋，恕尔狂悖，急宜悔祸，勤修岁事，毋取诛僇，为四夷笑。尔其三思哉！

故谕。

天子闻之大喜，再命李白对番官面宣一通，然后用宝入函。李白仍叫高太尉着靴，方才下殿，唤番官听诏。李白重读一遍，读得声韵铿锵，番使不敢则声，面如土色，不免山呼拜舞辞朝。贺内翰送出都门，番官私问道："适才读诏者何人？"内翰道："姓李名白，官拜翰林学士。"番使道："多大的官，使太师捧砚，太尉脱靴？"内翰道："太师大臣，太尉亲臣，不过人间之极贵。那李学士乃天上神仙下降，赞助天朝，更有何人可及！"番使点头而别，归至本国，与国王述之。国王看了国书，大惊，与国人商议，天朝有神仙赞助，如何敌得，写了降表，愿年年进贡，岁岁来朝。此是后话。

话分两头，却说天子深敬李白，欲重加官职。李白启奏："臣不愿受职，愿得逍遥散诞，供奉御前，如汉东方朔故事。"天子道："卿既不受职，朕所有黄金白璧，奇珍异宝，惟卿所好。"李白奏道："臣不愿受金玉，愿得从陛下游幸，日饮美酒三千觞，足矣！"天子知李白清高，不忍相强。从此时时赐宴，留宿于金銮殿中，访以政事，恩幸日隆。一日，李白乘马游长安街，忽听得锣鼓齐鸣，见一簇刀斧手，拥着一辆囚车行来。白停骖问之，乃是并州解到失机将官，今押赴东市处斩。那囚车中，囚着个美丈夫，生得甚是英伟，叩其姓名，声如洪钟，答道："姓郭名子仪。"李白相他容貌非凡，他日必为国家柱石，遂喝住刀斧手："待我亲往驾前保奏。"众人知是李谪仙学士，御手调羹的，谁敢不依。李白当时回马，直叩宫门，求见天子，讨了一道赦敕，亲往东市开读，打开囚车，放出子仪，许他带罪立功。子仪拜谢李白活命之恩，异日衔环结草，不敢忘报。此事阁过不题。

是时，宫中最重木芍药，是扬州贡来的。如今叫做牡丹花，唐时谓之木芍药。宫中种得四本，开出四样颜色。那四样？

大红、深紫、浅红、通白。

玄宗天子移植于沉香亭前，与杨贵妃娘娘赏玩，诏梨园子弟奏乐。天子道："对妃子，赏名花，新花安用旧曲？"遂命梨园长李龟年召李学士入宫。有内侍说道："李学士往长安市上酒肆中去了。"龟年不往九街，不走三市，一径寻到长安市去。只听得一个大酒楼上，有人歌云：

三杯通大道，一斗合自然。

但得酒中趣，勿为醒者传。

李龟年道："这歌的不是李学士是谁？"大踏步上楼

梯来，只见李白独占一个小小座头，桌上花瓶内供一枝碧桃花，独自对花而酌，已吃得酩酊大醉，手执巨觥，兀自不放。龟年上前道："圣上在沉香亭宣召学士，快去！"众酒客闻得有圣旨，一时惊骇，都站起来闲看。李白全然不理，张开醉眼，向龟年念一句陶渊明的诗，道是：

我醉欲眠君且去。

念了这句诗，就瞑然欲睡。李龟年也有三分主意，向楼窗往下一招，七八个从者，一齐上楼，不由分说，手忙脚乱，抬李学士到于门前，上了玉花骢，众人左扶右持，龟年策马在后相随，直跑到五凤楼前。天子又遣内侍来催促了，敕赐走马入宫。龟年遂不扶李白下马，同内侍帮扶，直至后宫，过了兴庆池，来到沉香亭。天子见李白在马上双眸紧闭，兀自未醒，命内侍铺紫氍毹于亭侧，扶白下马少卧。亲往省视，见白口流涎沫，天子亲以龙袖拭之。贵妃奏道："妾闻冷水沃面，可以解醒。"乃命内侍汲兴庆池水，使宫女含而喷之。白梦中惊醒，见御驾，大惊，俯伏道："臣该万死！臣乃酒中之仙，幸陛下恕臣！"天子御手搀起道："今日同妃子赏名花，不可无新词，所以召卿，可作《清平调》三章。"

李龟年取金花笺授白，白带醉一挥，立成三首。其一曰：

> 云想衣裳花想容，春风拂槛露华浓。
>
> 若非群玉山头见，会向瑶台月下逢。

其二曰：

> 一枝红艳露凝香，云雨巫山枉断肠。
>
> 借问汉宫谁得似？可怜飞燕倚新妆！

其三曰：

> 名花倾国两相欢，长得君王带笑看。
>
> 解释春风无限恨，沉香亭北倚栏杆。

天子览词，称美不已："似此天才，岂不压倒翰林院许多学士。"即命龟年按调而歌，梨园众子弟丝竹并进，天子自吹玉笛以和之。歌毕，贵妃敛绣巾，再拜称谢。天子道："莫谢朕，可谢学士也！"贵妃持玻璃七宝杯，亲酌西凉葡萄酒，命宫女赐李学士饮。天子敕赐李白遍游内苑，令内侍以美酒随后，恣其酣饮。自是宫中内宴，李白每每被召，连贵妃亦爱而重之。

高力士深恨脱靴之事，无可奈何。一日，贵妃重吟前所制《清平调》三首，倚栏叹羡。高力士见四下无人，乘间奏道："奴婢初意娘娘闻李白此词，怨入骨髓，何反拳拳如是？"贵妃道："有何可怨？"力士奏道："'可怜飞燕倚新妆'，那飞燕姓赵，乃西汉成帝之后。

则今画图中，画着一个武士，手托金盘，盘中有一女子，举袖而舞，那个便是赵飞燕。生得腰肢细软，行步轻盈，若人手执花枝颤颤然，成帝宠幸无比。谁知飞燕私与燕赤凤相通，匿于复壁之中，成帝入宫，闻壁衣内有人咳嗽声，搜得赤凤杀之。欲废赵后，赖其妹合德力救而止，遂终身不入正宫。今日李白以飞燕比娘娘，此乃谤毁之语，娘娘何不熟思？"原来贵妃那时以胡人安禄山为养子，出入宫禁，与之私通，满宫皆知，只瞒得玄宗一人。高力士说飞燕一事，正刺其心。贵妃于是心下怀恨，每于天子前说李白轻狂使酒，无人臣之礼。天子见贵妃不乐李白，遂不召他内宴，亦不留宿殿中。李白情知被高力士中伤，天子存疏远之意，屡次告辞求去，天子不允。乃益纵酒自废，与贺知章、李适之、汝阳王琎、崔宗之、苏晋、张旭、焦遂为酒友，时人呼为饮中八仙。

却说玄宗天子心下实是爱重李白，只为宫中不甚相得，所以疏了些儿。见李白屡次乞归，无心恋阙，乃向李白道："卿雅志高蹈，许卿暂还，不日再来相召。但卿有大功于朕，岂可白手还山？卿有所需，朕当一一给与。"李白奏道："臣一无所需，但得杖头有钱，日沾一醉足矣。"天子乃赐金牌一面，牌上御书："敕赐李白为天下无忧学士，逍遥落托秀才，逢坊吃酒，遇库支钱，府给千贯，县给五百贯。文武官员军民人等，有失敬者，以违诏论。"又赐黄金千两，锦袍玉带，金鞍龙马，从者二十人。白叩头谢恩。天子又赐金花二朵，御酒三杯，于驾前上马出朝。百官俱给假，携酒送行，自长安街直接到十里长亭，樽罍不绝。只有杨太师、高太尉二人怀恨不送。内中惟贺内翰等酒友七人，直送至百里之外，流连三日而别。李白集中有《还山别金门知己诗》，略云：

> 恭承丹凤诏，欻起烟萝中。
>
> 一朝去金马，飘落成飞蓬。
>
> 闲来东武吟，曲尽情未终。
>
> 书此谢知己，扁舟寻钓翁。

李白锦衣纱帽，上马登程，一路只称锦衣公子。果然逢坊饮酒，遇库支钱。不一日，回至锦州，与许氏夫人相见。官府闻李学士回家，都来拜贺，无日不醉。日往月来，不觉半载。一日白对许氏说，要出外游玩山水。打扮做秀才模样，身边藏了御赐金牌，带了一个小仆，骑一健驴，任意而行。府县酒资，照牌供给。忽一日，行到华阴界上，听得人言华阴县知县贪财害民，李白生计，要去治他。来到县前，令小仆退去，独自倒骑着驴子，于县门首连打三回。那知县在厅上取问公事，观见了，连声：“可恶，可恶！怎敢调戏父母官！”速令公吏人等拿至厅前取问。李白微微诈醉，连问不答。知县令狱卒押入牢中，待他酒醒，着他好生供状，来日决断。狱卒将李白领入牢中，见了狱官，掀髯长笑。狱官道：“想此人是风颠的？”李白道：“也不风，也不颠。”狱官道：“既不风颠，好生供状。你是何人？为何到此骑驴，搪突县主？”李白道：“要我供状，取纸笔来。”狱卒将纸笔置于案上，李白扯狱官在一边说道：“让开一步待我写。”狱官笑道：“且看这风汉写出甚么来！”李白写道：

> 供状锦州人，姓李单名白。弱冠广文章，挥毫神鬼泣。长安列八仙，竹溪称六逸。曾草吓蛮书，声名播绝域。玉辇每趋陪，金銮为寝室。啜羹御手调，流涎御袍拭。高太尉脱靴，杨太师磨墨。天子殿前尚容乘马行，华阴县里不许我骑驴入？请验金牌，便知来历。

写毕，递与狱官看了，狱官唬得魂惊魄散，低头下拜道：“学士老爷，可怜小人蒙官发遣，身不由己，万望海涵赦罪！”李白道：“不干你事，只要你对知县说，我奉金牌圣旨而来，所得何罪，拘我在此？”狱官拜谢

了，即忙将供状呈与知县，并述有金牌圣旨。知县此时如小儿初闻霹雳，无孔可钻，只得同狱官到牢中参见李学士，叩头哀告道："小官有眼不识泰山，一时冒犯，乞赐怜悯！"在职诸官，闻知此事，都来拜求，请学士到厅上正面坐下，众官庭参已毕。李白取出金牌，与众官看，牌上写道："学士所到，文武官员军民人等，有不敬者，以违诏论。""汝等当得何罪？"众官看罢圣旨，一齐低头礼拜："我等都该万死。"李白见众官苦苦哀求，笑道："你等受国家爵禄，如何又去贪财害民？如若改过前非，方免汝罪。"众官听说，人人拱手，个个遵依，不敢再犯。就在厅上大排筵宴，管待学士饮酒三日方散。自是知县洗心涤虑，遂为良牧。此事闻于他郡，都猜道朝廷差李学士出外私行观风考政，无不化贪为廉，化残为善。

李白遍历赵、魏、燕、晋、齐、梁、吴、楚，无不流连山水，极诗酒之趣。后因安禄山反叛，明皇车驾幸蜀，诛国忠于军中，缢贵妃于佛寺。白避乱隐于庐山，永王璘时为东南节度使，阴有乘机自立之志，闻白大才，强逼下山，欲授伪职，李白不从，拘留于幕府。未几，肃宗即位于灵武，拜郭子仪为天下兵马大元帅，克复两京。有人告永王璘谋叛，肃宗即遣子仪移兵讨之。

永王兵败，李白方得脱身，逃至浔阳江口，被守江把总擒拿，把做叛党，解到郭元帅军前。子仪见是李学士，即喝退军士，亲解其缚，置于上位，纳头便拜道："昔日长安东市，若非恩人相救，焉有今日？"即命治酒压惊，连夜修本，奏上天子，为李白辨冤，且追叙其吓蛮书之功，荐其才可以大用。此乃施恩而得报也。正是：

> 两叶浮萍归大海，人生何处不相逢。

时杨国忠已死，高力士亦远贬他方，玄宗皇帝自蜀迎归为太上皇，亦对肃宗称李白奇才。肃宗乃征白为左拾遗。

白叹宦海沉迷，不得逍遥自在，辞而不受。别了郭子仪，遂泛舟游洞庭岳阳，再过金陵，泊舟于采石江边。是夜，月明如昼。李白在江头畅饮，忽闻天际乐声嘹亮，渐近舟次，舟人都不闻，只有李白听得。忽然江中风浪大作，有鲸鱼数丈，奋鬣而起，仙童二人，手持旌节，到李白面前，口称："上帝奉迎星主还位。"舟人都惊倒。须臾苏醒，只见李学士坐于鲸背，音乐前导，腾空而去。明日将此事告于当涂县令李阳冰，阳冰具表奏闻，天子敕建李谪仙祠于采石山上，春秋二祭。

到宋太平兴国年间，有书生于月夜渡采石江，见锦帆西来，船头上有白牌一面，写"诗伯"二字。书生遂朗吟二句道：

> 谁人江上称诗伯？锦绣文章借一观！

舟中有人和云：

> 夜静不堪题绝句，恐惊星斗落江寒。

书生大惊，正欲傍舟相访，那船泊于采石之下。舟中人紫衣纱帽，飘然若仙，径投李谪仙祠中。书生随后求之祠中，并无人迹，方知和诗者即李白也。至今人称"酒仙""诗伯"，皆推李白为第一云：

> 吓蛮书草见天才，天子调羹亲赐来。
>
> 一自骑鲸天上去，江流采石有余哀。